COLLECTION FOLIO

Jean-Paul Sartre

La nausée

Gallimard

AU CASTOR

« C'est un garçon sans importance
collective, c'est tout juste un individu. »

L.-F. Céline
L'Eglise

AVERTISSEMENT DES ÉDITEURS

Ces cahiers ont été trouvés parmi les papiers d'Antoine Roquentin. Nous les publions sans y rien changer.

La première page n'est pas datée, mais nous avons de bonnes raisons pour penser qu'elle est antérieure de quelques semaines au début du journal proprement dit. Elle aurait donc été écrite, au plus tard, vers le commencement de janvier 1932.

A cette époque, Antoine Roquentin, après avoir voyagé en Europe Centrale, en Afrique du Nord et en Extrême-Orient, s'était fixé depuis trois ans à Bouville, pour y achever ses recherches historiques sur le marquis de Rollebon.

Les éditeurs.

FEUILLET SANS DATE

Le mieux serait d'écrire les événements au jour le jour. Tenir un journal pour y voir clair. Ne pas laisser échapper les nuances, les petits faits, même s'ils n'ont l'air de rien, et surtout les classer. Il faut dire comment je vois cette table, la rue, les gens, mon paquet de tabac, puisque c'est cela qui a changé. Il faut déterminer exactement l'étendue et la nature de ce changement.

Par exemple, voici un étui de carton qui contient ma bouteille d'encre. Il faudrait essayer de dire comment je le voyais *avant* et comment à présent je le [1]
Eh bien, c'est un parallélipipède rectangle, il se détache sur — c'est idiot, il n'y a rien à en dire. Voilà ce qu'il faut éviter, il ne faut pas mettre de l'étrange où il n'y a rien. Je pense que c'est le danger si l'on tient un journal : on s'exagère tout, on est aux aguets, on force continuellement la vérité. D'autre part, il est certain que je peux, d'un moment à l'autre — et précisément à propos de cet étui ou de n'importe quel autre objet — retrouver cette impression d'avant-hier. Je dois être toujours prêt, sinon elle me glisserait encore entre les doigts. Il ne faut rien [2]
mais noter soigneusement et dans le plus grand détail tout ce qui se produit.

---

1. Un mot laissé en blanc.
2. Un mot est raturé (peut-être « forcer » ou « forger »), un autre rajouté en surcharge est illisible.

Naturellement je ne peux plus rien écrire de net sur ces histoires de samedi et d'avant-hier, j'en suis déjà trop éloigné ; ce que je peux dire seulement, c'est que, ni dans l'un ni dans l'autre cas, il n'y a rien eu de ce qu'on appelle à l'ordinaire un événement. Samedi les gamins jouaient aux ricochets, et je voulais lancer comme eux un caillou dans la mer. A ce moment-là, je me suis arrêté, j'ai laissé tomber le caillou et je suis parti. Je devais avoir l'air égaré, probablement, puisque les gamins ont ri derrière mon dos.

Voilà pour l'extérieur. Ce qui s'est passé en moi n'a pas laissé de traces claires. Il y avait quelque chose que j'ai vu et qui m'a dégoûté, mais je ne sais plus si je regardais la mer ou le galet. Le galet était plat, sec sur tout un côté, humide et boueux sur l'autre. Je le tenais par les bords, avec les doigts très écartés, pour éviter de me salir.

Avant-hier, c'était beaucoup plus compliqué. Et il y a eu aussi cette suite de coïncidences, de quiproquos, que je ne m'explique pas. Mais je ne vais pas m'amuser à mettre tout cela sur le papier. Enfin il est certain que j'ai eu peur ou quelque sentiment de ce genre. Si je savais seulement de quoi j'ai eu peur, j'aurais déjà fait un grand pas.

Ce qu'il y a de curieux, c'est que je ne suis pas du tout disposé à me croire fou, je vois même avec évidence que je ne le suis pas : tous ces changements concernent les objets. Au moins c'est ce dont je voudrais être sûr.

10 heures et demie [1].

Peut-être bien, après tout, que c'était une petite crise de folie. Il n'y en a plus trace. Mes drôles de sentiments

1. Du soir, évidemment. Le paragraphe qui suit est très postérieur aux précédents. Nous inclinons à croire qu'il fut écrit, au plus tôt, le lendemain.

de l'autre semaine me semblent bien ridicules aujourd'hui :
je n'y entre plus. Ce soir, je suis bien à l'aise, bien bourgeoi-
sement dans le monde. Ici c'est ma chambre, orientée
vers le nord-est. En dessous, la rue des Mutilés et le chantier de la nouvelle gare. Je vois de ma fenêtre, au coin du
boulevard Victor-Noir, la flamme rouge et blanche du
Rendez-vous des Cheminots. Le train de Paris vient d'arriver. Les gens sortent de l'ancienne gare et se répan-
dent dans les rues. J'entends des pas et des voix. Beaucoup
de personnes attendent le dernier tramway. Elles doivent
faire un petit groupe triste autour du bec de gaz, juste
sous ma fenêtre. Eh bien, il faut qu'elles attendent encore
quelques minutes : le tram ne passera pas avant dix heures
quarante-cinq. Pourvu qu'il ne vienne pas de voyageurs
de commerce cette nuit : j'ai tellement envie de dormir
et tellement de sommeil en retard. Une bonne nuit, une
seule, et toutes ces histoires seraient balayées.

Onze heures moins le quart : il n'y a plus rien à craindre,
ils seraient déjà là. A moins que ce ne soit le jour du monsieur de Rouen. Il vient toutes les semaines, on lui réserve
la chambre nº 2, au premier, celle qui a un bidet. Il peut
encore s'amener : souvent il prend un bock au *Rendez-
vous des Cheminots* avant de se coucher. Il ne fait pas
trop de bruit, d'ailleurs. Il est tout petit et très propre,
avec une moustache noire cirée et une perruque. Le voilà.

Eh bien, quand je l'ai entendu monter l'escalier, ça m'a
donné un petit coup au cœur, tant c'était rassurant : qu'y
a-t-il à craindre d'un monde si régulier? Je crois que je suis
guéri.

Et voici le tramway 7 « Abattoirs-Grands Bassins ».
Il arrive avec un grand bruit de ferraille. Il repart. A présent
il s'enfonce, tout chargé de valises et d'enfants endormis,
vers les Grands Bassins, vers les Usines dans l'Est noir.
C'est l'avant-dernier tramway ; le dernier passera dans
une heure.

Je vais me coucher. Je suis guéri, je renonce à écrire

mes impressions au jour le jour, comme les petites filles,
dans un beau cahier neuf.

Dans un cas seulement il pourrait être intéressant de
tenir un journal : ce serait si [1]

1. Le texte du feuillet sans date s'arrête ici.

JOURNAL

Quelque chose m'est arrivé, je ne peux plus en douter. C'est venu à la façon d'une maladie, pas comme une certitude ordinaire, pas comme une évidence. Ça s'est installé sournoisement, peu à peu ; je me suis senti un peu bizarre, un peu gêné, voilà tout. Une fois dans la place ça n'a plus bougé, c'est resté coi et j'ai pu me persuader que je n'avais rien, que c'était une fausse alerte. Et voilà qu'à présent cela s'épanouit.

Je ne pense pas que le métier d'historien dispose à l'analyse psychologique. Dans notre partie, nous n'avons affaire qu'à des sentiments entiers sur lesquels on met des noms génériques comme Ambition, Intérêt. Pourtant si j'avais une ombre de connaissance de moi-même, c'est maintenant qu'il faudrait m'en servir.

Dans mes mains, par exemple, il y a quelque chose de neuf, une certaine façon de prendre ma pipe ou ma fourchette. Ou bien c'est la fourchette qui a, maintenant, une certaine façon de se faire prendre, je ne sais pas. Tout à l'heure, comme j'allais entrer dans ma chambre, je me suis arrêté net, parce que je sentais dans ma main un objet froid qui retenait mon attention par une sorte de personnalité. J'ai ouvert la main, j'ai regardé : je tenais tout sim-

15

plement le loquet de la porte. Ce matin, à la bibliothèque, quand l'Autodidacte [1] est venu me dire bonjour, j'ai mis dix secondes à le reconnaître. Je voyais un visage inconnu, à peine un visage. Et puis il y avait sa main, comme un gros ver blanc dans ma main. Je l'ai lâchée aussitôt et le bras est retombé mollement.

Dans les rues, aussi, il y a une quantité de bruits louches qui traînent.

Donc il s'est produit un changement, pendant ces der-nières semaines. Mais où ? C'est un changement abstrait qui ne se pose sur rien. Est-ce moi qui ai changé ? Si ce n'est pas moi, alors c'est cette chambre, cette ville, cette nature ; il faut choisir.

Je crois que c'est moi qui ai changé : c'est la solution la plus simple. La plus désagréable aussi. Mais enfin je dois reconnaître que je suis sujet à ces transformations soudaines. Ce qu'il y a, c'est que je pense très rarement ; alors une foule de petites métamorphoses s'accumulent en moi sans que j'y prenne garde et puis, un beau jour, il se produit une véritable révolution. C'est ce qui a donné à ma vie cet aspect heurté, incohérent. Quand j'ai quitté la France, par exemple, il s'est trouvé bien des gens pour dire que j'étais parti sur un coup de tête. Et quand j'y suis revenu, brusquement, après six ans de voyage, on eût encore très bien pu parler de coup de tête. Je me revois encore, avec Mercier, dans le bureau de ce fonctionnaire français qui a démissionné l'an dernier à la suite de l'affaire Pétrou. Mercier se rendait au Bengale avec une mission archéologique. J'avais toujours désiré aller au Bengale, et il me pressait de me joindre à lui. Je me demande pourquoi,

1. Ogier P..., dont il sera souvent question dans ce journal. C'était un clerc d'huissier. Roquentin avait fait sa connaissance en 1930 à la bibliothèque de Bouville.

à présent. Je pense qu'il n'était pas sûr de Portal et qu'il comptait sur moi pour le tenir à l'œil. Je ne voyais aucun motif de refus. Et même si j'avais pressenti, à l'époque, cette petite combine au sujet de Portal, c'était une raison de plus pour accepter avec enthousiasme. Eh bien, j'étais paralysé, je ne pouvais pas dire un mot. Je fixais une petite statuette khmère, sur un tapis vert, à côté d'un appareil téléphonique. Il me semblait que j'étais rempli de lymphe ou de lait tiède. Mercier me disait, avec une patience angélique qui voilait un peu d'irritation :

— N'est-ce pas, j'ai besoin d'être fixé officiellement. Je sais que vous finirez par dire oui : il vaudrait mieux accepter tout de suite.

Il a une barbe d'un noir roux, très parfumée. A chaque mouvement de sa tête, je respirais une bouffée de parfum. Et puis, tout d'un coup, je me réveillai d'un sommeil de six ans.

La statue me parut désagréable et stupide et je sentis que je m'ennuyais profondément. Je ne parvenais pas à comprendre pourquoi j'étais en Indochine. Qu'est-ce que je faisais là? Pourquoi parlais-je avec ces gens? Pourquoi étais-je si drôlement habillé? Ma passion était morte. Elle m'avait submergé et roulé pendant des années ; à présent, je me sentais vide. Mais ce n'était pas le pis : devant moi, posée avec une sorte d'indolence, il y avait une idée volumineuse et fade. Je ne sais pas trop ce que c'était, mais je ne pouvais pas la regarder tant elle m'écœurait. Tout cela se confondait pour moi avec le parfum de la barbe de Mercier.

Je me secouai, outré de colère contre lui, je répondis sèchement :

— Je vous remercie, mais je crois que j'ai assez voyagé : il faut maintenant que je rentre en France.

Le surlendemain, je prenais le bateau pour Marseille.

Si je ne me trompe pas, si tous les signes qui s'amassent sont précurseurs d'un nouveau bouleversement de ma vie,

17

eh bien, j'ai peur. Ce n'est pas qu'elle soit riche, ma vie, ni lourde, ni précieuse. Mais j'ai peur de ce qui va naître, s'emparer de moi — et m'entraîner où? Va-t-il falloir encore que je m'en aille, que je laisse tout en plan, mes recherches, mon livre? Me réveillerai-je dans quelques mois, dans quelques années, éreinté, déçu, au milieu de nouvelles ruines? Je voudrais voir clair en moi avant qu'il ne soit trop tard.

Mardi 30 janvier.

Rien de nouveau.

J'ai travaillé de neuf heures à une heure à la bibliothèque. J'ai mis sur pied le chapitre XII et tout ce qui concerne le séjour de Rollebon en Russie, jusqu'à la mort de Paul Ier. Voilà du travail fini : il n'en sera plus question jusqu'à la mise au net.

Il est une heure et demie. Je suis au café Mably, je mange un sandwich, tout est à peu près normal. D'ailleurs, dans les cafés, tout est toujours normal et particulièrement au café Mably, à cause du gérant, M. Fasquelle, qui porte sur sa figure un air de canaillerie bien positif et rassurant. C'est bientôt l'heure de sa sieste, et ses yeux sont déjà roses, mais son allure reste vive et décidée. Il se promène entre les tables et s'approche, en confidence, des consommateurs :

— C'est bien comme cela, monsieur?

Je souris de le voir si vif : aux heures où son établissement se vide, sa tête se vide aussi. De deux à quatre le café est désert, alors M. Fasquelle fait quelques pas d'un air hébété, les garçons éteignent les lumières et il glisse dans l'inconscience : quand cet homme est seul, il s'endort.

Il reste encore une vingtaine de clients, des célibataires, de petits ingénieurs, des employés. Ils déjeunent en vitesse dans des pensions de famille qu'ils appellent leurs popotes

18

et, comme ils ont besoin d'un peu de luxe, ils viennent ici, après leur repas, ils prennent un café et jouent au poker d'as ; ils font un peu de bruit, un bruit inconsistant qui ne me gêne pas. Eux aussi, pour exister, il faut qu'ils se mettent à plusieurs.

Moi je vis seul, entièrement seul. Je ne parle à personne, jamais ; je ne reçois rien, je ne donne rien. L'Autodidacte ne compte pas. Il y a bien Françoise, la patronne du *Rendez-vous des Cheminots*. Mais est-ce que je lui parle? Quelque-fois, après dîner, quand elle me sert un bock, je lui demande :

— Vous avez le temps ce soir?

Elle ne dit jamais non et je la suis dans une des grandes chambres du premier étage, qu'elle loue à l'heure ou à la journée. Je ne la paie pas : nous faisons l'amour au pair. Elle y prend plaisir (il lui faut un homme par jour et elle en a bien d'autres que moi) et je me purge ainsi de certaines mélancolies dont je connais trop bien la cause. Mais nous échangeons à peine quelques mots. A quoi bon? Chacun pour soi ; à ses yeux, d'ailleurs, je reste avant tout un client de son café. Elle me dit, en ôtant sa robe :

— Dites, vous connaissez ça, le Bricot, un apéritif? Parce qu'il y a deux clients qui en ont demandé, cette semaine. La petite ne savait pas, elle est venue me prévenir. C'étaient des voyageurs, ils ont dû boire ça à Paris. Mais je m'aime pas acheter sans savoir. Si ça ne vous fait rien, je garderai mes bas.

Autrefois — longtemps même après qu'elle m'ait quitté — j'ai pensé pour Anny. Maintenant, je ne pense plus pour personne ; je ne me soucie même pas de chercher des mots. Ça coule en moi, plus ou moins vite, je ne fixe rien, je laisse aller. La plupart du temps, faute de s'attacher à des mots, mes pensées restent des brouillards. Elles dessinent des formes vagues et plaisantes, s'engloutissent : aussitôt, je les oublie.

Ces jeunes gens m'émerveillent : ils racontent, en buvant

leur café, des histoires nettes et vraisemblables. Si on leur demande ce qu'ils ont fait hier, ils ne se troublent pas : ils vous mettent au courant en deux mots. A leur place, je bafouillerais. Il est vrai que personne, depuis bien long-temps, ne se soucie plus de l'emploi de mon temps. Quand on vit seul, on ne sait même plus ce que c'est que raconter : le vraisemblable disparaît en même temps que les amis. Les événements aussi, on les laisse couler ; on voit surgir brusquement des gens qui parlent et qui s'en vont, on plonge dans des histoires sans queue ni tête : on ferait un exécrable témoin. Mais tout l'invraisemblable en compensa-tion, tout ce qui ne pourrait pas être cru dans les cafés, on ne le manque pas. Par exemple samedi, vers quatre heures de l'après-midi, sur le bout du trottoir en planches du chantier de la gare, une petite femme en bleu ciel courait à reculons, en riant, en agitant un mouchoir. En même temps, un Nègre avec un imperméable crème, des chaus-sures jaunes et un chapeau vert, tournait le coin de la rue et sifflait. La femme est venue le heurter, toujours à reculons, sous une lanterne qui est suspendue à la palissade et qu'on allume le soir. Il y avait donc là, en même temps, cette palissade qui sent si fort le bois mouillé, cette lanterne, cette petite bonne femme blonde dans les bras d'un Nègre, sous un ciel de feu. A quatre ou cinq, je suppose que nous aurions remarqué le choc, toutes ces couleurs tendres, le beau manteau bleu qui avait l'air d'un édredon, l'imperméable clair, les carreaux rouges de la lanterne ; nous aurions ri de la stupéfaction qui paraissait sur ces deux visages d'enfants.

Il est rare qu'un homme seul ait envie de rire : l'ensemble s'est animé pour moi d'un sens très fort et même farouche, mais pur. Puis il s'est disloqué, il n'est resté que la lanterne, la palissade et le ciel : c'était encore assez beau. Une heure après, la lanterne était allumée, le vent soufflait, le ciel était noir : il ne restait plus rien du tout.

Tout ça n'est pas bien neuf ; ces émotions inoffensives

je ne les ai jamais refusées ; au contraire. Pour les ressentir il suffit d'être un tout petit peu seul, juste assez pour se débarrasser au bon moment de la vraisemblance. Mais je restais tout près des gens, à la surface de la solitude, bien résolu, en cas d'alerte, à me réfugier au milieu d'eux : au fond j'étais jusqu'ici un amateur.

Maintenant, il y a partout des choses comme ce verre de bière, là, sur la table. Quand je le vois, j'ai envie de dire : pouce, je ne joue plus. Je comprends très bien que je suis allé trop loin. Je suppose qu'on ne peut pas « faire sa part » à la solitude. Cela ne veut pas dire que je regarde sous mon lit avant de me coucher, ni que j'appréhende de voir la porte de ma chambre s'ouvrir brusquement au milieu de la nuit. Seulement, tout de même, je suis inquiet : voilà une demi-heure que j'évite de *regarder* ce verre de bière. Je regarde au-dessus, au-dessous, à droite, à gauche : mais *lui* je ne veux pas le voir. Et je sais très bien que tous les célibataires qui m'entourent ne peuvent m'être d'aucun secours : il est trop tard, je ne peux plus me réfugier parmi eux. Ils viendraient me tapoter l'épaule, ils me diraient : « Eh bien, qu'est-ce qu'il a, ce verre de bière? Il est comme les autres. Il est biseauté, avec une anse, il porte un petit écusson avec une pelle et sur l'écusson on a écrit « Spaten-bräu ». » Je sais tout cela, mais je sais qu'il y a autre chose. Presque rien. Mais je ne peux plus expliquer ce que je vois. A personne. Voilà : je glisse tout doucement au fond de l'eau, vers la peur.

Je suis seul au milieu de ces voix joyeuses et raisonnables. Tous ces types passent leur temps à s'expliquer, à reconnaître avec bonheur qu'ils sont du même avis. Quelle importance ils attachent, mon Dieu, à penser tous ensemble les mêmes choses. Il suffit de voir la tête qu'ils font quand passe au milieu d'eux un de ces hommes aux yeux de poisson, qui ont l'air de regarder en dedans et avec lesquels on ne peut plus du tout tomber d'accord. Quand j'avais huit ans et que je jouais au Luxembourg, il y en avait un qui venait s'asseoir dans une guérite, contre la grille qui longe la rue Auguste-Comte. Il ne parlait pas, mais, de temps à autre, il étendait la jambe et regardait son pied d'un air effrayé. Ce pied portait une bottine, mais l'autre pied était dans une pantoufle. Le gardien a dit à mon oncle que c'était un ancien censeur. On l'avait mis à la retraite parce qu'il était venu lire les notes trimestrielles dans les classes en habit d'académicien. Nous en avions une peur horrible parce que nous sentions qu'il était seul. Un jour il a souri à Robert, en lui tendant les bras de loin : Robert a failli s'évanouir. Ce n'est pas l'air misérable de ce type qui nous faisait peur, ni la tumeur qu'il avait au cou et qui frottait contre le bord de son faux col : mais nous sentions qu'il formait dans sa tête des pensées de crabe ou de langouste. Et ça nous terrorisait, qu'on pût former des pensées de langouste, sur la guérite, sur nos cerceaux, sur les buissons.

Est-ce donc ça qui m'attend ? Pour la première fois cela m'ennuie d'être seul. Je voudrais parler à quelqu'un de ce qui m'arrive avant qu'il ne soit trop tard, avant que je ne fasse peur aux petits garçons. Je voudrais qu'Anny soit là.

C'est curieux : je viens de remplir dix pages et je n'ai pas dit la vérité — du moins pas toute la vérité. Quand j'écrivais, sous la date, « Rien de nouveau », c'était avec une mauvaise conscience : en fait une petite histoire, qui n'est ni honteuse ni extraordinaire, refusait de sortir. « Rien de nouveau. » J'admire comme on peut mentir en mettant la raison de son côté. Évidemment, il ne s'est rien produit de nouveau, si l'on veut, ce matin, à huit heures et quart, comme je sortais de l'hôtel Printania pour me rendre à la bibliothèque, j'ai voulu et je n'ai pas pu ramasser un papier qui traînait par terre. C'est tout et ce n'est même pas un événement. Oui, mais, pour dire toute la vérité, j'en ai été profondément impressionné : j'ai pensé que je n'étais plus libre. A la bibliothèque j'ai cherché sans y parvenir à me défaire de cette idée. J'ai voulu la fuir au café Mably. J'espérais qu'elle se dissiperait aux lumières. Mais elle est restée là, en moi, pesante et douloureuse. C'est elle qui m'a dicté les pages qui précèdent.

Pourquoi n'en ai-je pas parlé? Ça doit être par orgueil, et puis, aussi, un peu par maladresse. Je n'ai pas l'habitude de me raconter ce qui m'arrive, alors je ne retrouve pas bien la succession des événements, je ne distingue pas ce qui est important. Mais à présent c'est fini : j'ai relu ce que j'écrivais au café Mably et j'ai eu honte ; je ne veux pas de secrets, ni d'états d'âme, ni d'indicible ; je ne suis ni vierge ni prêtre, pour jouer à la vie intérieure.

Il n'y a pas grand-chose à dire : je n'ai pas pu ramasser le papier, c'est tout.

J'aime beaucoup ramasser les marrons, les vieilles loques, surtout les papiers. Il m'est agréable de les prendre, de fermer ma main sur eux ; pour un peu je les porterais à ma bouche, comme font les enfants. Anny entrait dans des colères blanches quand je soulevais par un coin des papiers lourds et somptueux, mais probablement salis de merde. En été ou au début de l'automne, on trouve dans les jardins des bouts de journaux que le soleil a cuits, secs et cassants comme des feuilles mortes, si jaunes qu'on peut les croire passés à l'acide picrique. D'autres feuillets, l'hiver, sont pilonnés, broyés, maculés, ils retournent à la terre. D'autres tout neufs et même glacés, tout blancs, tout palpitants, sont posés comme des cygnes, mais déjà la terre les englue par en dessous. Ils se tordent, ils s'arrachent à la boue, mais c'est pour aller s'aplatir un peu plus loin, définitivement. Tout cela est bon à prendre. Quelquefois je les palpe simplement en les regardant de tout près, d'autres fois je les déchire pour entendre leur long crépitement, ou bien, s'ils sont très humides, j'y mets le feu, ce qui ne va pas sans peine ; puis j'essuie mes paumes remplies de boue à un mur ou à un tronc d'arbre.

Donc, aujourd'hui, je regardais les bottes fauves d'un officier de cavalerie, qui sortait de la caserne. En les suivant

23

du regard, j'ai vu un papier qui gisait à côté d'une flaque.
J'ai cru que l'officier allait, de son talon, écraser le papier
dans la boue, mais non : il a enjambé, d'un seul pas, le
papier et la flaque. Je me suis approché : c'était une page
réglée, arrachée sans doute à un cahier d'école. La pluie
l'avait trempée et tordue, elle était couverte de cloques et
de boursouflures, comme une main brûlée. Le trait rouge
de la marge avait déteint en une buée rose ; l'encre avait
coulé par endroits. Le bas de la page disparaissait sous
une croûte de boue. Je me suis baissé, je me réjouissais
déjà de toucher cette pâte tendre et fraîche qui se roulerait
sous mes doigts en boulettes grises... Je n'ai pas pu.

Je suis resté courbé, une seconde, j'ai lu « Dictée : le
Hibou blanc », puis je me suis relevé, les mains vides. Je
ne suis plus libre, je ne peux plus faire ce que je veux.

Les objets, cela ne devrait pas *toucher*, puisque cela ne vit
pas. On s'en sert, on les remet en place, on vit au milieu
d'eux : ils sont utiles, rien de plus. Et moi, ils me touchent,
c'est insupportable. J'ai peur d'entrer en contact avec eux
tout comme s'ils étaient des bêtes vivantes.

Maintenant je vois ; je me rappelle mieux ce que j'ai
senti, l'autre jour, au bord de la mer, quand je tenais ce
galet. C'était une espèce d'écœurement douceâtre. Que
c'était donc désagréable! Et cela venait du galet, j'en suis
sûr, cela passait du galet dans mes mains, Oui, c'est cela,
c'est bien cela : une sorte de nausée dans les mains.

Jeudi matin, à la bibliothèque.

Tout à l'heure, en descendant l'escalier de l'hôtel, j'ai
entendu Lucie qui faisait, pour la centième fois, ses do-
léances à la patronne, tout en encaustiquant les marches.
La patronne parlait avec effort et par phrases courtes parce
qu'elle n'avait pas encore son râtelier ; elle était à peu près
nue, en robe de chambre rose, avec des babouches. Lucie

24

était sale, à son habitude; de temps en temps, elle s'arrêtait de frotter et se redressait sur les genoux pour regarder la patronne. Elle parlait sans interruption, d'un air raisonnable.

— J'aimerais cent fois mieux qu'il courrait, disait-elle; cela me serait bien égal, du moment que cela ne lui ferait pas de mal.

Elle parlait de son mari : sur les quarante ans, cette petite noiraude s'est offert, avec ses économies, un ravissant jeune homme, ajusteur aux Usines Lecointe. Elle est malheureuse en ménage. Son mari ne la bat pas, ne la trompe pas : il boit, il rentre ivre tous les soirs. Il file un mauvais coton; en trois mois, je l'ai vu jaunir et fondre. Lucie pense que c'est la boisson. Je crois plutôt qu'il est tuberculeux.

— Il faut prendre le dessus, disait Lucie.

Ça la ronge, j'en suis sûr, mais lentement, patiemment : elle prend le dessus, elle n'est capable ni de se consoler ni de s'abandonner à son mal. Elle y pense un petit peu, un tout petit peu, de-ci, de-là, elle l'écornifle. Surtout quand elle est avec des gens, parce qu'ils la consolent et aussi parce que ça la soulage un peu d'en parler sur un ton posé, avec l'air de donner des conseils. Quand elle est seule dans les chambres, je l'entends qui fredonne, pour s'empêcher de penser. Mais elle est morose tout le jour, tout de suite lasse et boudeuse :

— C'est là, dit-elle en se touchant la gorge, ça ne passe pas.

Elle souffre en avare. Elle doit être avare aussi pour ses plaisirs. Je me demande si elle ne souhaite pas, quelquefois, d'être délivrée de cette douleur monotone, de ces marmonnements qui reprennent dès qu'elle ne chante plus, si elle ne souhaite pas de souffrir un bon coup, de se noyer dans le désespoir. Mais, de toute façon, ça lui serait impossible : elle est nouée.

Jeudi après-midi.

« M. de Rollebon était ford laid. La reine Marie-Antoinette l'appelait volontiers sa « chère guenon ». Il avait pourtant toutes les femmes de la cour, non pas en bouffonnant comme Voisenon, le macaque : par un magnétisme qui portait ses belles conquêtes aux pires excès de la passion. Il intrigue, joue un rôle assez louche dans l'affaire du Collier et disparaît en 1790, après avoir entretenu un commerce suivi avec Mirabeau-Tonneau et Nerciat. On le retrouve en Russie, où il assassine un peu Paul Ier et, de là, il voyage aux pays les plus lointains, aux Indes, en Chine, au Turkestan. Il trafique, cabale, espionne. En 1813, il revient à Paris. En 1816, il est parvenu à la toute-puissance : il est l'unique confident de la duchesse d'Angoulême. Cette vieille femme capricieuse et butée sur d'horribles souvenirs d'enfance s'apaise et sourit quand elle le voit. Par elle, il fait à la cour la pluie et le beau temps. En mars 1820, il épouse Mlle de Roquelaure, fort belle et qui a dix-huit ans. M. de Rollebon en a soixante-dix ; il est au faîte des honneurs, à l'apogée de sa vie. Sept mois plus tard, accusé de trahison, il est saisi, jeté dans un cachot où il meurt après cinq ans de captivité, sans qu'on ait instruit son procès. »

J'ai relu avec mélancolie cette note de Germain Berger [1]. C'est par ces quelques lignes que j'ai connu d'abord M. de Rollebon. Comme il m'a paru séduisant et comme, tout de suite, sur ce peu de mots, je l'ai aimé! C'est pour lui, pour ce petit bonhomme, que je suis ici. Quand je suis revenu de voyage, j'aurais pu tout aussi bien me fixer à Paris ou à Marseille. Mais la plupart des documents qui concernent les longs séjours en France du marquis sont à la bibliothèque municipale de Bouville. Rollebon était châ-

---

1. Germain Berger : *Mirabeau-Tonneau et ses amis*, page 406, note 2. Champion, 1906. (Note de l'éditeur.)

telain de Marommes. Avant la guerre, on trouvait encore dans cette bourgade un de ses descendants, un architecte qui s'appelait Rollebon-Campouyré, et qui fit, à sa mort en 1912, un legs très important à la bibliothèque de Bouville : des lettres du marquis, un fragment de journal, des papiers de toute sorte. Je n'ai pas encore tout dépouillé.

Je suis content d'avoir retrouvé ces notes. Voilà dix ans que je ne les avais pas relues. Mon écriture a changé, il me semble : j'écrivais plus serré. Comme j'aimais M. de Rollebon cette année-là! Je me souviens d'un soir — un mardi soir : j'avais travaillé tout le jour à la Mazarine ; je venais de deviner, d'après sa correspondance de 1789-1790, la façon magistrale dont il avait roulé Nerciat. Il faisait nuit, je descendais l'avenue du Maine et, au coin de la rue de la Gaîté, j'ai acheté des marrons. Étais-je heureux! Je riais tout seul en pensant à la tête qu'avait dû faire Nerciat, lorsqu'il est revenu d'Allemagne. La figure du marquis est comme cette encre : elle a bien pâli, depuis que je m'en occupe.

D'abord, à partir de 1801, je ne comprends plus rien à sa conduite. Ce ne sont pas les documents qui font défaut : lettres, fragments de mémoires, rapports secrets, archives de police. J'en ai presque trop, au contraire. Ce qui manque dans tous ces témoignages, c'est la fermeté, la consistance. Ils ne se contredisent pas, non, mais ils ne s'accordent pas non plus ; ils n'ont pas l'air de concerner la même personne. Et pourtant les autres historiens travaillent sur des renseignements de même espèce. Comment font-ils? Est-ce que je suis plus scrupuleux ou moins intelligent? Ainsi posée, d'ailleurs, la question me laisse entièrement froid. Au fond, qu'est-ce que je cherche? Je n'en sais rien. Longtemps l'homme, Rollebon, m'a intéressé plus que le livre à écrire. Mais, maintenant, l'homme... l'homme commence à m'ennuyer. C'est au livre que je m'attache, je sens un besoin de plus en plus fort de l'écrire — à mesure que je vieillis, dirait-on.

Évidemment, on peut admettre que Rollebon a pris une

part active à l'assassinat de Paul Ier, qu'il a accepté ensuite une mission de haut espionnage en Orient pour le compte du tsar et constamment trahi Alexandre au profit de Napoléon. Il a pu en même temps assumer une correspondance active avec le comte d'Artois et lui faire tenir des renseignements de peu d'importance pour le convaincre de sa fidélité : rien de tout cela n'est invraisemblable ; Fouché, à la même époque, jouait une comédie autrement complexe et dangereuse. Peut-être aussi le marquis faisait-il pour son compte le commerce des fusils avec les principautés asiatiques.

Eh bien, oui : il a pu faire tout ça, mais ce n'est pas prouvé : je commence à croire qu'on ne peut jamais rien prouver. Ce sont des hypothèses honnêtes et qui rendent compte des faits : mais je sens si bien qu'elles viennent de moi, qu'elles sont tout simplement une manière d'unifier mes connaissances. Pas une lueur ne vient du côté de Rollebon. Lents, paresseux, maussades, les faits s'accommodent à la rigueur de l'ordre que je veux leur donner mais il leur reste extérieur. J'ai l'impression de faire un travail de pure imagination. Encore suis-je bien sûr que des personnages de roman auraient l'air plus vrais, seraient, en tout cas, plus plaisants.

Vendredi.

Trois heures. Trois heures, c'est toujours trop tard ou trop tôt pour tout ce qu'on veut faire. Un drôle de moment dans l'après-midi. Aujourd'hui, c'est intolérable.

Un soleil froid blanchit la poussière des vitres. Ciel pâle, brouillé de blanc. Les ruisseaux étaient gelés ce matin.

Je digère lourdement, près du calorifère, je sais d'avance que la journée est perdue. Je ne ferai rien de bon, sauf, peut-être, à la nuit tombée. C'est à cause du soleil ; il dore vaguement de sales brumes blanches, suspendues en l'air au-dessus du chantier, il coule dans ma chambre, tout blond, tout pâle, il étale sur ma table quatre reflets ternes et faux.

Ma pipe est badigeonnée d'un vernis doré qui attire d'abord les yeux par une apparence de gaieté : on la regarde, le vernis fond, il ne reste qu'une grande traînée blafarde sur un morceau de bois. Et tout est ainsi, tout, jusqu'à mes mains. Quand il se met à faire ce soleil-là, le mieux serait d'aller se coucher. Seulement, j'ai dormi comme une brute la nuit dernière et je n'ai pas sommeil.

J'aimais tant le ciel d'hier, un ciel étroit, noir de pluie, qui se poussait contre les vitres, comme un visage ridicule et touchant. Ce soleil-ci n'est pas ridicule, bien au contraire. Sur tout ce que j'aime, sur la rouille du chantier, sur les planches pourries de la palissade, il tombe une lumière avare et raisonnable, semblable au regard qu'on jette, après une nuit sans sommeil, sur les décisions qu'on a prises d'enthousiasme la veille, sur les pages qu'on a écrites sans ratures et d'un seul jet. Les quatre cafés du boulevard Victor-Noir, qui rayonnent la nuit, côte à côte, et qui sont bien plus que des cafés — des aquariums, des vaisseaux, des étoiles ou de grands yeux blancs — ont perdu leur grâce ambiguë.

Un jour parfait pour faire un retour sur soi : ces froides clartés que le soleil projette, comme un jugement sans indulgence, sur les créatures — elles entrent en moi par les yeux ; je suis éclairé, au-dedans, par une lumière appauvrissante. Un quart d'heure suffirait, j'en suis sûr, pour que je parvienne au suprême dégoût de moi. Merci beaucoup. Je n'y tiens pas. Je ne relirai pas non plus ce que j'ai écrit hier sur le séjour de Rollebon à Saint-Pétersbourg. Je reste assis, bras ballants, ou bien je trace quelques mots, sans courage, je bâille, j'attends que la nuit tombe. Quand il fera noir, les objets et moi, nous sortirons des limbes.

Rollebon a-t-il ou non participé à l'assassinat de Paul Ier ?

Ça, c'est la question du jour : j'en suis arrivé là et je ne puis continuer sans avoir décidé.

D'après Tcherkoff il était payé par le comte Pahlen. La plupart des conjurés, dit Tcherkoff, se fussent contentés de déposer le tsar et de l'enfermer. (Alexandre semble avoir été, en effet, partisan de cette solution.) Mais Pahlen aurait voulu en finir tout à fait avec Paul. M. de Rollebon aurait été chargé de pousser individuellement les conjurés à l'assassinat.

« Il rendit visite à chacun d'eux et mimait la scène qui aurait lieu, avec une puissance incomparable. Ainsi il fit naître ou développa chez eux la folie du meurtre. »

Mais je me défie de Tcherkoff. Ce n'est pas un témoin raisonnable, c'est un mage sadique et un demi-fou : il tourne tout au démoniaque. Je ne vois pas du tout M. de Rollebon dans ce rôle mélodramatique. Il aurait mimé la scène de l'assassinat ? Allons donc ! Il est froid, il n'entraîne pas à l'ordinaire : il ne fait pas voir, il insinue, et sa méthode, pâle et sans couleur, ne peut réussir qu'avec des hommes de son bord, des intrigants accessibles aux raisons, des politiques.

« Adhémar de Rollebon, écrit Mme de Charrières, ne peignait point en parlant, ne faisait pas de gestes, ne changeait point d'intonation. Il gardait les yeux mi-clos et c'est à peine si l'on surprenait, entre ses cils, l'extrême bord de ses prunelles grises. Il y a peu d'années que j'ose m'avouer qu'il m'ennuyait au-delà du possible. Il parlait un peu comme écrivait l'abbé Mably. »

Et c'est cet homme-là qui, par son talent de mime... Mais alors comment séduisait-il donc les femmes ? Et puis, il y a cette histoire curieuse que rapporte Ségur et qui me paraît vraie :

« En 1787, dans une auberge près de Moulins, un vieil homme se mourait, ami de Diderot, formé par les philosophes. Les prêtres des environs étaient sur les dents : ils avaient tout tenté en vain ; le bonhomme ne voulait pas des derniers sacrements, il était panthéiste. M. de Rollebon, qui passait et ne croyait à rien, gagea contre le curé de Moulins qu'il ne lui faudrait pas deux heures pour ramener le malade à des sentiments chrétiens. Le curé tint le pari et perdit : entrepris à trois heures du matin, le malade se confessa à cinq heures et mourut à sept. « Êtes-vous si fort dans l'art de la dispute? demanda le curé, vous l'emportez sur les nôtres! » « Je n'ai pas disputé, répondit M. de Rollebon, je lui ai fait peur de l'enfer. »

A présent, a-t-il pris une part effective à l'assassinat? Ce soir-là, vers huit heures, un officier de ses amis le reconduisit jusqu'à sa porte. S'il est ressorti, comment a-t-il pu traverser Saint-Pétersbourg sans être inquiété? Paul, à demi fou, avait donné l'ordre d'arrêter, à partir de neuf heures du soir, tous les passants, sauf les sages-femmes et les médecins. Faut-il croire l'absurde légende selon laquelle Rollebon aurait dû se déguiser en sage-femme pour parvenir jusqu'au palais? Après tout, il en était bien capable. En tout cas, il n'était pas chez lui la nuit de l'assassinat, cela semble prouvé. Alexandre devait le soupçonner fortement, puisqu'un des premiers actes de son règne fut d'éloigner le marquis sous le vague prétexte d'une mission en Extrême-Orient.

M. de Rollebon m'assomme. Je me lève. Je remue dans cette lumière pâle ; je la vois changer sur mes mains et sur les manches de ma veste : je ne peux pas assez dire comme elle me dégoûte. Je bâille. J'allume la lampe, sur la table : peut-être sa clarté pourra-t-elle combattre celle du jour. Mais non : la lampe fait tout juste autour de son pied une mare pitoyable. J'éteins ; je me lève. Au mur, il y a un trou blanc, la glace. C'est un piège. Je sais que je vais m'y laisser prendre. Ça y est. La chose grise vient d'apparaître dans la glace. Je m'approche et je la regarde, je ne peux plus m'en aller.

C'est le reflet de mon visage. Souvent, dans ces journées perdues, je reste à le contempler. Je n'y comprends rien, à ce visage. Ceux des autres ont un sens. Pas le mien. Je ne peux même pas décider s'il est beau ou laid. Je pense qu'il est laid, parce qu'on me l'a dit. Mais cela ne me frappe pas. Au fond je suis même choqué qu'on puisse lui attribuer des qualités de ce genre, comme si on appelait beau ou laid un morceau de terre ou bien un bloc de rocher.

Il y a quand même une chose qui fait plaisir à voir, au-dessus des molles régions des joues, au-dessus du front : c'est cette belle flamme rouge qui dore mon crâne, ce sont mes cheveux. Ça, c'est agréable à regarder. C'est une couleur nette au moins : je suis content d'être roux. C'est là, dans la glace, ça se fait voir, ça rayonne. J'ai encore de la chance : si mon front portait une de ces chevelures ternes qui n'arrivent pas à se décider entre le châtain et le blond, ma figure se perdrait dans le vague, elle me donnerait le vertige.

Mon regard descend lentement, avec ennui, sur ce front, sur ces joues : il ne rencontre rien de ferme, il s'ensable. Évidemment, il y a là un nez, des yeux, une bouche, mais tout ça n'a pas de sens, ni même d'expression humaine. Pourtant Anny et Vélines me trouvaient l'air vivant ; il se peut que je sois trop habitué à mon visage. Ma tante Bigeois me disait, quand j'étais petit : « Si tu te regardes trop longtemps dans la glace, tu y verras un singe. » J'ai dû me regarder encore plus longtemps : ce que je vois est bien au-dessous du singe, à la lisière du monde végétal, au niveau des polypes. Ça vit, je ne dis pas non ; mais ce n'est pas à cette vie-là qu'Anny pensait : je vois de légers tressaillements, je vois une chair fade qui s'épanouit et palpite avec abandon. Les yeux surtout, de si près, sont horribles. C'est vitreux, mou, aveugle, bordé de rouge, on dirait des écailles de poisson.

Je m'appuie de tout mon poids sur le rebord de faïence, j'approche mon visage de la glace jusqu'à la toucher.

Les yeux, le nez et la bouche disparaissent : il ne reste plus rien d'humain. Des rides brunes de chaque côté du gonflement fiévreux des lèvres, des crevasses, des taupinières. Un soyeux duvet blanc court sur les grandes pentes des joues, deux poils sortent des narines : c'est une carte géologique en relief. Et, malgré tout, ce monde lunaire m'est familier. Je ne peux pas dire que j'en *reconnaisse* les détails. Mais l'ensemble me fait une impression de déjà *vu* qui m'engourdit : je glisse doucement dans le sommeil.

Je voudrais me ressaisir : une sensation vive et tranchée me délivrerait. Je plaque ma main gauche contre ma joue, je tire sur la peau ; je me fais la grimace. Toute une moitié de mon visage cède, la moitié gauche de la bouche se tord et s'enfle, en découvrant une dent, l'orbite s'ouvre sur un globe blanc, sur une chair rose et saignante. Ce n'est pas ce que je cherchais : rien de fort, rien de neuf ; du doux, du flou, du déjà vu! Je m'endors les yeux ouverts, déjà le visage grandit, grandit dans la glace, c'est un immense halo pâle qui glisse dans la lumière...

Ce qui me réveille brusquement, c'est que je perds l'équilibre. Je me retrouve à califourchon sur une chaise, encore tout étourdi. Est-ce que les autres hommes ont autant de peine à juger de leur visage? Il me semble que je vois le mien comme je sens mon corps, par une sensation sourde et organique. Mais les autres? Mais Rollebon, par exemple? Est-ce que ça l'endormait aussi de regarder dans les miroirs ce que Mme de Genlis appelle « son petit visage ridé, propre et net, tout grêlé de petite vérole, où il y avait une malice singulière, qui sautait aux yeux, quelque effort qu'il fît pour la dissimuler. Il prenait, ajoute-t-elle, grand soin de sa coiffure et jamais je ne le vis sans perruque. Mais ses joues étaient d'un bleu qui tirait sur le noir parce qu'il avait la barbe épaisse et qu'il se voulait raser lui-même, ce qu'il faisait fort mal. Il avait coutume de se barbouiller de blanc de céruse, à la manière de Grimm. M. de Dangeville disait qu'il ressemblait, avec tout ce blanc et tout ce bleu, à un fromage de Roquefort. »

Il me semble qu'il devait être bien plaisant. Mais, après tout, ce n'est pas ainsi qu'il apparut à Mme de Charrières. Elle le trouvait, je crois, plutôt éteint. Peut-être est-il impossible de comprendre son propre visage. Ou peut-être est-ce parce que je suis un homme seul? Les gens qui vivent en société ont appris à se voir, dans les glaces, tels qu'ils apparaissent à leurs amis. Je n'ai pas d'amis : est-ce pour cela que ma chair est si nue? On dirait — oui, on dirait la nature sans les hommes.

Je n'ai plus de goût à travailler, je ne peux plus rien faire, qu'attendre la nuit.

5 heures et demie.

Ça ne va pas! ça ne va pas du tout : je l'ai, la saleté, la Nausée. Et cette fois-ci, c'est nouveau : ça m'a pris dans un café. Les cafés étaient jusqu'ici mon seul refuge parce qu'ils sont pleins de monde et bien éclairés : il n'y aura même plus ça ; quand je serai traqué dans ma chambre, je ne saurai plus où aller.

Je venais pour baiser, mais j'avais à peine poussé la porte que Madeleine, la serveuse, m'a crié :

— La patronne n'est pas là, elle est en ville à faire des courses.

J'ai senti une vive déception au sexe, un long chatouillement désagréable. En même temps, je sentais ma chemise qui frottait contre le bout de mes seins et j'étais entouré, saisi, par un lent tourbillon coloré, un tourbillon de brouillard, de lumières dans la fumée, dans les glaces, avec les banquettes qui luisaient au fond et je ne voyais ni pourquoi c'était là, ni pourquoi c'était comme ça. J'étais sur le pas de la porte, j'hésitais et puis un remous se produisit, une ombre passa au plafond et je me suis senti poussé en avant.

Je flottais, j'étais étourdi par les brumes lumineuses qui m'entraient de partout à la fois. Madeleine est venue en flottant m'ôter mon pardessus et j'ai remarqué qu'elle s'était tiré les cheveux en arrière et mis des boucles d'oreilles : je ne la reconnaissais pas. Je regardais ses grandes joues qui n'en finissaient pas de filer vers les oreilles. Au creux des joues, sous les pommettes, il y avait deux taches roses bien isolées qui avaient l'air de s'ennuyer sur cette chair pauvre. Les joues filaient, filaient vers les oreilles et Madeleine souriait :

— Qu'est-ce que vous prenez, monsieur Antoine?

Alors la Nausée m'a saisi, je me suis laissé tomber sur la banquette, je ne savais même plus où j'étais ; je voyais tourner lentement les couleurs autour de moi, j'avais envie de vomir. Et voilà : depuis, la Nausée ne m'a pas quitté, elle me tient.

J'ai payé. Madeleine a enlevé ma soucoupe. Mon verre écrase contre le marbre une flaque de bière jaune, où flotte une bulle. La banquette est défoncée, à l'endroit où je suis assis, et je suis contraint, pour ne pas glisser, d'appuyer fortement mes semelles contre le sol ; il fait froid. A droite, ils jouent aux cartes sur un tapis de laine. Je ne les ai pas vus, en entrant ; j'ai senti simplement qu'il y avait un paquet tiède ; moitié sur la banquette, moitié sur la table du fond, avec des paires de bras qui s'agitaient. Depuis, Madeleine leur a apporté des cartes, le tapis et les jetons dans une sébile. Ils sont trois ou cinq, je ne sais pas, je n'ai pas le courage de les regarder. J'ai un ressort de cassé : je peux mouvoir les yeux mais pas la tête. La tête est toute molle, élastique, on dirait qu'elle est juste posée sur mon cou ; si je la tourne, je vais la laisser tomber. Tout de même, j'entends un souffle court et je vois de temps en temps, du coin de l'œil, un éclair rougeaud couvert de poils blancs. C'est une main.

Quand la patronne fait des courses, c'est son cousin qui la remplace au comptoir. Il s'appelle Adolphe. J'ai commencé à le regarder en m'asseyant et j'ai continué parce que je ne pouvais pas tourner la tête. Il est en bras de chemise, avec des bretelles mauves ; il a roulé les manches de sa chemise jusqu'au-dessus du coude. Les bretelles se voient à peine sur la chemise bleue, elles sont tout effacées, enfouies dans le bleu, mais c'est de la fausse humilité : en fait, elles ne se laissent pas oublier, elles m'agacent par leur entêtement de moutons, comme si, parties pour devenir violettes, elles s'étaient arrêtées en route sans abandonner leurs prétentions. On a envie de leur dire : « Allez-y, *devenez* violettes et qu'on n'en parle plus. » Mais non, elles restent en suspens, butées dans leur effort inachevé. Parfois le bleu qui les entoure glisse sur elles et les recouvre tout à fait : je reste un instant sans les voir. Mais ce n'est qu'une vague, bientôt le bleu pâlit par places et je vois réapparaître des îlots d'un mauve hésitant, qui s'élargissent, se rejoignent et reconstituent les bretelles. Le cousin Adolphe n'a pas d'yeux : ses paupières gonflées et retroussées s'ouvrent tout juste un peu sur du blanc. Il sourit d'un air endormi ; de temps à autre, il s'ébroue, jappe et se débat faiblement, comme un chien qui rêve.

Sa chemise de coton bleu se détache joyeusement sur un mur chocolat. Ça aussi ça donne la Nausée. Ou plutôt *c'est* la Nausée. La Nausée n'est pas en moi : je la ressens *là-bas* sur le mur, sur les bretelles, partout autour de moi. Elle ne fait qu'un avec le café, c'est moi qui suis en elle.

A ma droite, le paquet tiède se met à bruire, il agite ses paires de bras.

— Tiens, le voilà ton atout. — Qu'est-ce que c'est l'atout ? Grande échine noire courbée sur le jeu : « Hahaha ! » « Quoi ? Voilà l'atout, il vient de le jouer. — Je ne sais pas, je n'ai pas vu... — Si, maintenant, je viens de jouer atout. — Ah bon, alors atout cœur. » Il chantonne : « Atout cœur, Atout cœur. A-tout-cœur. » Parlé : « Qu'est-ce que c'est, monsieur ? qu'est-ce que c'est, monsieur ? Je prends ! »

De nouveau, le silence — le goût de sucre de l'air,

dans mon arrière-bouche. Les odeurs. Les bretelles.

Le cousin s'est levé, il a fait quelques pas, il a mis ses mains derrière son dos, il sourit, il lève la tête et se renverse en arrière, sur l'extrémité des talons. En cette position, il s'endort. Il est là, oscillant, il sourit toujours, ses joues tremblent. Il va tomber. Il s'incline en arrière, s'incline, s'incline, la face entièrement tournée vers le plafond puis, au moment de tomber, il se rattrape adroitement au rebord du comptoir et rétablit son équilibre. Après quoi, il recommence. J'en ai assez, j'appelle la serveuse :

— Madeleine, jouez-moi un air, au phono, vous serez gentille. Celui qui me plaît, vous savez : *Some of these days.*

— Oui, mais ça va peut-être ennuyer ces messieurs ; ces messieurs n'aiment pas la musique, quand ils font leur partie. Ah! je vais leur demander.

Je fais un gros effort et je tourne la tête. Ils sont quatre. Elle se penche sur un vieillard pourpre qui porte au bout du nez un lorgnon cerclé de noir. Il cache son jeu contre sa poitrine et me jette un regard par en dessous.

— Faites donc, monsieur.

Sourires. Il a les dents pourries. Ce n'est pas à lui qu'appartient la main rouge, c'est à son voisin, un type à moustaches noires. Ce type à moustaches possède d'immenses narines, qui pourraient pomper de l'air pour toute une famille et qui lui mangent la moitié du visage, mais, malgré cela, il respire par la bouche en haletant un peu. Il y a aussi avec eux un jeune homme à tête de chien. Je ne distingue pas le quatrième joueur.

Les cartes tombent sur le tapis de laine, en tournoyant. Puis des mains aux doigts bagués viennent les ramasser, grattant le tapis de leurs ongles. Les mains font des taches blanches sur le tapis, elles ont l'air soufflé et poussiéreux. Il tombe toujours d'autres cartes, les mains vont et viennent. Quelle drôle d'occupation : ça n'a pas l'air d'un jeu, ni d'un rire, ni d'une habitude. Je crois qu'ils font ça pour remplir le temps, tout simplement. Mais le temps est trop large, il ne se laisse pas remplir. Tout ce qu'on y plonge s'amollit et s'étire. Ce geste, par exemple, de la main rouge, qui ramasse les cartes en trébuchant : il est tout flasque. Il faudrait le découdre et tailler dedans.

Madeleine tourne la manivelle du phonographe. Pourvu qu'elle ne se soit pas trompée, qu'elle n'ait pas mis, comme l'autre jour, le grand air de *Cavalleria Rusticana*. Mais non, c'est bien ça, je reconnais l'air dès les premières mesures. C'est un vieux *rag-time* avec refrain chanté. Je l'ai entendu siffler en 1917 par des soldats américains dans les rues de La Rochelle. Il doit dater d'avant-guerre. Mais l'enregistrement est beaucoup plus récent. Tout de même, c'est le plus vieux disque de la collection, un disque Pathé pour aiguille à saphir.

Tout à l'heure viendra le refrain : c'est lui surtout que j'aime et la manière abrupte dont il se jette en avant, comme une falaise contre la mer. Pour l'instant, c'est le jazz qui joue ; il n'y a pas de mélodie, juste des notes, une myriade de petites secousses. Elles ne connaissent pas de repos, un ordre inflexible les fait naître et les détruit, sans leur laisser jamais le loisir de se reprendre, d'exister pour soi. Elles courent, elles se pressent, elles me frappent au passage d'un coup sec et s'anéantissent. J'aimerais bien les retenir, mais je sais que, si j'arrivais à en arrêter une, il ne resterait plus entre mes doigts qu'un son canaille et languissant. Il faut que j'accepte leur mort ; cette mort, je dois même la *vouloir* : je connais peu d'impressions plus âpres ni plus fortes.

Je commence à me réchauffer, à me sentir heureux. Ça n'est encore rien d'extraordinaire, c'est un petit bonheur de Nausée : il s'étale au fond de la flaque visqueuse, au fond de *notre* temps — le temps des bretelles mauves et des banquettes défoncées — il est fait d'instants larges et mous, qui s'agrandissent par les bords en tache d'huile. A peine né, il est déjà vieux, il me semble que je le connais depuis vingt ans.

38

Il y a un autre bonheur : au-dehors, il y a cette bande d'acier, l'étroite durée de la musique, qui traverse notre temps de part en part, et le refuse et le déchire de ses sèches petites pointes ; il y a un autre temps.

— M. Randu joue cœur, tu mets le manillon.

La voix glisse et disparaît. Rien ne mord sur le ruban d'acier, ni la porte qui s'ouvre, ni la bouffée d'air froid qui se coule sur mes genoux, ni l'arrivée du vétérinaire avec sa petite fille : la musique perce ses formes vagues et passe au travers. A peine assise, la petite fille a été saisie : elle se tient raide, les yeux grands ouverts ; elle écoute, en frottant la table de son poing.

Quelques secondes encore et la Négresse va chanter. Ça semble inévitable, si forte est la nécessité de cette musique : rien ne peut l'interrompre, rien qui vienne de ce temps où le monde est affalé ; elle cessera d'elle-même, par ordre. Si j'aime cette belle voix, c'est surtout pour ça : ce n'est ni pour son ampleur ni pour sa tristesse, c'est qu'elle est l'événement que tant de notes ont préparé, de si loin, en mourant pour qu'il naisse. Et pourtant je suis inquiet ; il faudrait si peu de chose pour que le disque s'arrête : qu'un ressort se brise, que le cousin Adolphe ait un caprice. Comme il est étrange, comme il est émouvant que cette dureté soit si fragile. Rien ne peut l'interrompre et tout peut la briser.

Le dernier accord s'est anéanti. Dans le bref silence qui suit, je sens fortement que ça y est, que *quelque chose est arrivé.*

Silence.

> *Some of these days*
> *You'll miss me honey!*

Ce qui vient d'arriver, c'est que la Nausée a disparu. Quand la voix s'est élevée, dans le silence, j'ai senti mon corps se durcir et la Nausée s'est évanouie. D'un coup :

c'était presque pénible de devenir ainsi tout dur, tout rutilant. En même temps la durée de la musique se dilatait, s'enflait comme une trombe. Elle emplissait la salle de sa transparence métallique, en écrasant contre les murs notre temps misérable. Je suis *dans* la musique. Dans les glaces roulent des globes de feu ; des anneaux de fumée les encerclent et tournent, voilant et dévoilant le dur sourire de la lumière. Mon verre de bière s'est rapetissé, il se tasse sur la table : il a l'air dense, indispensable. Je veux le prendre et le soupeser, j'étends la main... Mon Dieu! C'est ça surtout qui a changé, ce sont mes gestes. Ce mouvement de mon bras s'est développé comme un thème majestueux, il a glissé le long du chant de la Négresse ; il m'a semblé que je dansais.

Le visage d'Adolphe est là, posé contre le mur chocolat ; il a l'air tout proche. Au moment où ma main se refermait, j'ai vu sa tête ; elle avait l'évidence, la nécessité d'une conclusion. Je presse mes doigts contre le verre, je regarde Adolphe : je suis heureux.

— Voilà!

Une voix s'élance sur un fond de rumeur. C'est mon voisin qui parle, le vieillard cuit. Ses joues font une tache violette sur le cuir brun de la banquette. Il claque une carte contre la table. La manille de carreau.

Mais le jeune homme à tête de chien sourit. Le joueur rougeaud, courbé sur la table, le guette par en dessous, prêt à bondir.

— Et voilà!

La main du jeune homme sort de l'ombre, plane un instant, blanche, indolente, puis fond soudain comme un milan et presse une carte contre le tapis. Le gros rougeaud saute en l'air :

— Merde! Il coupe.

La silhouette du roi de cœur paraît entre les doigts crispés, puis on le retourne sur le nez et le jeu continue. Beau roi, venu de si loin, préparé par tant de combinai-

40

sons, par tant de gestes disparus. Le voilà qui disparaît à son tour, pour que naissent d'autres combinaisons et d'autres gestes, des attaques, des répliques, des retours de fortune, une foule de petites aventures.

Je suis ému, je sens mon corps comme une machine de précision au repos. Moi, j'ai eu de vraies aventures. Je n'en retrouve aucun détail, mais j'aperçois l'enchaînement rigoureux des circonstances. J'ai traversé les mers, j'ai laissé des villes derrière moi et j'ai remonté des fleuves ou bien je me suis enfoncé dans des forêts, et j'allais toujours vers d'autres villes. J'ai eu des femmes, je me suis battu avec des types ; et jamais je ne pouvais revenir en arrière, pas plus qu'un disque ne peut tourner à rebours. Et tout cela me menait *où*? A cette minute-ci, à cette banquette, dans cette bulle de clarté toute bourdonnante de musique.

And when you leave me.

Oui, moi qui aimais tant, à Rome, m'asseoir au bord du Tibre, à Barcelone, le soir, descendre et remonter cent fois les Ramblas, moi qui près d'Angkor, dans l'îlot du Baray de Prah-Kan, vis un banian nouer ses racines autour de la chapelle des Nagas, je suis ici, je vis dans la même seconde que ces joueurs de manille, j'écoute une Négresse qui chante tandis qu'au-dehors rôde la faible nuit.

Le disque s'est arrêté.

La nuit est entrée, doucereuse, hésitante. On ne la voit pas, mais elle est là, elle voile les lampes ; on respire dans l'air quelque chose d'épais : c'est elle. Il fait froid. Un des joueurs pousse les cartes en désordre vers un autre qui les rassemble. Il y en a une qui est restée en arrière. Est-ce qu'ils ne la voient pas? C'est le neuf de cœur. Quelqu'un la prend enfin, la donne au jeune homme à tête de chien.

« Ah! C'est le neuf de cœur! »

C'est bien, je vais partir. Le vieillard violacé se penche

41

sur une feuille en suçant la pointe d'un crayon. Madeleine le regarde d'un œil clair et vide. Le jeune homme tourne et retourne le neuf de cœur entre ses doigts. Mon Dieu!...

Je me lève péniblement ; dans la glace, au-dessus du crâne du vétérinaire, je vois glisser un visage inhumain.

Tout à l'heure, j'irai au cinéma.

L'air me fait du bien : il n'a pas le goût du sucre, ni l'odeur vineuse du vermouth. Mais bon Dieu qu'il fait froid.

Il est sept heures et demie, je n'ai pas faim et le cinéma ne commence qu'à neuf heures, que vais-je faire? Il faut que je marche vite, pour me réchauffer. J'hésite : derrière moi le boulevard conduit au cœur de la ville, aux grandes parures de feu des rues centrales, au Palais Paramount, à l'Impérial, aux grands Magasins Jahan. Ça ne me tente pas du tout : c'est l'heure de l'apéritif ; les choses vivantes, les chiens, les hommes, toutes les masses molles qui se meuvent spontanément, j'en ai assez vu pour l'instant.

Je tourne sur la gauche, je vais m'enfoncer dans ce trou, là-bas, au bout de la rangée des becs de gaz : je vais suivre le boulevard Noir jusqu'à l'avenue Galvani. Le trou souffle un vent glacial : là-bas il n'y a que des pierres et de la terre. Les pierres, c'est dur et ça ne bouge pas.

Il y a un bout de chemin ennuyeux : sur le trottoir de droite, une masse gazeuse, grise avec des traînées de feu fait un bruit de coquillage : c'est la vieille gare. Sa présence a fécondé les cent premiers mètres du boulevard Noir — depuis le boulevard de la Redoute jusqu'à la rue Paradis —, y a fait naître une dizaine de réverbères et, côte à côte, quatre cafés, le *Rendez-vous des Cheminots* et trois autres, qui languissent tout le jour, mais qui s'éclairent le soir et projettent des rectangles lumineux sur la chaussée. Je prends encore trois bains de lumière jaune, je vois sortir de l'épicerie-mercerie Rabache une vieille femme qui ramène son fichu sur sa tête et se met à courir : à présent c'est fini. Je suis sur le bord du trottoir de la rue Paradis, à côté du dernier réverbère. Le ruban de bitume se casse net. De l'autre côté de la rue, c'est le noir et la boue. Je traverse la rue Paradis. Je marche du pied droit dans une flaque d'eau, ma chaussette est trempée; la promenade commence.

On *n'habite pas* cette région du boulevard Noir. Le climat y est trop rude, le sol trop ingrat pour que la vie s'y fixe et s'y développe. Les trois Scieries des Frères Soleil (les Frères Soleil ont fourni la voûte lambrissée de l'église Sainte-Cécile-de-la-Mer, qui coûta cent mille francs) s'ouvrent à l'ouest, de toutes leurs portes et de toutes leurs fenêtres, sur la douce rue Jeanne-Berthe-Cœuroy, qu'elles emplissent de ronronnements. Au boulevard Victor-Noir elles présentent leurs trois dos qui rejoignent des murs. Ces bâtiments bordent le trottoir de gauche sur quatre cents mètres : pas la moindre fenêtre, pas même une lucarne.

Cette fois j'ai marché des deux pieds dans le ruisseau. Je traverse la chaussée : sur l'autre trottoir un unique bec de gaz, comme un phare à l'extrême pointe de la terre, éclaire une palissade défoncée, démantelée par endroits.

Des morceaux d'affiches adhèrent encore aux planches. Un beau visage plein de haine grimace sur un fond vert, déchiré en étoile; au-dessous du nez, quelqu'un a crayonné une moustache à crocs. Sur un autre lambeau, on peut encore déchiffrer le mot « purâtre » en caractères blancs d'où tombent des gouttes rouges, peut-être des gouttes de sang. Il se peut que le visage et le mot aient fait partie de la même affiche. A présent l'affiche est lacérée, les liens simples et voulus qui les unissaient ont disparu, mais une autre unité s'est établie d'elle-même entre la bouche tordue, les gouttes de sang, les lettres blanches, la désinence « âtre »; on dirait qu'une passion criminelle et sans repos cherche à s'exprimer par ces signes mystérieux. Entre les planches on peut voir briller les feux de la voie ferrée. Un long mur fait suite à la palissade. Un mur sans trouées, sans portes, sans fenêtres qui s'arrête deux cents mètres plus loin, contre une maison. J'ai dépassé le champ d'action du réverbère; j'entre dans le trou noir. J'ai l'impression, en voyant mon ombre à mes pieds se fondre dans les ténèbres, de plonger dans une eau glacée. Devant moi, tout au fond, à travers des épaisseurs de noir, je distingue une pâleur rose : c'est l'avenue Galvani. Je me retourne; derrière le bec de gaz, très loin, il y a un soupçon de moi, clarté : ça, c'est la gare avec les quatre cafés. Derrière moi, devant moi il y a des gens qui boivent et jouent aux cartes dans des brasseries. Ici il n'y a que du noir. Le vent m'apporte par intermittence une petite sonnerie solitaire, qui vient de loin. Les bruits domestiques, le ronflement des autos, les cris, les aboiements ne s'éloignent guère des rues éclairées, ils restent au chaud. Mais cette sonnerie perce les ténèbres et parvient jusqu'ici : elle est plus dure, moins humaine que les autres bruits.

Je m'arrête pour l'écouter. J'ai froid, les oreilles me font mal; elles doivent être toutes rouges. Mais je ne me sens plus; je suis gagné par la pureté de ce qui m'entoure; rien ne vit; le vent siffle, des lignes raides fuient dans la nuit. Le boulevard Noir n'a pas la mine indécente des rues bourgeoises, qui font des grâces aux passants. Personne n'a pris soin de le parer : c'est tout juste un envers. L'envers de la rue Jeanne-Berthe-Cœuroy, de l'avenue Galvani. Aux environs de la gare, les Bouvillois le surveillent encore un petit peu; ils le nettoient de temps en temps, à cause des voyageurs. Mais, tout de suite après, ils l'abandonnent et il file tout droit, aveuglément, pour aller se cogner dans l'avenue Galvani. La ville l'a oublié. Quelquefois, un gros camion couleur de terre le traverse à toute vitesse, avec un bruit de tonnerre. On n'y assassine même pas, faute d'assassins et de victimes. Le boulevard Noir est inhumain. Comme un minéral. Comme un triangle. C'est une chance qu'il y ait un boulevard comme ça à Bouville. D'ordinaire on n'en trouve que dans les capi-

tales, à Berlin, du côté de Neukôlln ou encore vers Friedri-
chshain — à Londres derrière Greenwich. Des couloirs
droits et sales, en plein courant d'air, avec de larges trot-
toirs sans arbres. Ils sont presque toujours hors de l'enceinte, dans ces étranges quartiers où l'on fabrique les
villes, près des gares de marchandises, des dépôts de tram-
ways, des abattoirs, des gazomètres. Deux jours après
l'averse, quand toute la ville est moite sous le soleil, et
rayonne de chaleur humide, ils sont encore tout froids,
ils conservent leur boue et leurs flaques. Ils ont même des
flaques d'eau qui ne sèchent jamais, sauf un mois dans
l'année, en août.

La Nausée est restée là-bas, dans la lumière jaune. Je
suis heureux : ce froid est si pur, si pure cette nuit; ne suis-
je pas moi-même une vague d'air glacé? N'avoir ni sang,
ni lymphe, ni chair. Couler dans ce long canal vers cette
pâleur là-bas. N'être que du froid.

Voilà des gens. Deux ombres. Qu'avaient-ils besoin de
venir ici?

C'est une petite femme qui tire un homme par la manche. Elle parle d'une voix rapide et menue. Je ne comprends
pas ce qu'elle dit, à cause du vent.

— Tu la fermeras, oui? dit l'homme.

Elle parle toujours. Brusquement, il la repousse. Ils
se regardent, hésitants, puis l'homme enfonce les mains
dans ses poches et part sans se retourner.

L'homme a disparu. Trois mètres à peine me séparent
à présent de la femme. Tout à coup des sons rauques et
graves la déchirent, s'arrachent d'elle et remplissent toute
la rue, avec une violence extraordinaire :

— Charles, je t'en prie, tu sais ce que je t'ai dit? Charles,
reviens, j'en ai assez, je suis trop malheureuse!

Je passe si près d'elle que je pourrais la toucher. C'est...
mais comment croire que cette chair en feu, cette face
rayonnante de douleur?... pourtant je reconnais le fichu, le
manteau et la grosse envie lie-de-vin qu'elle a sur la main

droite; c'est elle, c'est Lucie, la femme de ménage. Je n'ose lui offrir mon appui, mais il faut qu'elle puisse le réclamer au besoin : je passe lentement devant elle en la regardant. Ses yeux se fixent sur moi, mais elle ne paraît pas me voir; elle a l'air de ne pas s'y reconnaître dans sa souffrance. Je fais quelques pas. Je me retourne...

Oui, c'est elle, c'est Lucie. Mais transfigurée, hors d'elle-même, souffrant avec une folle générosité. Je l'envie. Elle est là, toute droite, écartant les bras, comme si elle attendait les stigmates; elle ouvre la bouche, elle suffoque. J'ai l'impression que les murs ont grandi, de chaque côté de la rue, qu'ils se sont rapprochés, qu'elle est au fond d'un puits. J'attends quelques instants : j'ai peur qu'elle ne tombe raide : elle est trop malingre pour supporter cette douleur insolite. Mais elle ne bouge pas, elle a l'air minéralisée comme tout ce qui l'entoure. Un instant je me demande si je ne m'étais pas trompé sur elle, si ce n'est pas sa vraie nature qui m'est soudain révélée...

Lucie émet un petit gémissement. Elle porte la main à sa gorge en ouvrant de grands yeux étonnés. Non, ce n'est pas en elle qu'elle puise la force de tant souffrir. Ça lui vient du dehors... c'est ce boulevard. Il faudrait la prendre par les épaules, l'emmener aux lumières, au milieu des gens, dans les rues douces et roses : là-bas, on ne peut pas souffrir si fort; elle s'amollirait, elle retrouverait son air positif et le niveau ordinaire de ses souffrances.

Je lui tourne le dos. Après tout, elle a de la chance. Moi je suis bien trop calme, depuis trois ans. Je ne peux plus rien recevoir de ces solitudes tragiques, qu'un peu de pureté à vide. Je m'en vais.

Jeudi 11 heures et demie.

J'ai travaillé deux heures dans la salle de lecture. Je suis descendu dans la cour des Hypothèques pour fumer une pipe. Place pavée de briques roses. Les Bouvillois en sont fiers parce qu'elle date du XVIIIe siècle. A l'entrée de la rue Chamade et de la rue Suspédard, de vieilles chaînes barrent l'accès aux voitures. Ces dames en noir, qui viennent promener leurs chiens, glissent sous les arcades, le long des murs. Elles s'avancent rarement jusqu'au plein jour, mais elles jettent de côté des regards de jeunes filles, furtifs et satisfaits, sur la statue de Gustave Impétraz. Elles ne doivent pas savoir le nom de ce géant de bronze, mais elles voient bien, à sa redingote et à son haut-de-forme, que ce fut quelqu'un du beau monde. Il tient son chapeau de la main gauche et pose la main droite sur une pile d'in-folio : c'est un peu comme si leur grand-père était là, sur ce socle, coulé en bronze. Elles n'ont pas besoin de le regarder longtemps pour comprendre qu'il pensait comme elles, tout juste comme elles, sur tous les sujets. Au service de leurs petites idées étroites et solides il a mis son autorité et l'immense érudition puisée dans les in-folio que sa lourde main écrase. Les dames en noir se sentent soulagées, elles peuvent vaquer tranquillement aux soins du ménage, promener leur chien : les saintes idées, les bonnes idées qu'elles tiennent de leurs pères, elles n'ont plus la responsabilité de les défendre; un homme de bronze s'en est fait le gardien.

La *Grande Encyclopédie* consacre quelques lignes à ce personnage; je les ai lues l'an dernier. J'avais posé le volume sur l'entablement d'une fenêtre; à travers la vitre, je pouvais voir le crâne vert d'Impétraz. J'appris qu'il florissait vers 1890. Il était inspecteur d'académie. Il peignait d'exquises bagatelles et fit trois livres : « De la popularité chez les Grecs anciens » (1887), « La pédagogie de Rollin » (1891) et un Testament poétique en 1899. Il mourut en 1902, emportant les regrets émus de ses ressortissants et des gens de goût.

Je me suis accoté à la façade de la bibliothèque. Je tire sur ma pipe qui menace de s'éteindre. Je vois une vieille dame qui sort craintivement de la galerie en arcades et qui regarde Impétraz d'un air fin et obstiné. Elle s'enhardit soudain, elle traverse la cour de toute la vitesse de ses pattes et s'arrête un moment devant la statue en remuant les mandibules. Puis elle se sauve, noire sur le pavé rose, et disparaît dans une lézarde du mur.

Peut-être que cette place était gaie, vers 1800, avec ses briques roses et ses maisons. A présent elle a quelque chose de sec et de mauvais, une pointe délicate d'horreur. Ça vient de ce bonhomme, là-haut, sur son socle. En coulant cet universitaire dans le bronze, on en a fait un sorcier.

Je regarde Impétraz en face. Il n'a pas d'yeux, à peine de nez, une barbe rongée par cette lèpre étrange qui s'abat quelquefois, comme une épidémie, sur toutes les statues d'un quartier. Il salue; son gilet, à l'endroit du cœur, porte une grande tâche vert clair. Il a l'air souffreteux et mauvais. Il ne vit pas, non, mais il n'est pas non plus inanimé. Une sourde puissance émane de lui; c'est comme un vent qui me repousse : Impétraz voudrait me chasser de la cour des Hypothèques. Je ne partirai pas avant d'avoir achevé cette pipe.

Une grande ombre maigre surgit brusquement derrière moi. Je sursaute.

— Excusez-moi, monsieur, je ne voulais pas vous déranger. J'ai vu que vos lèvres remuaient. Vous répétiez sans doute des phrases de votre livre. — Il rit. — Vous faisiez la chasse aux alexandrins.

Je regarde l'Autodidacte avec stupeur. Mais il a l'air surpris de ma surprise :

— Ne doit-on pas, monsieur, éviter soigneusement les alexandrins dans la prose?

J'ai baissé légèrement dans son estime. Je lui demande ce qu'il fait ici, à cette heure. Il m'explique que son patron lui a donné congé et qu'il est venu directement à la bibliothèque; qu'il ne déjeunera pas, qu'il lira jusqu'à la fermeture. Je ne l'écoute plus, mais il a dû s'écarter de son sujet primitif car j'entends tout à coup :

— ... avoir comme vous le bonheur d'écrire un livre.

Il faut que je dise quelque chose.

— Bonheur... dis-je d'un air dubitatif.

Il se méprend sur le sens de ma réponse et corrige rapidement :

— Monsieur, j'aurais dû dire : mérite.

Nous montons l'escalier. Je n'ai pas envie de travailler. Quelqu'un a laissé *Eugénie Grandet* sur la table, le livre est ouvert à la page vingt-sept. Je le saisis machinalement, je me mets à lire la page vingt-sept, puis la page vingt-huit : je n'ai pas le courage de commencer par le début. L'Autodidacte s'est dirigé vers les rayons du mur d'un pas vif; il rapporte deux volumes qu'il pose sur la table, de l'air d'un chien qui a trouvé un os.

— Qu'est-ce que vous lisez?

Il me semble qu'il répugne à me le dire : il hésite un peu, roule ses grands yeux égarés, puis il me tend les livres d'un air contraint. Ce sont *La tourbe et les tourbières*, de Larbalétrier, et *Hitopadèsa ou l'Instruction utile*, de Lastex. Eh bien? Je ne vois pas ce qui le gêne : ces lectures me paraissent fort décentes. Par acquit de conscience je feuillette *Hitopadèsa* et je n'y vois rien que d'élevé.

3 heures.

J'ai abandonné *Eugénie Grandet*. Je me suis mis au travail, mais sans courage. L'Autodidacte, qui voit que j'écris, m'observe avec une concupiscence respectueuse. De temps en temps je lève un peu la tête, je vois l'immense faux col droit d'où sort son cou de poulet. Il porte des vêtements râpés, mais son linge est d'une blancheur éblouissante. Sur le même rayon il vient de prendre un autre volume, dont je déchiffre le titre à l'envers : *La Flèche de Caudebec*, chronique normande, par Mlle Julie Lavergne.

Les lectures de l'Autodidacte me déconcertent toujours.

Tout d'un coup les noms des derniers auteurs dont il a consulté les ouvrages me reviennent à la mémoire : Lambert, Langlois, Larbalétrier, Lastex, Lavergne. C'est une illumination; j'ai compris la méthode de l'Autodidacte : il s'instruit dans l'ordre alphabétique.

Je le contemple avec une espèce d'admiration. Quelle volonté ne lui faut-il pas, pour réaliser lentement, obstinément un plan de si vaste envergure? Un jour, il y a sept ans (il m'a dit qu'il étudiait depuis sept ans) il est entré en grande pompe dans cette salle. Il a parcouru du regard les innombrables livres qui tapissent les murs et il a dû dire, à peu près comme Rastignac : « A nous deux, Science humaine. » Puis il est allé prendre le premier livre du premier rayon d'extrême droite; il l'a ouvert à la première page, avec un sentiment de respect et d'effroi joint à une décision inébranlable. Il en est aujourd'hui à L. K. après J, L, après K. Il est passé brutalement de l'étude des coléoptères à celle de la théorie des quanta, d'un ouvrage sur Tamerlan à un pamphlet catholique contre le darwinisme : pas un instant il ne s'est déconcerté. Il a tout lu; il a emmagasiné dans sa tête la moitié de ce qu'on sait sur la parthénogenèse, la moitié des arguments contre la vivisection. Derrière lui, devant lui, il y a un univers. Et le jour approche où il dira, en fermant le dernier volume du dernier rayon d'extrême gauche : « Et maintenant? »

C'est l'heure de son goûter, il mange d'un air candide du pain et une tablette de Gala Peter. Ses paupières sont baissées et je puis contempler à loisir ses beaux cils recourbés — des cils de femme. Il dégage une odeur de vieux tabac, à laquelle se mêle, quand il souffle, le doux parfum du chocolat.

Vendredi, 3 heures.

Un peu plus, j'étais pris au piège de la glace. Je l'évite, mais c'est pour tomber dans le piège de la vitre : désœuvré, bras ballants je m'approche de la fenêtre. Le Chantier, La Palissade, la Vieille Gare. — la Vieille Gare, la Palissade, le Chantier. Je bâille si fort qu'une larme me vient aux yeux. Je tiens ma pipe de la main droite et mon paquet de tabac de la main gauche. Il faudrait bourrer cette pipe. Mais je n'en ai pas le courage. Mes bras pendent, j'appuie mon front contre le carreau. Cette vieille femme m'agace. Elle trottine avec entêtement, avec des yeux perdus. Parfois elle s'arrête d'un air apeuré, comme si un invisible danger l'avait frôlée. La voilà sous ma fenêtre, le vent plaque ses jupes contre ses genoux. Elle s'arrête, elle arrange son fichu. Ses mains tremblent. Elle repart : à présent, je la vois de dos. Vieille cloporte! Je suppose qu'elle va tourner à droite dans le boulevard Noir. Ça lui fait une centaine de mètres à parcourir : du train dont elle va, elle y mettra bien dix minutes, dix minutes pendant lesquelles je resterai comme ça, à la regarder, le front collé contre la vitre. Elle va s'arrêter vingt fois, repartir, s'arrêter...

Je *vois* l'avenir. Il est là, posé dans la rue, à peine plus pâle que le présent. Qu'a-t-il besoin de se réaliser? Qu'est-ce que ça lui donnera de plus? La vieille s'éloigne en clopinant, elle s'arrête, elle tire sur une mèche grise qui s'échappe de son fichu. Elle marche, elle était là, maintenant, elle est ici... je ne sais plus où j'en suis : est-ce que je *vois* ses gestes, est-ce que je les *prévois*? Je ne distingue plus le présent du futur et pourtant ça dure, ça se réalise peu à peu; la vieille avance dans la rue déserte; elle déplace ses gros souliers d'homme. C'est ça le temps, le temps tout nu, ça vient lentement à l'existence, ça se fait attendre et quand ça vient, on est écœuré parce qu'on s'aperçoit que c'était déjà là depuis longtemps. La vieille approche du coin de la rue, ce n'est plus qu'un petit tas d'étoffes noires. Eh bien, oui, je veux bien, c'est neuf, ça, elle n'était pas là-bas tout à l'heure. Mais c'est du neuf terni, défloré, qui ne peut jamais surprendre. Elle va tourner le coin de la rue, elle tourne — pendant une éternité.

Je m'arrache de la fenêtre et parcours la chambre en chancelant; je m'englue au miroir, je me regarde, je me dégoûte : encore une éternité. Finalement j'échappe à mon image et je vais m'abattre sur mon lit. Je regarde le plafond, je voudrais dormir.

Calme. Calme. Je ne sens plus le glissement, les frôlements du temps. Je vois des images au plafond. Des ronds de lumière d'abord, puis des croix. Ça papillonne. Et puis voilà une autre image qui se forme; au fond de mes yeux, celle-là. C'est un grand animal agenouillé. Je vois ses pattes de devant et son bât. Le reste est embrumé. Pourtant je le reconnais bien : c'est un chameau que j'ai vu à Marrakech, attaché à une pierre. Il s'était agenouillé et relevé six fois de suite; des gamins riaient et l'excitaient de la voix.

Il y a deux ans, c'était merveilleux : je n'avais qu'à fermer les yeux, aussitôt ma tête bourdonnait comme une ruche, je revoyais des visages, des arbres, des maisons, une Japonaise de Kamaishi qui se lavait nue dans un tonneau, un Russe mort et vidé par une large plaie béante, tout son sang en mare à côté de lui. Je retrouvais le goût du couscous, l'odeur d'huile qui remplit, à midi, les rues de Burgos, l'odeur de fenouil qui flotte dans celles de Tetuan, les sifflements des pâtres grecs; j'étais ému. Voilà bien longtemps que cette joie s'est usée. Va-t-elle renaître aujourd'hui?

Un soleil torride, dans ma tête, glisse roidement, comme une plaque de lanterne magique. Il est suivi d'un morceau de ciel bleu; après quelques secousses il s'immobilise, j'en suis tout doré en dedans. De quelle journée marocaine (ou algérienne? ou syrienne?) cet éclat s'est-il soudain détaché? Je me laisse couler dans le passé.

Meknès. Comment donc était-il ce montagnard qui nous fit peur dans une ruelle, entre la mosquée Berdaine et cette place charmante qu'ombrage un mûrier? Il vint sur nous, Anny était à ma droite. Ou à ma gauche?

Ce soleil et ce ciel bleu n'étaient que tromperie. C'est la centième fois que je m'y laisse prendre. Mes souvenirs sont comme les pistoles dans la bourse du diable : quand on l'ouvrit, on n'y trouva que des feuilles mortes.

Du montagnard, je ne vois plus qu'un gros œil crevé, laiteux. Cet œil est-il même bien à lui? Le médecin qui m'exposait à Bakou le principe des avortoirs d'État, était borgne lui aussi et, quand je veux me rappeler son visage, c'est encore ce globe blanchâtre qui paraît. Ces deux hommes, comme les Nornes, n'ont qu'un œil qu'ils se passent à tour de rôle.

Pour cette place de Meknès, où j'allais pourtant chaque jour, c'est encore plus simple : je ne la vois plus du tout. Il me reste le vague sentiment qu'elle était charmante, et ces cinq mots indissolublement liés : une place charmante de Meknès. Sans doute, si je ferme les yeux ou si je fixe vaguement le plafond, je peux reconstituer la scène : un arbre au loin, une forme sombre et trapue court sur moi. Mais j'invente tout cela pour les besoins de la cause. Ce Marocain était grand et sec, d'ailleurs je l'ai vu seulement lorsqu'il me touchait. Ainsi je *sais* encore qu'il était grand et sec : certaines connaissances abrégées demeurent dans ma mémoire. Mais je ne *vois* plus rien : j'ai beau fouiller le passé je n'en retire plus que des bribes d'images et je ne sais pas très bien ce qu'elles représentent, ni si ce sont des souvenirs ou des fictions.

Il y a beaucoup de cas d'ailleurs où ces bribes elles-mêmes ont disparu : il ne reste plus que des mots : je pourrais encore raconter les histoires, les raconter trop bien (pour l'anecdote je ne crains personne, sauf les officiers de mer et les professionnels), mais ce ne sont plus que des carcasses. Il y est question d'un type qui fait ceci ou cela, mais ça n'est pas moi, je n'ai rien de commun avec lui. Il se promène dans des pays sur lesquels je ne suis pas plus renseigné que si je n'y avais jamais été. Quelquefois, dans mon récit, il arrive que je prononce de ces beaux noms qu'on lit dans les atlas, Aranjuez ou Canterbury. Ils font naître en moi des images toutes neuves, comme en forment, d'après léurs lectures, les gens qui n'ont jamais voyagé : je rêve sur des mots, voilà tout.

Pour cent histoires mortes, il demeure tout de même une ou deux histoires vivantes. Celles-là je les évoque avec précaution, quelquefois, pas trop souvent, de peur de les user. J'en pêche une, je revois le décor, les personnages, les attitudes. Tout à coup, je m'arrête : j'ai senti une usure, j'ai vu pointer un mot sous la trame des sensations. Ce mot-là, je devine qu'il va bientôt prendre la place de plusieurs images que j'aime. Aussitôt je m'arrête, je pense vite à autre chose; je ne veux pas fatiguer mes souvenirs. En vain; la prochaine fois que je les évoquerai, une bonne partie s'en sera figée.

J'ébauche un vague mouvement pour me lever, pour aller chercher mes photos de Meknès, dans la caisse que j'ai poussée sous ma table. A quoi bon? Ces aphrodisiaques n'ont plus guère d'effet sur ma mémoire. L'autre jour j'ai retrouvé sous un buvard une petite photo pâlie. Une femme souriait, près d'un bassin. J'ai contemplé un moment cette personne, sans la reconnaître. Puis au verso, j'ai lu : « Anny. Portsmouth, 7 avril 27. »

Jamais je n'ai eu si fort qu'aujourd'hui le sentiment d'être sans dimensions secrètes, limité à mon corps, aux pensées légères qui montent de lui comme des bulles. Je construis mes souvenirs avec mon présent. Je suis rejeté, délaissé dans le présent. Le passé, j'essaie en vain de le rejoindre : je ne peux pas m'échapper.

On frappe. C'est l'Autodidacte : je l'avais oublié. Je lui ai promis de lui montrer mes photos de voyage. Que le diable l'emporte.

Il s'assied sur une chaise ; ses fesses tendues touchent le dossier et son buste roide s'incline en avant. Je saute en bas de mon lit, je donne de la lumière :

— Mais comment donc, monsieur? Nous étions fort bien.

— Pas pour voir des photographies...

Je lui prends son chapeau dont il ne sait que faire.

— C'est vrai, monsieur? Vous voulez bien me les montrer?

— Mais naturellement.

C'est un calcul : j'espère qu'il va se taire, pendant qu'il les regardera. Je plonge sous la table, je pousse la caisse contre ses souliers vernis, je dépose sur ses genoux une brassée de cartes postales et de photos : Espagne et Maroc espagnol.

Mais je vois bien à son air riant et ouvert que je me suis singulièrement trompé en comptant le réduire au silence. Il jette un coup d'œil sur une vue de Saint-Sébastien prise du mont Igueldo, la repose précautionneusement sur la table et reste un instant silencieux. Puis il soupire :

— Ah! monsieur. Vous avez de la chance. Si ce qu'on dit est vrai, les voyages sont la meilleure école. Êtes-vous de cet avis, monsieur?

Je fais un geste vague. Heureusement, il n'a pas fini.

— Ce doit être un tel bouleversement. Si jamais je devais faire un voyage, il me semble que je voudrais, avant de partir, noter par écrit les moindres traits de mon caractère pour pouvoir comparer, en revenant, ce que j'étais et ce que je suis devenu. J'ai lu qu'il y a des voyageurs qui ont tellement changé au physique comme au moral, qu'à leur retour leurs plus proches parents ne les reconnaissaient pas.

Il manie distraitement un gros paquet de photographies. Il en prend une et la pose sur la table sans la regarder ; puis il fixe avec intensité la photo suivante qui représente un saint Jérôme, sculpté sur une chaise de la cathédrale de Burgos.

— Avez-vous vu ce Christ en peau de bête qui est à Burgos? Il y a un livre bien curieux, monsieur, sur ces statues en peau de bête et même en peau humaine. Et la Vierge noire? Elle n'est pas à Burgos, elle est à Saragosse? Mais il y en a peut-être une à Burgos? Les pèlerins l'embrassent, n'est-ce pas? — je veux dire : celle de Saragosse? Et il y a une empreinte de son pied sur une dalle? Qui est dans un trou? où les mères poussent leurs enfants?

Tout raide, il pousse des deux mains un enfant imaginaire. On dirait qu'il refuse les présents d'Artaxerxès.

— Ah! les coutumes, monsieur, c'est... c'est curieux.

Un peu essoufflé, il pointe vers moi sa grande mâchoire d'âne. Il sent le tabac et l'eau croupie. Ses beaux yeux égarés brillent comme des globes de feu et ses rares cheveux nimbent son crâne de buée. Sous ce crâne, des Samoyèdes, des Nyams-Nyams, des Malgaches, des Fuégiens célèbrent les solennités les plus étranges, mangent leurs vieux pères, leurs enfants, tournent sur eux-mêmes au son du tam-tam jusqu'à l'évanouissement, se livrent à la frénésie de l'amok, brûlent leurs morts, les exposent sur les toits, les abandonnent au fil de l'eau sur une barque illuminée d'une torche, s'accouplent au hasard, mère et fils, père et fille, frère et sœur, se mutilent, se châtrent, se distendent les lèvres avec des plateaux, se font sculpter sur les reins des animaux monstrueux.

— Peut-on dire, avec Pascal, que la coutume est une seconde nature?

Il a planté ses yeux noirs dans les miens, il implore une réponse.

— C'est selon, dis-je.

Il respire.

— C'est aussi ce que je me disais, monsieur. Mais je me défie tant de moi-même ; il faudrait avoir tout lu.

Mais à la photographie suivante, c'est du délire. Il jette un cri de joie.

— Ségovie! Ségovie! Mais j'ai lu un livre sur Ségovie.

Il ajoute avec une certaine noblesse :

— Monsieur, je ne me rappelle plus le nom de son

auteur. J'ai parfois des absences. N... No... Nod...

— Impossible, lui dis-je vivement, vous n'en êtes qu'à Lavergne...

Je regrette aussitôt ma phrase : après tout il ne m'a jamais parlé de cette méthode de lecture, ce doit être un délire secret. En effet, il perd contenance et ses grosses lèvres s'avancent d'un air pleurard. Puis il baisse la tête et regarde une dizaine de cartes postales sans dire mot.

Mais je vois bien, au bout de trente secondes, qu'un enthousiasme puissant le gonfle et qu'il va crever s'il ne parle :

— Quand j'aurai fini mon instruction (je compte encore six ans pour cela), je me joindrai, si cela m'est permis, aux étudiants et aux professeurs qui font une croisière annuelle dans le Proche-Orient. Je voudrais préciser certaines connaissances, dit-il avec onction, et j'aimerais aussi qu'il m'arrivât de l'inattendu, du nouveau, des aventures pour tout dire.

Il a baissé la voix et pris l'air coquin.

— Quelle espèce d'aventures? lui dis-je étonné.

— Mais toutes les espèces, monsieur. On se trompe de train. On descend dans une ville inconnue. On perd son poretefeuille, on est arrêté par erreur, on passe la nuit en prison. Monsieur, j'ai cru qu'on pouvait définir l'aventure : un événement qui sort de l'ordinaire, sans être forcément extraordinaire. On parle de la magie des aventures. Cette expression vous semble-t-elle juste? Je voudrais vous poser une question, monsieur.

— Qu'est-ce que c'est?

Il rougit et sourit.

— C'est peut-être indiscret...

— Dites toujours.

Il se penche vers moi et demande, les yeux mi-clos :

— Vous avez eu beaucoup d'aventures, monsieur?

Je réponds machinalement :

— Quelques-unes

en me rejetant en arrière, pour éviter son souffle empesté. Oui, j'ai dit cela machinalement, sans y penser. D'ordinaire, en effet, je suis plutôt fier d'avoir eu tant d'aventures. Mais aujourd'hui, à peine ai-je prononcé ces mots, que je suis pris d'une grande indignation contre moi-même : il me semble que je mens, que de ma vie je n'ai eu la moindre aventure, ou plutôt je ne sais même plus ce que ce mot veut dire. En même temps pèse sur mes épaules ce même découragement qui me prit à Hanoï, il y a près de quatre ans, quand Mercier me pressait de me joindre à lui et que je fixais sans répondre une statuette khmère. Et l'IDÉE est là, cette grosse masse blanche qui m'avait tant dégoûté alors : je ne l'avais pas revue depuis quatre ans.

— Pourrai-je vous demander..., dit l'Autodidacte.

Parbleu! De lui en raconter une, de ces fameuses aventures. Mais je ne veux plus dire un mot sur ce sujet.

— Là, dis-je, penché par-dessus ses épaules étroites et mettant le doigt sur une photo, là, c'est Santillane, le plus joli village d'Espagne.

— Le Santillane de Gil Blas? Je ne croyais pas qu'il existât. Ah! monsieur, comme votre conversation est profitable. On voit bien que vous avez voyagé.

J'ai mis l'Autodidacte à la porte, après avoir bourré ses poches de cartes postales, de gravures et de photos. Il est parti enchanté et j'ai éteint la lumière. A présent, je suis seul. Pas tout à fait seul. Il y a encore cette idée, devant moi, qui attend. Elle s'est mise en boule, elle reste là comme un gros chat; elle n'explique rien, elle ne bouge pas et se contente de dire non. Non, je n'ai pas eu d'aventures.

Je bourre ma pipe, je l'allume, je m'étends sur mon lit en mettant un manteau sur mes jambes. Ce qui m'étonne, c'est de me sentir si triste et si las. Même si c'était vrai que je n'ai jamais eu d'aventures, qu'est-ce que ça pourrait bien me faire? D'abord, il me semble que c'est une pure question de mots. Cette affaire de Meknès, par exemple, à laquelle je pensais tout à l'heure : un Marocain sauta sur moi et voulut me frapper d'un grand canif. Mais je lui lançai un coup de poing qui l'atteignit au-dessous de la tempe... Alors il se mit à crier en arabe, et un tas de pouilleux apparurent qui nous poursuivirent jusqu'au souk Attarin. Eh bien, on peut appeler ça du nom qu'on voudra, mais, de toute façon, c'est un événement qui *M'est arrivé*.

Il fait tout à fait noir et je ne sais plus très bien si ma pipe est allumée. Un tramway passe : éclair rouge au plafond. Puis c'est une lourde voiture qui fait trembler la maison. Il doit être six heures.

Je n'ai pas eu d'aventures. Il m'est arrivé des histoires, des événements, des incidents, tout ce qu'on voudra. Mais pas des aventures. Ce n'est pas une question de mots; je commence à comprendre. Il y a quelque chose à quoi je tenais plus qu'à tout le reste — sans m'en rendre bien compte. Ce n'était pas l'amour, Dieu non, ni la gloire, ni la richesse. C'était... Enfin je m'étais imaginé qu'à de certains moments ma vie pouvait prendre une qualité rare et précieuse. Il n'était pas besoin de circonstances extraordinaires : je demandais tout juste un peu de rigueur. Ma vie présente n'a rien de très brillant : mais de temps en temps, par exemple quand on jouait de la musique dans les cafés, je revenais en arrière et je me disais : autrefois, à Londres, à Meknès, à Tokio j'ai connu des moments admirables, j'ai eu des aventures. C'est ça qu'on m'enlève, à présent. Je viens d'apprendre, brusquement, sans raison apparente, que je me suis menti pendant dix ans. Les aventures sont dans les livres. Et naturellement, tout ce qu'on raconte dans les livres peut arriver pour de vrai, mais pas de la même manière. C'est à cette manière d'arriver que je tenais si fort.

Il aurait fallu d'abord que les commencements fussent de vrais commencements Hélas! Je vois si bien maintenant ce que j'ai voulu. De vrais commencements apparaissant comme une sonnerie de trompette, comme les premières notes d'un air de jazz, brusquement, coupant court à l'ennui, raffermissant la durée; de ces soirs entre les soirs dont on dit ensuite : « Je me promenais, c'était un soir de mai. » On se promène, la lune vient de se lever, on est oisif, vacant, un peu vide. Et puis d'un coup, on pense : « Quelque chose est arrivé. » N'importe quoi : un léger craquement dans l'ombre, une silhouette légère qui traverse la rue. Mais ce mince événement n'est pas pareil aux autres : tout de suite on voit qu'il est à l'avant d'une grande forme dont le dessin se perd dans la brume et l'on se dit aussi : « Quelque chose commence. »

Quelque chose commence pour finir : l'aventure ne se laisse pas mettre de rallonge; elle n'a de sens que par sa mort. Vers cette mort, qui sera peut-être aussi la mienne. Je suis entraîné sans retour. Chaque instant ne paraît que pour amener ceux qui suivent. A chaque instant je tiens de tout mon cœur : je sais qu'il est unique; irremplaçable — et pourtant je ne ferais pas un geste pour l'empêcher de s'anéantir. Cette dernière minute que je passe — à Berlin, à Londres — dans les bras de cette femme, rencontrée l'avant-veille — minute que j'aime passionnément, femme que je suis près d'aimer — elle va prendre fin, je le sais. Tout à l'heure je partirai pour un autre pays. Je ne retrouverai ni cette femme ni jamais cette nuit. Je me penche sur chaque seconde, j'essaie de l'épuiser; rien ne passe que je ne saisisse, que je ne fixe pour jamais en moi, rien, ni la tendresse fugitive de ces beaux yeux, ni les bruits de la rue, ni la clarté fausse du petit jour : et cependant la minute s'écoule et je ne la retiens pas, j'aime qu'elle passe.

Et puis tout d'un coup quelque chose casse net. L'aventure est finie, le temps reprend sa mollesse quotidienne. Je me retourne; derrière moi, cette belle forme mélodique s'enfonce tout entière dans le passé. Elle diminue, en déclinant elle se contracte, à présent la fin ne fait plus qu'un avec le commencement. En suivant des yeux ce point d'or, je pense que j'accepterais — même si j'avais failli mourir, perdu une fortune, un ami — de revivre tout, dans les mêmes circonstances, de bout à bout. Mais une aventure ne se recommence ni ne se prolonge.

Oui, c'est ce que je voulais — hélas! c'est ce que je veux encore. J'ai tant de bonheur quand une Négresse chante : quels sommets n'atteindrais-je point si ma *propre vie* faisait la matière de la mélodie.

L'Idée est toujours là, l'innommable. Elle attend, paisiblement. A présent, elle a l'air de dire :

« Oui? C'est *cela* que tu voulais? Eh bien, précisément c'est ce que tu n'as jamais eu (rappelle-toi : tu te dupais avec des mots, tu nommais aventure du clinquant de voyage, amours de filles, rixes, verroteries) et c'est ce que tu n'auras jamais — ni personne autre que toi. »

Mais pourquoi? POURQUOI?

Samedi midi.

L'Autodidacte ne m'a pas vu entrer dans la salle de lecture. Il était assis tout au bout de la table du fond; il avait posé un livre devant lui, mais il ne lisait pas. Il regardait en souriant son voisin de droite, un collégien crasseux qui vient souvent à la bibliothèque. L'autre s'est laissé contempler un moment, puis lui a brusquement tiré la langue en faisant une horrible grimace. L'Autodidacte a rougi, il a plongé précipitamment le nez dans son livre et s'est absorbé dans sa lecture.

Je suis revenu sur mes réflexions d'hier. J'étais tout sec : ça m'était bien égal qu'il n'y eût pas d'aventures. J'étais seulement curieux de savoir s'il *ne pouvait pas* y en avoir.

Voici ce que j'ai pensé : pour que l'événement le plus banal devienne une aventure, il faut et il suffit qu'on se mette à le *raconter*. C'est ce qui dupe les gens : un homme,

61

c'est toujours un conteur d'histoires, il vit entouré de ses histoires et des histoires d'autrui, il voit tout ce qui lui arrive à travers elles; et il cherche à vivre sa vie comme s'il la racontait.

Mais il faut choisir : vivre ou raconter. Par exemple quand j'étais à Hambourg, avec cette Erna, dont je me défiais et qui avait peur de moi, je menais une drôle d'existence. Mais j'étais dedans, je n'y pensais pas. Et puis un soir, dans un petit café de San Pauli, elle m'a quitté pour aller aux lavabos. Je suis resté seul, il y avait un phonographe qui jouait *Blue Sky*. Je me suis mis à me raconter ce qui s'était passé depuis mon débarquement. Je me suis dit : « Le troisième soir, comme j'entrais dans un dancing appelé la *Grotte Bleue*, j'ai remarqué une grande femme à moitié soûle. Et cette femme-là, c'est celle que j'attends en ce moment, en écoutant *Blue Sky* et qui va revenir s'asseoir à ma droite et m'entourer le cou de ses bras. » Alors, j'ai senti avec violence que j'avais une aventure. Mais Erna est revenue, elle s'est assise à côté de moi, elle m'a entouré le cou de ses bras et je l'ai détestée sans trop savoir pourquoi. Je comprends, à présent : c'est qu'il fallait recommencer de vivre et que l'impression d'aventure venait de s'évanouir.

Quand on vit, il n'arrive rien. Les décors changent, les gens entrent et sortent, voilà tout. Il n'y a jamais de commencements. Les jours s'ajoutent aux jours sans rime ni raison, c'est une addition interminable et monotone. De temps en temps, on fait un total partiel : on dit : voilà trois ans que je voyage, trois ans que je suis à Bouville. Il n'y a pas de fin non plus : on ne quitte jamais une femme, un ami, une ville en une fois. Et puis tout se ressemble : Shanghaï, Moscou, Alger, au bout d'une quinzaine, c'est tout pareil. Par moments — rarement — on fait le point, on s'aperçoit qu'on s'est collé avec une femme, engagé dans une sale histoire. Le temps d'un éclair. Après ça, le défilé recommence, on se remet à faire l'addition des heures et des jours. Lundi, mardi, mercredi. Avril, mai, juin. 1924, 1925, 1926.

Ça, c'est vivre. Mais quand on raconte la vie, tout change; seulement c'est un changement que personne ne remarque : la preuve c'est qu'on parle d'histoires vraies. Comme s'il pouvait y avoir des histoires vraies ; les événements se produisent dans un sens et nous les racontons en sens inverse. On a l'air de débuter par le commencement : « C'était par un beau soir de l'automne de 1922. J'étais clerc de notaire à Marommes. » Et en réalité c'est par la fin qu'on a commencé. Elle est là, invisible et présente, c'est elle qui donne à ces quelques mots la pompe et la valeur d'un commencement. « Je me promenais, j'étais sorti du village sans m'en apercevoir, je pensais à mes ennuis d'argent. » Cette phrase, prise simplement pour ce qu'elle est, veut dire que le type était absorbé, morose, à cent lieues d'une aventure, précisément dans ce genre d'humeur où on laisse passer les événements sans les voir. Mais la fin est là, qui transforme tout. Pour nous, le type est déjà le héros de l'histoire. Sa morosité, ses ennuis d'argent sont bien plus précieux que les nôtres, ils sont tout dorés par la lumière des passions futures. Et le récit se poursuit à l'envers : les instants ont cessé de s'empiler au petit bonheur les uns sur les autres, ils sont happés par la fin de l'histoire qui les attire et chacun d'eux attire à son tour l'instant qui le précède : « Il faisait nuit, la rue était déserte. » La phrase est jeté négligemment, elle a l'air superflue; mais nous ne nous y laissons pas prendre et nous la mettons de côté : c'est un renseignement dont nous comprendrons la valeur par la suite. Et nous avons le sentiment que le héros a vécu tous les détails de cette nuit comme des annonciations, comme des promesses, ou même qu'il vivait seulement ceux qui étaient des promesses, aveugle et sourd pour tout ce qui n'annonçait pas l'aventure. Nous oublions que l'avenir n'était pas encore là; le type se promenait dans une nuit sans présages, qui

63

La nausée. 5

lui offrait pêle-mêle ses richesses monotones et il ne choisissait pas.

J'ai voulu que les moments de ma vie se suivent et s'ordonnent comme ceux d'une vie qu'on se rappelle. Autant vaudrait tenter d'attraper le temps par la queue.

Dimanche.

J'avais oublié, ce matin, que c'était dimanche. Je suis sorti et je suis allé par les rues comme d'habitude. J'avais emporté *Eugénie Grandet.* Et puis, tout à coup, comme je poussais la grille du jardin public, j'ai eu l'impression que quelque chose me faisait signe. Le jardin était désert et nu. Mais... comment dire? Il n'avait pas son aspect ordinaire, il me souriait. Je suis resté un moment appuyé contre la grille et puis, brusquement, j'ai compris que c'était dimanche. C'était là sur les arbres, sur les pelouses comme un léger sourire. Ça ne pouvait pas se décrire, il aurait fallu prononcer très vite : « C'est un jardin public, l'hiver, un matin de dimanche. »

J'ai lâché la grille, je me suis retourné vers les maisons et les rues bourgeoises et j'ai dit à mi-voix : « C'est dimanche. »

C'est dimanche : derrière les docks, le long de la mer, près de la gare aux marchandises, tout autour de la ville il y a des hangars vides et des machines immobiles dans le noir. Dans toutes les maisons, des hommes se rasent derrière leurs fenêtres; ils ont la tête renversée, ils fixent tantôt leur miroir et tantôt le ciel froid pour savoir s'il fera beau. Les bordels ouvrent à leurs premiers clients, des campagnards et des soldats. Dans les églises, à la clarté des cierges, un homme boit du vin devant des femmes à genoux. Dans tous les faubourgs, entre les murs interminables des usines, de longues files noires se sont mises en marche, elles avancent lentement sur le centre de la ville.

Pour les recevoir, les rues ont pris leur aspect des jours d'émeute : tous les magasins, sauf ceux de la rue Tournebride, ont baissé leurs tabliers de fer. Bientôt, en silence, les colonnes noires vont envahir ces rues qui font les mortes : d'abord viendront les cheminots de Tourville et leurs femmes qui travaillent aux savonneries de Saint-Symphorin, puis les petits bourgeois de Jouxtebouville, puis les ouvriers des filatures Pinot, puis tous les bricoleurs du quartier Saint-Maxence; les hommes de Thiérache arriveront les derniers par le tramway de onze heures. Bientôt la foule des dimanches va naître, entre des magasins verrouillés et des portes closes.

Une horloge sonne la demie de dix heures, et je me mets en route : le dimanche, à cette heure-ci, on peut voir à Bouville un spectacle de qualité, mais il ne faut pas arriver trop tard après la sortie de la grand-messe.

La petite rue Joséphine-Soulary est morte, elle sent la cave. Mais, comme tous les dimanches, un bruit somptueux l'emplit, un bruit de marée. Je tourne dans la rue du Président-Chamart, dont les maisons ont trois étages, avec de longues persiennes blanches. Cette rue de notaires est toute possédée par la volumineuse rumeur du dimanche. Dans le passage Gillet, le bruit croît encore et je le reconnais : c'est un bruit que font des hommes. Puis soudain, sur la gauche, il se produit comme un éclatement de lumière et de sons. Je suis arrivé : voici la rue Tournebride, je n'ai qu'à prendre rang parmi mes semblables et je vais voir les messieurs bien échanger des coups de chapeau.

Il y a seulement soixante ans nul n'aurait osé prévoir le miraculeux destin de la rue Tournebride, que les habitants de Bouville appellent aujourd'hui le petit Prado. J'ai vu un plan daté de 1847 où elle ne figurait même pas. Ce devait être alors un boyau noir et puant, avec une rigole qui charriait, entre les pavés, des têtes et des entrailles de poissons. Mais, à la fin de 1873, l'Assemblée nationale déclara d'utilité publique la construction d'une église sur la colline Montmartre. Peu de mois après, la femme du maire de Bouville eut une apparition : sainte Cécile, sa patronne, vint lui faire des remontrances. Était-il supportable que l'élite se crottât tous les dimanches pour aller à Saint-Ré ou à Saint-Claudien entendre la messe avec les boutiquiers? L'Assemblée nationale n'avait-elle pas donné l'exemple? Bouville avait à présent, grâce à la protection du Ciel, une situation économique de premier ordre; ne convenait-il pas de bâtir une église pour rendre grâces au Seigneur.

Ces visions furent agréées : le Conseil municipal tint une séance historique, et l'évêque accepta de recueillir les souscriptions. Restait à choisir l'emplacement. Les vieilles familles de négociants et d'armateurs étaient d'avis qu'on élevât l'édifice au sommet du Coteau Vert, où elles habitaient, « afin que sainte Cécile veillât sur Bouville comme le Sacré-Cœur de Jésus sur Paris ». Les nouveaux messieurs du boulevard Maritime, encore peu nombreux, mais fort riches, se firent tirer l'oreille : ils donneraient ce qu'il faudrait, mais on construirait l'église sur la place Marignan; s'ils payaient pour une église, ils entendaient pouvoir en user; ils n'étaient pas fâchés de faire sentir leur puissance à cette altière bourgeoisie qui les traitait comme des parvenus. L'évêque s'avisa d'un compromis : l'église fut construite à mi-chemin du Coteau Vert et du boulevard Maritime, sur la place de la Halle-aux-Morues, qu'on baptisa place Sainte-Cécile-de-la-Mer. Ce monstrueux édifice, qui fut terminé en 1887, ne coûta pas moins de quatorze millions.

La rue Tournebride, large mais sale et mal famée, dut être entièrement reconstruite et ses habitants furent fermement refoulés derrière la place Sainte-Cécile; le petit Prado est devenu — surtout le dimanche matin — le rendez-vous des élégants et des notables. Un à un, de beaux magasins se sont ouverts sur le passage de l'élite. Ils restent ouverts le lundi de Pâques, toute la nuit de Noël, tous les dimanches jusqu'à midi. A côté de Julien, le charcutier, dont les pâtés chauds sont renommés, le pâtissier Foulon expose ses spécialités fameuses, d'admirables petits fours coniques en beurre mauve, surmontés d'une violette de sucre. A la vitrine du libraire Dupaty, on voit les nouveautés de chez Plon, quelques ouvrages techniques, tels qu'une théorie du Navire ou un traité de la Voilure, une grande histoire illustrée de Bouville et des éditions de luxe élégamment disposées : *Kœnigsmark*, relié en cuir bleu, *Le Livre de mes Fils*, de Paul Doumer, relié en cuir beige avec des fleurs pourpres. Ghislaine « Haute couture, modèles parisiens » sépare Piégeois, le fleuriste, de Paquin, l'antiquaire. Le coiffeur Gustave, qui emploie quatre manucures, occupe le premier étage d'un immeuble tout neuf peint en jaune.

Il y a deux ans, au coin de l'impasse des Moulins-Gémeaux et de la rue Tournebride, une impudente petite boutique étalait encore une réclame pour le Tu-pu-nez, produit insecticide. Elle avait fleuri au temps que l'on criait la morue sur la place Sainte-Cécile, elle avait cent ans. Les vitres de la devanture étaient rarement lavées : il fallait faire effort pour distinguer, à travers la poussière et la buée, une foule de petits personnages de cire revêtus de pourpoints couleur de feu, qui figuraient des rats et des souris. Ces animaux débarquaient d'un navire de haut bord en s'appuyant sur des cannes; à peine avaient-ils touché terre qu'une paysanne, coquettement vêtue, mais livide et noire de crasse, les mettait en fuite en les aspergeant de Tu-pu-nez. J'aimais beaucoup cette boutique, elle avait un air cynique et entêté, elle rappelait avec insolence les droits de la vermine et de la crasse, à deux pas de l'église la plus coûteuse de France.

La vieille herboriste est morte l'an dernier et son neveu a vendu la maison. Il a suffi d'abattre quelques murs : c'est maintenant une petite salle de conférence, « la Bon-

bonnière ». Henry Bordeaux, l'année dernière, y a fait une causerie sur l'Alpinisme.

Dans la rue Tournebride, il ne faut pas être pressé : les familles marchent lentement. Quelquefois on gagne un rang parce que toute une famille est entrée chez Foulon ou chez Piégeois. Mais, à d'autres moments, il faut s'arrêter et marquer le pas parce que deux familles, appartenant, l'une à la colonne montante et l'autre à la colonne descendante, se sont rencontrées et solidement agrippées par les mains. J'avance à petits pas. Je domine les deux colonnes de toute la tête et je vois des chapeaux, une mer de chapeaux. La plupart sont noirs et durs. De temps à autre, on en voit un qui s'envole au bout d'un bras et découvre le tendre miroitement d'un crâne; puis, après quelques instants d'un vol lourd, il se pose. Au 16 de la rue Tournebride, le chapelier Urbain, spécialiste de képis, fait planer comme un symbole un immense chapeau rouge d'archevêque dont les glands d'or pendent à deux mètres du sol.

On fait halte : juste sous les glands, un groupe vient de se former. Mon voisin attend sans impatience, les bras ballants : ce petit vieillard pâle et fragile comme une porcelaine, je crois bien que c'est Coffier, le président de la Chambre de commerce. Il paraît qu'il est si intimidant parce qu'il ne dit jamais rien. Il habite, au sommet du Coteau Vert, une grande maison de briques, dont les fenêtres sont toujours grandes ouvertes. C'est fini : le groupe s'est désagrégé, on repart. Un autre vient de se former, mais il tient moins de place : à peine constitué, il s'est poussé contre la devanture de Ghislaine. La colonne ne s'arrête même pas : à peine fait-elle un léger écart; nous défilons devant six personnes qui se tiennent les mains : « Bonjour, monsieur, bonjour, cher monsieur, comment allez-vous; mais couvrez-vous donc, monsieur, vous allez prendre froid; merci, madame, c'est qu'il ne fait pas chaud. Ma chérie, je te présente le docteur

Lefrançois; docteur, je suis très heureuse de faire votre connaissance, mon mari me parle toujours du docteur Lefrançois qui l'a si bien soigné, mais couvrez-vous donc, docteur, par ce froid vous prendriez mal. Mais le docteur se guérirait vite; hélas! madame, ce sont les médecins qui sont les plus mal soignés; le docteur est un musicien remarquable. Mon Dieu, docteur, mais je ne savais pas, vous jouez du violon? Le docteur a beaucoup de talent. »

Le petit vieux, à côté de moi, c'est sûrement Coffier; il y a une des femmes du groupe, la brune, qui le mange des yeux, tout en souriant vers le docteur. Elle a l'air de penser : « Voilà M. Coffier, le président de la Chambre de commerce; comme il a l'air intimidant, il paraît qu'il est si froid. » Mais M. Coffier n'a daigné rien voir : ce sont des gens du boulevard Maritime, ils ne sont pas du monde. Depuis le temps que je viens dans cette rue voir les coups de chapeau du dimanche, j'ai appris à distinguer les gens du Boulevard et ceux du Coteau. Quand un type porte un manteau tout neuf, un feutre souple, une chemise éblouissante, quand il déplace de l'air, il n'y a pas à s'y tromper : c'est quelqu'un du boulevard Maritime. Les gens du Coteau Vert se distinguent par je ne sais quoi de minable et d'affaissé. Ils ont des épaules étroites et un air d'insolence sur des visages usés. Ce gros monsieur qui tient un enfant par la main, je jurerais qu'il est du Coteau : son visage est tout gris et sa cravate est nouée comme une ficelle.

Le gros monsieur s'approche de nous : il regarde fixement M. Coffier. Mais, un peu avant de le croiser, il détourne la tête et se met à plaisanter paternellement avec son petit garçon. Il fait encore quelques pas, penché sur son fils, les yeux plongés dans ses yeux, rien qu'un papa; puis, tout à coup, se tournant prestement vers nous, il jette un coup d'œil vif au petit vieillard et fait un salut ample et sec, avec un rond de bras. Le petit garçon, déconcerté, ne s'est pas découvert : c'est une affaire entre grandes personnes.

A l'angle de la rue Basse-de-Vieille notre colonne bute contre une colonne de fidèles qui sortent de la messe : une dizaine de personnes se heurtent et se saluent en tourbillonnant, mais les coups de chapeau partent trop vite pour que je puisse les détailler; au-dessus de cette foule grasse et pâle, l'église Sainte-Cécile dresse sa monstrueuse masse blanche : un blanc de craie sur un ciel sombre; derrière ces murailles éclatantes, elle retient dans ses flancs un peu du noir de la nuit. On repart, dans un ordre légèrement modifié. M. Coffier a été repoussé derrière moi. Une dame en bleu marine s'est collée contre mon flanc gauche. Elle vient de la messe. Elle cligne des yeux, un peu éblouie de retrouver le matin. Ce monsieur qui marche devant elle et qui a une nuque si maigre, c'est son mari.

Sur l'autre trottoir, un monsieur, qui tient sa femme par le bras, vient de lui glisser quelques mots à l'oreille et s'est mis à sourire. Aussitôt, elle dépouille soigneusement de toute expression sa face crémeuse et fait quelques pas en aveugle. Ces signes ne trompent pas : ils vont saluer. En effet, au bout d'un instant, le monsieur jette sa main en l'air. Quand ses doigts sont à proximité de son feutre, ils hésitent une seconde avant de se poser délicatement sur la coiffe. Pendant qu'il soulève doucement son chapeau, en baissant un peu la tête pour aider à l'extraction, sa femme fait un petit saut en inscrivant sur son visage un sourire jeune. Une ombre les dépasse en s'inclinant : mais leurs deux sourires jumeaux ne s'effacent pas sur-le-champ : ils demeurent quelques instants sur leurs lèvres, par une espèce de rémanence. Quand le monsieur et la dame me croisent, ils ont repris leur impassibilité, mais il leur reste encore un air gai autour de la bouche.

C'est fini : la foule est moins dense, les coups de chapeau se font plus rares, les vitrines des magasins ont quel-

70

que chose de moïns exquis : je suis au bout de la rue Tournebride. Vais-je traverser et remonter la rue sur l'autre trottoir? Je crois que j'en ai assez, j'ai assez vu de ces crânes roses, de ces faces menues, distinguées, effacées. Je vais traverser la place Marignan. Comme je m'extirpe avec précaution de la colonne, une tête de vrai monsieur jaillit tout près de moi d'un chapeau noir. C'est le mari de la dame en bleu marine. Ah! Le beau long crâne de dolichocéphale, planté de cheveux courts et drus, la belle moustache américaine, semée de fils d'argent. Et le sourire, surtout, l'admirable sourire cultivé. Il y a un lorgnon, aussi, quelque part sur un nez.

Il se retournait sur sa femme et lui disait :

« C'est un nouveau dessinateur de l'usine. Je me demande ce qu'il peut faire ici. C'est un bon petit garçon, il est timide, il m'amuse. »

Contre la glace du charcutier Julien, le jeune dessinateur qui vient de se recoiffer, encore tout rose, les yeux baissés, l'air obstiné, garde tous les dehors d'une intense volupté. C'est le premier dimanche, sans aucun doute, qu'il ose traverser la rue Tournebride. Il a l'air d'un premier communiant. Il a croisé ses mains derrière son dos et tourné son visage vers la vitrine avec un air de pudeur tout à fait excitant; il regarde sans les voir quatre andouillettes brillantes de gelée qui s'épanouissent sur leur garniture de persil.

Une femme sort de la charcuterie et lui prend le bras. C'est sa femme, elle est toute jeune malgré sa peau rongée. Elle peut bien rôder aux abords de la rue Tournebride, personne ne la prendra pour une dame; elle est trahie par l'éclat cynique de ses yeux, par son air raisonnable et averti. Les vraies dames ne savent pas le prix des choses, elles aiment les belles folies; leurs yeux sont de belles fleurs candides, des fleurs de serre.

J'arrive sur le coup d'une heure à la brasserie Vézelize. Les vieillards sont là, comme d'habitude. Deux d'en-

tre eux ont déjà commencé leur repas. Il y en a quatre qui
font la manille en buvant l'apéritif. Les autres sont debout et les regardent jouer pendant qu'on met leur couvert. Le plus grand, qui a une barbe de fleuve, est agent de
change. Un autre est commissaire en retraite de l'Inscription maritime. Ils mangent et boivent comme à vingt
ans. Le dimanche ils prennent de la choucroute. Les derniers arrivés interpellent les autres, qui mangent déjà :

— Alors? toujours la choucroute dominicale?

Ils s'asseyent et soupirent d'aise :

— Mariette, mon petit, un demi sans faux col et une
choucroute.

Cette Mariette est une gaillarde. Comme je m'assieds
à une table du fond, un vieillard écarlate se met à tousser
de fureur pendant qu'elle lui sert un vermouth.

— Versez-m'en davantage, voyons, dit-il en toussant.

Mais elle se fâche à son tour : elle n'avait pas fini de
verser :

— Mais laissez-moi verser, qui est-ce qui vous dit
quelque chose? Vous êtes comme la personne qui se contra-
rie avant qu'on lui cause.

Les autres se mettent à rire.

— Touché!

L'agent de change, en allant s'asseoir, prend Mariette
par les épaules :

— C'est dimanche, Mariette. On va au cinéma cet
après-midi, avec son petit homme?

— Ah bien oui! C'est le jour d'Antoinette. En fait
de petit homme c'est moi qui m'appuie la journée.

L'agent de change s'est assis, en face d'un vieillard tout
rasé, à l'air malheureux. Le vieillard rasé commence
aussitôt un récit animé. L'agent de change ne l'écoute
pas : il fait des grimaces et tire sur sa barbe. Ils ne s'écoutent jamais.

Je reconnais mes voisins : ce sont des petits commerçants du voisinage. Le dimanche, leur bonne a « campo ».

Alors ils viennent ici et s'installent toujours à la même table. Le mari mange une belle côte de bœuf rose. Il la regarde de près et renifle de temps en temps. La femme chipote dans son assiette. C'est une forte blonde de quarante ans avec des joues rouges et cotonneuses. Elle a de beaux seins durs sous sa blouse de satin. Elle siffle, comme un homme, sa bouteille de bordeaux à chaque repas.

Je vais lire *Eugénie Grandet*. Ce n'est pas que j'y trouve grand plaisir : mais il faut bien faire quelque chose. J'ouvre le livre au hasard : la mère et la fille parlent de l'amour naissant d'Eugénie :

Eugénie lui baisa la main en disant :
— Combien tu es bonne, ma chère maman!
Ces paroles firent rayonner le vieux visage maternel flétri par de longues douleurs :
— Le trouves-tu bien? demanda Eugénie.
Mme Grandet ne répondit que par un sourire; puis, après un moment de silence, elle dit à voix basse :
— L'aimerais-tu donc déjà? Ce serait mal.
— Mal, reprit Eugénie, pourquoi? Il te plaît, il plaît à Nanon, pourquoi ne me plairait-il pas? Tiens, Maman, mettons la table pour son déjeuner.
Elle jeta son ouvrage, sa mère en fit autant en lui disant ;
— Tu es folle!
Mais elle se plut à justifier la folie de sa fille en la partageant.
Eugénie appela Nanon.
— Quoi, que voulez-vous encore, Mamselle?
— Nanon, tu auras bien de la crème, pour midi?
— Ah! Pour midi, oui, répondit la vieille servante.
— Eh bien, donne-lui du café bien fort, j'ai entendu dire à M. des Grassins que le café se faisait bien fort à Paris. Mets-en beaucoup.
— Et où voulez-vous que j'en prenne?
— Achètes-en.

— Et si Monsieur me rencontre?
— Il est à ses prés...

Mes voisins étaient demeurés silencieux depuis mon arrivée, mais, tout à coup, la voix du mari me tira de ma lecture.

Le mari, d'un air amusé et mystérieux :

— Dis donc, tu as vu?

La femme sursaute et le regarde, sortant d'un rêve. Il mange et boit, puis reprend, du même air malicieux :

— Ha, ha!

Un silence, la femme est retombée dans son rêve.

Tout à coup elle frissonne et demande :

— Qu'est-ce que tu dis?

— Suzanne hier.

— Ah! oui, dit la femme, elle avait été voir Victor.

— Qu'est-ce que je t'avais dit?

La femme repousse son assiette d'un air impatienté.

— Ce n'est pas bon.

Les bords de son assiette sont garnis des boulettes de viande grise qu'elle a recrachées. Le mari poursuit son idée :

— Cette petite femme-là...

Il se tait et sourit vaguement. En face de nous le vieil agent de change caresse le bras de Mariette en soufflant un peu. Au bout d'un moment :

— Je te l'avais dit, l'autre jour.

— Qu'est-ce que tu m'avais dit?

— Victor, qu'elle irait le voir. Qu'est-ce qu'il y a, demande-t-il brusquement d'un air effaré, tu n'aimes pas ça?

— Ce n'est pas bon.

— Ça n'est plus ça, dit-il avec importance, ça n'est plus comme du temps de Hécart. Tu sais où il est, Hécart?

— Il est à Domrémy, non?

— Oui, oui, qui te l'a dit?

— Toi, tu me l'as dit dimanche.

Elle mange une mie de pain qui traîne sur la nappe en papier. Puis, en lissant de la main le papier sur le bord de la table, avec hésitation :

— Tu sais, tu te trompes, Suzanne est plus...

— Ça se peut, ma petite fille, ça se peut bien, répond-il distraitement. Il cherche des yeux Mariette, il lui fait signe.

— Il fait chaud.

Mariette s'appuie familièrement sur le bord de la table.

— Oh! oui, il fait chaud, dit la femme en gémissant, on étouffe ici et puis le bœuf n'est pas bon, je le dirai au patron, ça n'est plus ça, ouvrez donc un peu le vasistas, ma petite Mariette.

Le mari reprend son air amusé :

— Dis donc, tu n'as pas vu ses yeux?

— Mais quand, mon coco?

Il la singe avec impatience :

— Mais quand, mon coco? C'est bien toi : en été quand il neige.

— Hier tu veux dire? Ah! bon.

Il rit, il regarde au loin, il récite très vite, avec une certaine application :

— Des yeux de chat qui fait dans la braise.

Il est si satisfait qu'il paraît avoir oublié ce qu'il voulait dire. Elle s'égaie à son tour, sans arrière-pensée.

— Ha, ha, gros malin.

Elle lui frappe de petits coups sur l'épaule.

— Gros malin, gros malin.

Il répète avec plus d'assurance :

— De chat qui fait dans la braise.

Mais elle ne rit plus :

— Non, sérieusement, tu sais, elle est sérieuse.

Il se penche, il lui chuchote une longue histoire à l'oreille. Elle regarde un moment la bouche ouverte, le visage un

75

peu tendu et hilare, comme quelqu'un qui va pouffer, puis, brusquement, elle se rejette en arrière et lui griffe les mains.

— Ça n'est pas vrai, ça n'est pas vrai.

Il dit d'un ton raisonnable et posé :

— Écoute-moi, mon petit, puisqu'il l'a dit : si ça n'était pas vrai pourquoi est-ce qu'il l'aurait dit?

— Non, non.

— Mais puisqu'il l'a dit : écoute, suppose...

Elle se met à rire :

— Je ris parce que je pense à René.

— Oui.

Il rit aussi. Elle reprend, d'une voix basse et importante :

— Alors, c'est qu'il s'en est aperçu mardi.

— Jeudi.

— Non mardi, tu sais bien à cause du...

Elle dessine dans les airs une espèce d'ellipse.

Long silence. Le mari trempe de la mie de pain dans sa sauce. Mariette change les assiettes et leur apporte des tartes. Tout à l'heure, moi aussi je prendrai une tarte. Soudain la femme un peu rêveuse, un sourire fier et un peu scandalisé aux lèvres, énonce d'une voix traînante :

— Oh! non, toi tu sais!

Il y a tant de sensualité dans sa voix qu'il s'émeut, il lui caresse la nuque de sa main grasse.

— Charles, tais-toi, tu m'excites, mon chéri, murmure-t-elle en souriant, la bouche pleine.

J'essaie de reprendre ma lecture :

— *Et où voulez-vous que j'en prenne?*
— *Achètes-en.*
— *Et si Monsieur me rencontre?*

Mais j'entends encore la femme qui dit :

— Dis, Marthe, je vais la faire rire, je vais lui raconter...

76

Mes voisins se sont tus. Après la tarte, Mariette leur a donné des pruneaux, et la femme est tout occupée à pondre gracieusement les noyaux dans sa cuiller. Le mari, l'œil au plafond, tapote une marche sur la table. On dirait que leur état normal est le silence et la parole une petite fièvre qui les prend quelquefois.

— *Et où voulez-vous que j'en prenne?*
— *Achètes-en.*

Je ferme le livre, je vais me promener.

Quand je suis sorti de la brasserie Vézelize, il était près de trois heures; je sentais l'après-midi dans tout mon corps alourdi. Pas mon après-midi : la leur, celle que cent mille Bouvillois allaient vivre en commun. A cette même heure, après le copieux et long déjeuner du dimanche, ils se levaient de table, et, pour eux, quelque chose était mort. Le dimanche avait usé sa légère jeunesse. Il fallait digérer le poulet et la tarte, s'habiller pour sortir.

La sonnerie du Ciné-Eldorado retentissait dans l'air clair. C'est un bruit familier du dimanche, cette sonnerie en plein jour. Plus de cent personnes faisaient queue, le long du mur vert. Elles attendaient avidement l'heure des douces ténèbres, de la détente, de l'abandon, l'heure où l'écran, luisant comme un caillou blanc sous les eaux, parlerait et rêverait pour elles. Vain désir : quelque chose en elles resterait contracté; elles avaient trop peur qu'on ne leur gâchât leur beau dimanche. Tout à l'heure comme chaque dimanche, elles allaient être déçues : le film serait idiot, leur voisin fumerait la pipe et cracherait entre ses genoux ou bien Lucien serait si désagréable, il n'aurait pas un mot gentil ou bien, comme par un fait exprès, justement aujourd'hui, pour une fois qu'on allait au cinéma, leur douleur intercostale allait renaître. Tout à l'heure comme chaque dimanche, de sourdes petites colères grandiraient dans la salle obscure.

J'ai suivi la calme rue Bressan. Le soleil avait dissipé les nuages, il faisait beau. Une famille venait de sortir de la villa « La Vague ». La fille boutonnait ses gants sur le trottoir. Elle pouvait avoir trente ans. La mère, plantée sur la première marche du perron, regardait droit devant elle, d'un air assuré, en respirant largement. Du père, je ne voyais que le dos énorme. Courbé sur la serrure, il fermait la porte à clef. La maison resterait vide et noire jusqu'à leur retour. Dans les maisons voisines, déjà verrouillées et désertes, les meubles et les parquets craquaient doucement. Avant de sortir, on avait éteint le feu dans la cheminée de la salle à manger. Le père rejoignit les deux femmes, et la famille, sans un mot, se mit en marche. Où allaient-ils? Le dimanche on va au cimetière monumental, ou bien l'on rend visite à des parents, ou bien, si l'on est tout à fait libre, on va se promener sur la Jetée. J'étais libre : je suivis la rue Bressan qui débouche sur la Jetée-Promenade.

Le ciel était d'un bleu pâle : quelques fumées, quelques aigrettes; de temps à autre un nuage à la dérive passait devant le soleil. Je voyais au loin la balustrade de ciment blanc qui court le long de la Jetée-Promenade, la mer brillait à travers les ajours. La famille prit sur la droite la rue de l'Aumônier-Hilaire, qui grimpe au Coteau Vert. Je les vis monter à pas lents, ils faisaient trois taches noires sur le miroitement de l'asphalte. Je tournai à gauche et j'entrai dans la foule qui défilait au bord de la mer.

Elle était plus mêlée que le matin. Il semblait que tous ces hommes n'eussent plus la force de soutenir cette belle hiérarchie sociale dont, avant déjeuner, ils étaient si fiers. Les négociants et les fonctionnaires marchaient côte à côte; ils se laissaient coudoyer, heurter même et déplacer par de petits employés à la mine pauvre. Les aristocraties, les élites, les groupements professionnels avaient fondu dans cette foule tiède. Il restait des hommes presque seuls, qui ne représentaient plus.

Une flaque de lumière au loin, c'était la mer à marée basse. Quelques écueils à fleur d'eau trouaient de leurs têtes cette surface de clarté. Sur le sable gisaient des barques de pêche, non loin des cubes de pierre gluants qu'on a jetés pêle-mêle au pied de la jetée, pour la protéger des vagues et qui laissent entre eux des trous pleins de grouillements. A l'entrée de l'avant-port, sur le ciel blanchi par le soleil, une drague découpait son ombre. Tous les soirs, jusqu'à minuit, elle hurle et gémit et mène un train de tous les diables. Mais le dimanche, les ouvriers se promènent à terre, il n'y a qu'un gardien à bord : elle se tait.

Le soleil était clair et diaphane : un petit vin blanc. Sa lumière effleurait à peine les corps, ne leur donnait pas d'ombres, pas de relief : les visages et les mains faisaient des taches d'or pâle. Tous ces hommes en pardessus semblaient flotter doucement à quelques pouces du sol. De temps en temps le vent poussait sur nous des ombres qui tremblaient comme de l'eau; les visages s'éteignaient un instant, devenaient crayeux.

C'était dimanche; encaissée entre la balustrade et les grilles des chalets de plaisance, la foule s'écoulait à petits flots, pour s'aller perdre en mille ruisseaux derrière le grand hôtel de la Compagnie transatlantique. Que d'enfants! Enfants en voiture, dans les bras, à la main ou marchant par deux, par trois, devant leurs parents, d'un air gourmé. Tous ces visages, je les avais vus, peu d'heures auparavant, presque triomphants, dans la jeunesse d'un matin de dimanche. A présent, ruisselants de soleil, ils n'exprimaient plus rien que le calme, la détente, une espèce d'obstination.

Peu de gestes : on donnait bien encore quelques coups de chapeau mais sans l'ampleur, sans la gaieté nerveuse du matin. Les gens se laissaient tous aller un peu en arrière, la tête levée, le regard au loin, abandonnés au vent qui les poussait en gonflant leurs manteaux. De temps en temps un rire sec, vite étouffé; le cri d'une mère, Jeannot, Jeannot,

La nausée.

veux-tu bien. Et puis le silence. Légère odeur de tabac blond : ce sont les commis qui fument. Salammbô, Aïcha, cigarettes du dimanche. Sur quelques visages, plus abandonnés, je crus lire un peu de tristesse : mais non, ces gens n'étaient pas tristes, ni gais : ils se reposaient. Leurs yeux grands ouverts et fixes reflétaient passivement la mer et le ciel. Tout à l'heure ils allaient rentrer, ils boiraient une tasse de thé, en famille, sur la table de la salle à manger. Pour l'instant ils voulaient vivre avec le moins de frais, économiser les gestes, les paroles, les pensées, faire la planche : ils n'avaient qu'un seul jour pour effacer leurs rides, leurs pattes d'oie, les plis amers que donne le travail de la semaine. Un seul jour. Ils sentaient les minutes couler entre leurs doigts; auraient-ils le temps d'amasser assez de jeunesse pour repartir à neuf le lundi matin? Ils respiraient à pleins poumons parce que l'air de la mer vivifie : seuls leurs souffles, réguliers et profonds comme ceux des dormeurs, témoignaient encore de leur vie. Je marchais à pas de loup, je ne savais que faire de mon corps dur et frais, au milieu de cette foule tragique qui se reposait.

La mer était maintenant couleur d'ardoise; elle montait lentement. Elle serait haute à la nuit; cette nuit la Jetée-Promenade serait plus déserte que le boulevard Victor-Noir. En avant et sur la gauche un feu rouge brillerait dans le chenal.

Le soleil descendait lentement sur la mer. Il incendiait au passage la fenêtre d'un chalet normand. Une femme éblouie porta d'un air las une main à ses yeux et agita la tête.

— Gaston, ça m'éblouit, dit-elle avec un rire hésitant.

— Hé! C'est un bon petit soleil, dit son mari, ça ne chauffe pas, mais ça fait tout de même plaisir.

Elle dit encore, en se tournant vers la mer :

— Je croyais qu'on l'aurait vue.

— Aucune chance, dit l'homme, elle est dans le soleil.

Ils devaient parler de l'île Caillebotte, dont on aurait

dû voir la pointe méridionale entre la drague et le quai de l'avant-port.

La lumière s'adoucit. Dans cette heure instable, quelque chose annonçait le soir. Déjà ce dimanche avait un passé. Les villas et la balustrade grise semblaient des souvenirs tout proches. Un à un les visages perdaient leur loisir, plusieurs devinrent presque tendres.

Une jeune femme enceinte s'appuyait sur un jeune homme blond, qui avait l'air brutal.

— Là, là, là, regarde, dit-elle.

— Quoi?

— Là, là, les mouettes.

Il haussa les épaules : il n'y avait pas de mouettes. Le ciel était devenu presque pur, un peu rose à l'horizon.

— Je les ai entendues. Écoute, elles crient.

Il répondit :

— C'est quelque chose qui a grincé.

Un bec de gaz brilla. Je crus que l'allumeur de réverbères était passé. Les enfants le guettent, car il donne le signal du retour. Mais ce n'était qu'un dernier reflet du soleil. Le ciel était encore clair, mais la terre baignait dans la pénombre. La foule s'éclaircissait, on entendait distinctement le râle de la mer. Une jeune femme, appuyée des deux mains à la balustrade, leva vers le ciel sa face bleue, barrée de noir par le fard des lèvres. Je me demandai, un instant, si je n'allais pas aimer les hommes. Mais, après tout, c'était leur dimanche et non le mien.

La première lumière qui s'alluma fut celle du phare Caillebotte; un petit garçon s'arrêta près de moi et murmura d'un air d'extase : « Oh! le phare! »

Alors je sentis mon cœur gonflé d'un grand sentiment d'aventure.

Je tourne sur la gauche et, par la rue des Voiliers, je rejoins le Petit Prado. On a baissé le rideau de fer sur les vitrines. La rue Tournebride est claire, mais déserte, elle a perdu sa brève gloire du matin; rien ne la distingue plus, à cette heure, des rues avoisinantes. Un vent assez fort s'est levé. J'entends grincer le chapeau de tôle de l'archevêque.

Je suis seul, la plupart des gens sont rentrés dans leurs foyers, ils lisent le journal du soir en écoutant la T. S. F. Le dimanche qui finit leur a laissé un goût de cendre et déjà leur pensée se tourne vers le lundi. Mais il n'y a pour moi ni lundi ni dimanche : il y a des jours qui se poussent en désordre, et puis, tout d'un coup, des éclairs comme celui-ci.

Rien n'a changé et pourtant tout existe d'une autre façon. Je ne peux pas décrire; c'est comme la Nausée et pourtant c'est juste le contraire : enfin une aventure m'arrive et quand je m'interroge, je vois qu'*il m'arrive que je suis moi et que je suis ici; c'est moi* qui fends la nuit, je suis heureux comme un héros de roman.

Quelque chose va se produire : dans l'ombre de la rue Basse-de-Vieille, il y a quelque chose qui m'attend, c'est là-bas, juste à l'angle de cette rue calme, que ma vie va commencer. Je me vois avancer, avec le sentiment de la fatalité. Au coin de la rue, il y a une espèce de borne blanche. De loin, elle paraissait toute noire et, à chaque enjambée, elle vire un peu plus au blanc. Ce corps obscur qui s'éclaire peu à peu me fait une impression extraordinaire : quand il sera tout clair, tout blanc, je m'arrêterai, juste à côté de lui et alors commencera l'aventure. Il est si proche à présent, ce phare blanc qui sort de l'ombre que j'ai presque peur : je songe un instant à retourner sur mes pas. Mais il n'est pas possible de rompre le charme. J'avance, j'étends la main, je touche la borne.

Voici la rue Basse-de-Vieille et l'énorme masse de Sainte-Cécile tapie dans l'ombre et dont les vitraux luisent. Le chapeau de tôle grince. Je ne sais si le monde s'est soudain resserré ou si c'est moi qui mets entre les sons et les formes une unité si forte : je ne puis même pas concevoir que rien de ce qui m'entoure soit autre qu'il n'est.

Je m'arrête un instant, j'attends, je sens mon cœur battre; je fouille des yeux la place déserte. Je ne vois rien. Un vent assez fort s'est levé. Je me suis trompé, la rue Basse-de-Vieille n'était qu'un relais : la *chose* m'attend au fond de la place Ducoton.

Je ne suis pas pressé de me remettre en marche. Il me semble que j'ai touché la cime de mon bonheur. A Marseille, à Shanghaï, à Meknès, que n'ai-je fait pour gagner un sentiment si plein? Aujourd'hui je n'attends plus rien, je rentre chez moi, à la fin d'un dimanche vide : il est là.

Je repars. Le vent m'apporte le cri d'une sirène. Je suis tout seul, mais je marche comme une troupe qui descend sur une ville. Il y a, en cet instant, des navires qui résonnent de musique sur la mer; des lumières s'allument dans toutes les villes d'Europe; des communistes et des nazis font le coup de feu dans les rues de Berlin, des chômeurs battent le pavé de New York, des femmes, devant leurs coiffeuses, dans une chambre chaude, se mettent du rimmel sur les cils. Et moi je suis là, dans cette rue déserte, et chaque coup de feu qui part d'une fenêtre de Neukölln, chaque hoquet sanglant des blessés qu'on emporte, chaque geste précis et menu des femmes qui se parent répond à chacun de mes pas, à chaque battement de mon cœur.

Devant le passage Gillet, je ne sais plus que faire. Est-ce qu'on ne m'attend pas au fond du passage? Mais il y a aussi, place Ducoton, au bout de la rue Tournebride, une certaine chose qui a besoin de moi pour naître. Je suis plein d'angoisse : le moindre geste m'engage. Je ne peux pas deviner ce qu'on veut de moi. Il faut pourtant choisir : je sacrifie le passage Gillet, j'ignorerai toujours ce qu'il me réservait.

La place Ducoton est vide. Est-ce que je me suis trompé? Il me semble que je ne le supporterais pas. Est-ce que vraiment il n'arrivera rien? Je m'approche des lumières du café Mably. Je suis désorienté, je ne sais si je vais entrer : je jette un coup d'œil à travers les grandes vitres embuées.

La salle est bondée. L'air est bleu à cause de la fumée des cigarettes et de la vapeur que dégagent les vêtements humides. La caissière est à son comptoir. Je la connais bien : elle est rousse comme moi; elle a une maladie dans le ventre. Elle pourrit doucement sous ses jupes avec un sourire mélancolique, semblable à l'odeur de violette que dégagent parfois les corps en décomposition. Un frisson me parcourt de la tête aux pieds : c'est... c'est elle qui m'attendait. Elle était là, dressant son buste immobile au-dessus du comptoir, elle souriait. Du fond de ce café quelque chose revient en arrière sur les moments épars de ce dimanche et les soude les uns aux autres, leur donne un sens : j'ai traversé tout ce jour pour aboutir là, le front contre cette vitre, pour contempler ce fin visage qui s'épanouit sur un rideau grenat. Tout s'est arrêté; ma vie s'est arrêtée : cette grande vitre, cet air lourd, bleu comme de l'eau, cette plante grasse et blanche au fond de l'eau, et moi-même, nous formons un tout immobile et plein : je suis heureux.

Quand je me retrouvai sur ce boulevard de la Redoute il ne me restait plus qu'un amer regret. Je me disais : « Ce sentiment d'aventure, il n'y a peut-être rien au monde à quoi je tienne tant. Mais il vient quand il veut; il repart si vite et comme je suis sec quand il est reparti! Me fait-il ces courtes visites ironiques pour me montrer que j'ai manqué ma vie? »

Derrière moi, dans la ville, dans les grandes rues droites, aux froides clartés des réverbères, un formidable événement social agonisait : c'était la fin du dimanche.

Lundi.

Comment ai-je pu écrire, hier, cette phrase absurde et pompeuse :

84

« J'étais seul, mais je marchais comme une troupe qui descend sur une ville. »

Je n'ai pas besoin de faire des phrases. J'écris pour tirer au clair certaines circonstances. Se méfier de la littérature. Il faut écrire au courant de la plume; sans chercher les mots.

Ce qui me dégoûte, au fond, c'est d'avoir été sublime, hier soir. Quand j'avais vingt ans, je me soûlais, et ensuite, j'expliquais que j'étais un type dans le genre de Descartes. Je sentais très bien que je me gonflais d'héroïsme, je me laissais aller, ça me plaisait. Après quoi, le lendemain j'étais aussi écœuré que si je m'étais réveillé dans un lit rempli de vomissures. Je ne vomis pas, quand je suis soûl, mais ça vaudrait encore mieux. Hier, je n'avais même pas l'excuse de l'ivresse. Je me suis exalté comme un imbécile. J'ai besoin de me nettoyer avec des pensées abstraites, transparentes comme de l'eau.

Ce sentiment d'aventure ne vient décidément pas des événements : la preuve en est faite. C'est plutôt la façon dont les instants s'enchaînent. Voilà, je pense, ce qui se passe : brusquement on sent que le temps s'écoule, que chaque instant conduit à un autre instant, celui-ci à un autre et ainsi de suite; que chaque instant s'anéantit, que ce n'est pas la peine d'essayer de le retenir, etc. Et alors on attribue cette propriété aux événements qui vous apparaissent *dans* les instants; ce qui appartient à la forme, on le reporte sur le contenu. En somme, ce fameux écoulement du temps, on en parle beaucoup, mais on ne le voit guère. On voit une femme, on pense qu'elle sera vieille seulement on ne la *voit* pas vieillir. Mais, par moments, il semble qu'on la *voie* vieillir et qu'on se sente vieillir avec elle : c'est le sentiment d'aventure.

On appelle ça, si je me souviens bien, l'irréversibilité du temps. Le sentiment de l'aventure serait, tout simplement, celui de l'irréversibilité du temps. Mais pourquoi est-ce qu'on ne l'a pas toujours? Est-ce que le temps ne serait pas toujours irréversible? Il y a des moments où on a l'impression qu'on peut faire ce qu'on veut, aller de l'avant ou revenir en arrière, que ça n'a pas d'importance; et puis d'autres où l'on dirait que les mailles se sont resserrées et, dans ces cas-là, il ne s'agit pas de manquer son coup parce qu'on ne pourrait plus le recommencer.

Anny faisait rendre au temps tout ce qu'il pouvait. A l'époque où elle était à Djibouti et moi à Aden, quand j'allais la voir pour vingt-quatre heures, elle s'ingéniait à multiplier les malentendus entre nous, jusqu'à ce qu'il ne restât plus que soixante minutes, exactement, avant mon départ; soixante minutes, juste le temps qu'il faut pour qu'on sente passer les secondes une à une. Je me rappelle une de ces terribles soirées. Je devais repartir à minuit. Nous étions allés au cinéma en plein air; nous étions désespérés, elle autant que moi. Seulement elle menait le jeu. A onze heures, au début d'un grand film elle prit ma main, et la serra dans les siennes sans un mot. Je me sentis envahi d'une joie âcre et je compris, sans avoir besoin de regarder ma montre, qu'il était onze heures. A partir de cet instant, nous commençâmes à sentir couler les minutes. Cette fois-là, nous nous quittions pour trois mois. A un moment on projeta sur l'écran une image toute blanche, l'obscurité s'adoucit et je vis qu'Anny pleurait. Puis, à minuit, elle lâcha ma main, après l'avoir serrée violemment; je me levai et je partis sans lui dire un seul mot. C'était du travail bien fait.

7 heures du soir.

Journée de travail. Ça n'a pas trop mal marché; j'ai écrit six pages, avec un certain plaisir. D'autant plus que c'étaient des considérations abstraites sur le règne de Paul Ier. Après l'orgie d'hier, je suis resté tout le jour, étroi-

tement boutonné. Il n'aurait pas fallu faire appel à mon
cœur! Mais je me sentais bien à l'aise en démontant les
ressorts de l'autocratie russe.

Seulement ce Rollebon m'agace. Il fait le mystérieux
dans les plus petites choses. Qu'a-t-il bien pu faire en Ukraine
au mois d'août 1804? Il parle de son voyage en termes
voilés :

« La postérité jugera si mes efforts, que le succès ne
pouvait récompenser, ne méritaient pas mieux qu'un
reniement brutal et des humiliations qu'il a fallu supporter
en silence, quand j'avais dans mon sein de quoi faire taire
les railleurs et les précipiter dans la crainte. »

Je m'y suis laissé prendre une fois : il se montrait plein
de réticences pompeuses au sujet d'un petit voyage qu'il
avait fait à Bouville en 1790. J'ai perdu un mois à véri-
fier ses faits et gestes. En fin de compte, il avait engrossé la
fille d'un de ses fermiers. Est-ce que ce n'est pas tout simplement un cabotin?

Je me sens plein d'humeur contre ce petit fat si men-
teur; peut-être est-ce du dépit : j'étais ravi qu'il mentît aux
autres, mais j'aurais voulu qu'il fît une exception pour moi;
je croyais que nous nous entendrions comme larrons en
foire par-dessus la tête de tous ces morts et qu'il finirait
bien par me dire, à moi, la vérité! Il n'a rien dit, rien du
tout; rien de plus qu'à Alexandre ou à Louis XVIII qu'il
dupait. Il m'importe beaucoup que Rollebon ait été un
type bien. Coquin, sans doute : qui ne l'est pas? Mais un
grand ou un petit coquin? Je n'estime pas assez les recherches historiques pour perdre mon temps avec un mort
dont, s'il était en vie, je ne daignerais pas toucher la main.
Que sais-je de lui? On ne peut rêver plus belle vie que la
sienne : mais l'a-t-il faite? Si seulement ses lettres n'étaient
pas si guindées... Ah! Il aurait fallu connaître son regard,
peut-être avait-il une façon charmante de pencher la tête
sur son épaule, ou de dresser d'un air malin, son long
index à côté de son nez, ou bien, quelquefois, entre deux

mensonges polis, une brève violence qu'il étouffait aussitôt. Mais il est mort : il reste de lui un *Traité de Stratégie*
et des *Réflexions sur la Vertu.*

Si je me laissais aller, je l'imaginerais si bien : sous
son ironie brillante et qui a fait tant de victimes, c'est un
simple, presque un naïf. Il pense peu, mais, en toute occasion, par une grâce profonde, il fait exactement ce qu'il
faut. Sa coquinerie est candide, spontanée, toute généreuse,
aussi sincère que son amour de la vertu. Et quand il a bien
trahi ses bienfaiteurs et ses amis, il se retourne vers les
événements, avec gravité, pour en tirer la morale. Il n'a
jamais pensé qu'il eût le moindre droit sur les autres, ni
les autres sur lui : les dons que lui fait la vie, il les tient pour
injustifiés et gratuits. Il s'attache fortement à toute chose
mais s'en détache facilement. Et ses lettres, ses ouvrages,
il ne les a jamais écrits lui-même : il les a fait composer
par l'écrivain public.

Seulement, si c'était pour en venir là, il fallait plutôt que
j'écrive un roman sur le marquis de Rollebon.

11 heures du soir.

J'ai dîné au *Rendez-vous des Cheminots.* La patronne
étant là, j'ai dû la baiser, mais c'était bien par politesse.
Elle me dégoûte un peu, elle est trop blanche et puis elle
sent le nouveau-né. Elle me serrait la tête contre sa poitrine dans un débordement de passion : elle croit bien
faire. Pour moi, je grapillais distraitement son sexe sous
les couvertures; puis mon bras s'est engourdi. Je pensais
à M. de Rollebon : après tout, qu'est-ce qui m'empêche
d'écrire un roman sur sa vie? J'ai laissé aller mon bras le
long du flanc de la patronne et j'ai vu soudain un petit
jardin avec des arbres bas et larges d'où pendaient d'immenses feuilles couvertes de poils. Des fourmis couraient
partout, des mille-pattes et des teignes. Il y avait des bêtes

encore plus horribles : leur corps était fait d'une tranche de pain grillé comme on en met en canapé sous les pigeons; elles marchaient de côté avec des pattes de crabe. Les larges feuilles étaient toutes noires de bêtes. Derrière des cactus et des figuiers de Barbarie, la Velléda du Jardin public désignait son sexe du doigt. « Ce jardin sent le vomi », criai-je.

« J'aurais pas voulu vous réveiller, dit la patronne, mais j'avais un pli du drap sous les fesses et puis il faut que je descende en bas pour les clients du train de Paris. »

Mardi gras.

J'ai fessé Maurice Barrès. Nous étions trois soldats et l'un de nous avait un trou au milieu de la figure. Maurice Barrès s'est approché et nous a dit : « C'est bien! » et il a donné à chacun un petit bouquet de violettes. « Je ne sais pas où le mettre », a dit le soldat à la tête trouée. Alors Maurice Barrès a dit : « Il faut le mettre au milieu du trou que vous avez dans la tête. » Le soldat a répondu : « Je vais te le mettre dans le cul. » Et nous avons retourné Maurice Barrès et nous l'avons déculotté. Sous sa culotte, il avait une robe rouge de cardinal. Nous avons relevé la robe et Maurice Barrès s'est mis à crier : « Attention, j'ai des pantalons à sous-pieds. » Mais nous l'avons fessé jusqu'au sang, et sur son derrière, nous avons dessiné, avec les pétales des violettes, la tête de Déroulède.

Je me souviens trop fréquemment de mes rêves, depuis quelque temps. D'ailleurs, je dois beaucoup remuer pendant mon sommeil, parce que je trouve tous les matins mes couvertures par terre. Aujourd'hui c'est Mardi gras, mais, à Bouville, ça ne signifie pas grand-chose; c'est à peine s'il y a, dans toute la ville, une centaine de personnes pour se déguiser.

Comme je descendais l'escalier, la patronne m'a appelé. « Il y a une lettre pour vous. »

Une lettre : la dernière que j'ai reçue était du conservateur de la bibliothèque de Rouen au mois de mai dernier. La patronne m'emmène dans son bureau; elle me tend une longue enveloppe jaune et renflée : Anny m'a écrit. Voilà cinq ans que je n'avais eu de ses nouvelles. La lettre est allée me chercher à mon ancien domicile de Paris, elle porte le timbre du premier février.

Je sors; je tiens l'enveloppe entre mes doigts, je n'ose pas l'ouvrir; Anny n'a pas changé son papier à lettres, je me demande si elle l'achète toujours dans la petite papeterie de Piccadilly. Je pense qu'elle a conservé sa coiffure, ses lourds cheveux blonds qu'elle ne voulait pas couper. Elle doit lutter patiemment devant les miroirs pour sauver son visage : ce n'est pas coquetterie ni crainte de vieillir; elle veut rester comme elle est, tout juste comme elle est. C'est peut-être ce que je préférais en elle, cette fidélité puissante et sévère au moindre trait de son image.

Les lettres fermes de l'adresse, tracées à l'encre violette (elle n'a pas changé d'encre non plus) brillent encore un peu.

« Monsieur Antoine Roquentin. »

Comme j'aime lire mon nom sur ces enveloppes. Dans un brouillard j'ai retrouvé un de ces sourires, j'ai deviné ses yeux, sa tête inclinée : quand j'étais assis, elle venait se planter devant moi en souriant. Elle me dominait de tout le buste, elle me saisissait aux épaules et me secouait à bras tendus.

L'enveloppe est lourde, elle doit contenir au moins six pages. Les pattes de mouches de mon ancienne concierge chevauchent cette belle écriture :

« Hôtel Printania — Bouville. »

Ces petites lettres-là ne brillent pas.

Quand je décachette la lettre, ma désillusion me rajeunit de six ans :

« Je ne sais comment Anny peut s'y prendre pour gonfler ainsi ses enveloppes : il n'y a jamais rien dedans. »

Cette phrase, je l'ai dite cent fois au printemps de 1924, en luttant, comme aujourd'hui, pour extraire de la doublure un bout de papier quadrillé. La doublure est une splendeur vert sombre avec des étoiles d'or; on dirait une lourde étoffe empesée. A elle seule, elle fait les trois quarts du poids de l'enveloppe.

Anny a écrit au crayon :

« Je passerai à Paris dans quelques jours. Viens me voir à l'hôtel d'Espagne, le 20 février. Je t'en prie (elle a rajouté « je t'en prie » au-dessus de la ligne et l'a rejoint à « me voir » par une curieuse spirale). Il *faut* que je te voie. Anny. »

A Meknès, à Tanger, quand je rentrais, le soir, je trouvais parfois un mot sur mon lit : « Je veux te voir tout de suite. » Je courais, Anny m'ouvrait, les sourcils levés, l'air étonné : elle n'avait plus rien à me dire; elle m'en voulait un peu d'être venu. J'irai; peut-être qu'elle refusera de me recevoir. Ou bien on me dira au bureau de l'hôtel : « Personne de ce nom n'est descendu chez nous. » Je ne crois pas qu'elle ferait ça. Seulement elle peut m'écrire, dans huit jours, qu'elle a changé d'avis et que ce sera pour une autre fois.

Les gens sont à leur travail. C'est un Mardi gras bien plat qui s'annonce. La rue des Mutilés sent fortement le bois humide, comme toutes les fois qu'il va pleuvoir. Je n'aime pas ces drôles de journées : les cinémas donnent des matinées, les enfants des écoles sont en vacances; il y a dans les rues un vague petit air de fête qui ne cesse de solliciter l'attention et s'évanouit dès qu'on y prend garde.

Je vais sans doute revoir Anny mais je ne peux pas dire que cette idée me rende précisément joyeux. Depuis que j'ai reçu sa lettre, je me sens désœuvré. Heureusement, il est midi; je n'ai pas faim, mais je vais manger, pour passer le temps. J'entre chez Camille, rue des Horlogers.

C'est une boîte bien close; on y sert la choucroute ou le cassoulet toute la nuit. Les gens y viennent souper à la sortie du théâtre; les sergents de ville y envoient les voyageurs qui arrivent dans la nuit et qui ont faim. Huit tables de marbre. Une banquette de cuir court le long des murs. Deux glaces mangées de taches rousses. Les vitres des deux fenêtres et de la porte sont en verre dépoli. Le comptoir est dans un renfoncement. Il y a aussi une pièce, sur le côté. Mais je n'y suis jamais entré; elle est pour les couples.

— Donnez-moi une omelette au jambon.

La bonne, une énorme fille aux joues rouges, ne peut pas s'empêcher de rire quand elle parle à un homme.

— Je n'ai pas le droit. Voulez-vous une omelette aux pommes de terre? Le jambon est renfermé : il n'y a que le patron qui le coupe.

Je commande un cassoulet. Le patron s'appelle Camille et c'est un dur.

La bonne s'en va. Je suis seul dans cette vieille pièce sombre. Dans mon portefeuille, il y a une lettre d'Anny. Une fausse honte m'empêche de la relire. J'essaie de me rappeler les phrases une à une.

« Mon cher Antoine. »

Je souris : certainement non, certainement Anny n'a pas écrit « mon cher Antoine ».

Il y a six ans — nous venions de nous séparer d'un commun accord — je décidai de partir pour Tokio. Je lui écrivis quelques mots. Je ne pouvais plus l'appeler « mon cher amour » ; je commençai en toute innocence par « ma chère Anny ».

« J'admire ton aisance, me répondit-elle ; je n'ai jamais été, je ne suis pas ta chère Anny. Et toi, je te prie de croire que tu n'es pas mon cher Antoine. Si tu ne sais pas comment m'appeler, ne m'appelle pas, cela vaudra mieux. »

Je prends sa lettre dans mon portefeuille. Elle n'a pas écrit « mon cher Antoine ». Au bas de la lettre, il n'y a pas non plus de formule de politesse : « Il faut que je te voie. Anny. » Rien qui puisse me fixer sur ses sentiments. Je ne peux pas m'en plaindre : je reconnais là son amour du parfait. Elle voulait toujours réaliser des « moments parfaits ». Si l'instant ne s'y prêtait pas, elle ne prenait plus d'intérêt à rien, la vie disparaissait de ses yeux, elle traînait paresseusement, avec l'air d'une grande fille à l'âge ingrat. Ou bien encore elle me cherchait querelle :

« Tu te mouches comme un bourgeois, solennellement, et tu toussotes dans ton mouchoir avec satisfaction. »

Il ne fallait pas répondre, il fallait attendre : soudain à quelque signal, qui m'échappait, elle tressaillait, elle durcissait ses beaux traits languissants et commençait son travail de fourmi. Elle avait une magie impérieuse et charmante ; elle chantonnait entre ses dents en regardant de tous les côtés, puis elle se redressait en souriant, venait me secouer par les épaules, et, pendant quelques instants, semblait donner des ordres aux objets qui l'entouraient. Elle m'expliquait, d'une voix basse et rapide, ce qu'elle attendait de moi.

« Écoute, tu veux bien faire un effort, n'est-ce pas? Tu as été si sot, la dernière fois. Tu vois comme ce moment-ci pourrait être beau? Regarde le ciel, regarde la couleur du soleil sur le tapis. J'ai justement mis ma robe verte et je ne suis pas fardée, je suis toute pâle. Recule-toi, va t'asseoir dans l'ombre ; tu comprends ce que tu as à faire? Eh bien, voyons! Que tu es sot! Parle-moi. »

Je sentais que le succès de l'entreprise était dans mes mains : l'instant avait un sens obscur qu'il fallait dégrossir et parfaire : certains gestes devaient être faits, certaines paroles dites : j'étais accablé sous le poids de ma responsabilité, j'écarquillais les yeux et je ne voyais rien, je me débattais au milieu de rites qu'Anny inventait sur le moment et je les déchirais de mes grands bras comme des toiles d'araignées. A ces moments-là elle me haïssait.

Certainement, j'irai la voir. Je l'estime et je l'aime encore de tout mon cœur. Je souhaite qu'un autre ait eu plus de chance et plus d'habileté au jeu des moments parfaits.

« Tes satanés cheveux gâchent tout, disait-elle. Que veux-tu qu'on fasse d'un homme roux ? »

Elle souriait. J'ai perdu d'abord le souvenir de ses yeux, puis celui de son long corps. J'ai retenu, le plus longtemps que j'ai pu, son sourire et puis, il y a trois ans, je l'ai perdu aussi. Tout à l'heure, brusquement, comme je prenais la lettre des mains de la patronne, il est revenu ; j'ai cru voir Anny qui souriait. J'essaie de le rappeler encore : j'ai besoin de sentir toute la tendresse qu'Anny m'inspire ; elle est là, cette tendresse, elle est tout proche, elle ne demande qu'à naître. Mais le sourire ne revient point : c'est fini. Je reste vide et sec.

Un homme est entré, frileusement.

— Messieurs-dames, bonjour.

Il s'assied, sans quitter son pardessus verdi. Il frotte l'une contre l'autre ses longues mains en enchevêtrant ses doigts.

— Qu'est-ce que je vais vous servir ?

Il sursauta, les yeux inquiets :

— Eh ? Vous me donnerez un Byrrh à l'eau.

La bonne ne bouge pas. Son visage, dans la glace, a l'air de dormir. En fait, ses yeux sont ouverts, mais ce ne sont que des fentes. Elle est comme ça, elle ne se presse pas de servir les clients, elle prend toujours un moment pour rêver sur leurs commandes. Elle doit penser à la bouteille qu'elle va prendre au-dessus du comptoir, à l'étiquette blanche avec des lettres rouges, à l'épais sirop noir qu'elle va verser : c'est un peu comme si elle buvait elle-même.

Je glisse la lettre d'Anny dans mon portefeuille : elle m'a donné ce qu'elle pouvait ; je ne peux pas remonter à la femme qui l'a prise dans ses mains, pliée, mise dans son enveloppe. Est-il seulement possible de penser à quelqu'un au passé ? Tant que nous nous sommes aimés nous n'avons pas permis que le plus infime de nos instants, la plus légère de nos peines se détachât de nous et restât en arrière. Les sons, les odeurs, les nuances du jour, même les pensées que nous ne nous étions pas dites, nous emportions tout et tout restait à vif : nous n'avons pas cessé d'en jouir et d'en souffrir au présent. Pas un souvenir ; un amour implacable et torride, sans ombre, sans recul, sans refuge. Trois années présentes à la fois. C'est pour cela que nous nous sommes séparés : nous n'avions plus assez de force pour supporter ce fardeau. Et puis, quand Anny m'a quitté, d'un seul coup, d'une seule pièce, les trois ans se sont écroulés dans le passé. Je n'ai même pas souffert, je me sentais vide. Ensuite le temps s'est remis à couler et le vide s'est agrandi. Ensuite à Saïgon, quand j'ai décidé de revenir en France, tout ce qui demeurait encore — des visages étrangers, des places, des quais au bord de longs fleuves — tout s'est anéanti. Et voilà, mon passé n'est plus qu'un trou énorme. Mon présent : cette bonne au corsage noir qui rêve près du comptoir, ce petit bonhomme. Tout ce que je sais de ma vie, il me semble que je l'ai appris dans des livres. Les palais de Bénarès, la terrasse du roi Lépreux, les temples de Java avec leurs grands escaliers brisés, se sont un instant reflétés dans mes yeux, mais ils sont restés là-bas, sur place. Le tramway qui passe devant l'hôtel Printania n'emporte pas, le soir, à ses vitres, le reflet de l'enseigne au néon ; il s'enflamme un instant et s'éloigne avec des vitres noires.

Cet homme ne cesse pas de me regarder : il m'ennuie. Il fait bien l'important pour sa taille. La bonne se décide enfin à le servir. Elle lève paresseusement son grand bras noir, atteint la bouteille et l'apporte avec un verre.

— Voilà, monsieur.

— Monsieur Achille, dit-il avec urbanité.

Elle verse sans répondre ; tout d'un coup il retire prestement le doigt de son nez et pose les deux mains à plat sur

95

la table. Il a rejeté la tête en arrière et ses yeux brillent. Il dit d'une voix froide :

— La pauvre fille.

La bonne sursaute et je sursaute aussi : il y a une expression indéfinissable, de l'étonnement peut-être, comme si c'était un autre qui venait de parler. Nous sommes gênés tous les trois.

La grosse bonne se reprend la première : elle n'a pas d'imagination. Elle toise M. Achille avec dignité : elle sait bien qu'il lui suffirait d'une seule main pour l'arracher de sa place et le jeter dehors.

— Et pourquoi donc que je serais une pauvre fille?

Il hésite. Il la regarde, décontenancé, puis il rit. Son visage se plisse de mille rides, il fait des gestes légers avec le poignet :

— Ça l'a vexée. On dit ça comme ça ; on dit : pauvre fille. C'est sans intention.

Mais elle lui tourne le dos et s'en va derrière le comptoir : elle est vraiment offensée. Il rit encore :

— Ha! Ha! Ça m'a échappé, dites donc. On est fâché? Elle est fâchée, dit-il en s'adressant vaguement à moi.

Je détourne la tête. Il soulève un peu son verre, mais il ne songe pas à boire : il cligne des yeux d'un air surpris et intimidé ; on dirait qu'il cherche à se rappeler quelque chose. La bonne s'est assise à la caisse ; elle prend un ouvrage. Tout est revenu au silence : mais ce n'est plus le même silence. Voilà la pluie : elle frappe légèrement les vitres dépolies ; s'il y a encore dans les rues des enfants déguisés, elle va ramollir et barbouiller leurs masques de carton.

La bonne allume les lampes : il est à peine deux heures, mais le ciel est tout noir, elle n'y voit plus assez pour coudre. Douce lumière ; les gens sont dans les maisons, ils ont allumé aussi, sans doute. Ils lisent, ils regardent le ciel par la fenêtre. Pour eux... c'est autre chose. Ils ont vieilli autrement. Ils vivent au milieu des legs, des cadeaux et chacun de leurs meubles est un souvenir. Pendulettes, médailles, portraits, coquillages, presse-papiers, paravents, châles. Ils ont des armoires pleines de bouteilles, d'étoffes, de vieux vêtements, de journaux ; ils ont tout gardé. Le passé, c'est un luxe de propriétaire.

Où donc conserverais-je le mien ? On ne met pas son passé dans sa poche ; il faut avoir une maison pour l'y ranger. Je ne possède que mon corps ; un homme tout seul, avec son seul corps, ne peut pas arrêter les souvenirs ; ils lui passent au travers. Je ne devrais pas me plaindre : je n'ai voulu qu'être libre.

Le petit homme s'agite et soupire. Il s'est pelotonné dans son manteau, mais de temps en temps il se redresse et prend un air humain. Lui non plus, il n'a pas de passé. En cherchant bien, on trouverait sans doute, chez des cousins qui ne le fréquentent plus, une photographie qui le représente à une noce, avec un col cassé, une chemise à plastron et une dure moustache de jeune homme. De moi, je crois bien qu'il ne reste même pas ça.

Le voilà encore qui me regarde. Cette fois il va me parler, je me sens tout raide. Ce n'est pas de la sympathie qu'il y a entre nous : nous sommes pareils, voilà. Il est seul comme moi, mais plus enfoncé que moi dans la solitude. Il doit attendre sa Nausée ou quelque chose de ce genre. Il y a donc à présent des gens qui me *reconnaissent*, qui pensent, après m'avoir dévisagé : « Celui-là est des nôtres. » Eh bien ? Que veut-il ? Il doit bien savoir que nous ne pouvons rien l'un pour l'autre. Les familles sont dans leurs maisons, au milieu de leurs souvenirs. Et nous voici, deux épaves sans mémoire. S'il se levait tout d'un coup, s'il m'adressait la parole, je sauterais en l'air.

La porte s'ouvre avec fracas : c'est le docteur Rogé.

— Bonjour, tout le monde.

Il entre, farouche et soupçonneux en flageolant un peu sur ses longues jambes, qui peuvent à peine supporter son torse. Je le vois souvent, le dimanche, à la brasserie Véze-lize, mais il ne me connaît pas. Il est bâti comme les anciens

97

moniteurs de Joinville : des bras comme des cuisses, cent dix de tour de poitrine et ça ne tient pas debout.

— Jeanne, ma petite Jeanne.

Il trottine jusqu'au portemanteau pour accrocher à la patère son large chapeau de feutre. La bonne a plié son ouvrage et vient sans hâte, en dormant, extraire le docteur de son imperméable.

— Qu'est-ce que vous prenez, docteur?

Il la considère gravement. Voilà ce que j'appelle une belle tête d'homme. Usée, creusée, par la vie et les passions. Mais le docteur a compris la vie, dominé ses passions.

— Je ne sais pas du tout ce que je veux, dit-il d'une voix profonde.

Il s'est laissé tomber sur la banquette en face de moi ; il s'éponge le front. Dès qu'il n'est plus sur ses jambes il se trouve à l'aise. Ses yeux intimident, de gros yeux noirs et impérieux.

— Ça sera... ça sera, ça sera, ça sera — un vieux calva, mon enfant.

La bonne, sans faire un mouvement, contemple cette énorme face ravinée. Elle est songeuse. Le petit bonhomme a levé la tête avec un sourire délivré. Et c'est vrai : ce colosse nous a délivrés. Il y avait ici quelque chose d'horrible qui allait nous prendre. Je respire avec force : à présent, on est entre hommes.

— Alors, ça vient, mon calvados?

La bonne sursaute et s'en va. Il a étendu ses gros bras et pris la table à pleins bords. M. Achille est tout joyeux ; il voudrait attirer l'attention du docteur. Mais il a beau balancer ses jambes et sauter sur la banquette, il est si menu qu'il ne fait pas de bruit.

La bonne apporte le calvados. D'un mouvement de tête, elle indique au docteur son voisin. Le docteur Rogé fait pivoter son buste avec lenteur : il ne peut pas remuer le cou.

— Tiens, c'est toi, vieille saleté, crie-t-il, tu n'es donc pas mort?

Il s'adresse à la bonne :

— Vous acceptez ça chez vous?

Il regarde le petit homme, de ses yeux féroces. Un regard direct, qui remet les choses en place. Il explique :

— C'est un vieux toqué, voilà ce que c'est.

Il ne se donne même pas la peine de montrer qu'il plaisante. Il sait que le vieux toqué ne se fâchera pas, qu'il va sourire. Et ça y est : l'autre sourit avec humilité. Un vieux toqué : il se détend, il se sent protégé contre lui-même ; il ne lui arrivera rien aujourd'hui. Le plus fort, c'est que je suis rassuré moi aussi. Un vieux toqué : c'était donc ça, ce n'était que ça.

Le docteur rit, il me lance un coup d'œil engageant et complice : à cause de ma taille sans doute — et puis j'ai une chemise propre — il veut bien m'associer à sa plaisanterie.

Je ne ris pas, je ne réponds pas à ses avances : alors, sans cesser de rire, il essaie sur moi le feu terrible de ses prunelles. Nous nous considérons en silence pendant quelques secondes ; il me toise en faisant le myope, il me classe. Dans la catégorie des toqués? Dans celle des voyous?

C'est tout de même lui qui détourne la tête : un petit dégonflage devant un type seul, sans importance sociale, ça ne vaut pas la peine d'en parler, ça s'oublie tout de suite. Il roule une cigarette et l'allume, puis il reste immobile avec des yeux fixes et durs à la manière des vieillards.

Les belles rides; il les a toutes : les barres transversales du front, les pattes d'oie, les plis amers de chaque côté de la bouche, sans compter les cordes jaunes qui pendent sous son menton. Voilà un homme qui a de la chance : du plus loin qu'on le voit, on se dit qu'il a dû souffrir et que c'est quelqu'un qui a vécu. Il mérite son visage d'ailleurs, car il ne s'est pas un instant mépris sur la façon de retenir et d'utiliser son passé : il l'a empaillé, tout simplement, il en fait de l'expérience à l'usage des femmes et des jeunes gens.

M. Achille est heureux comme il n'a pas dû l'être de longtemps. Il bée d'admiration; il boit son Byrrh à petites gorgées en gonflant ses joues. Eh bien, le docteur a su le prendre! Ce n'est pas le docteur qui se laisserait fasciner par un vieux toqué sur le point d'avoir sa crise; une bonne bourrade, quelques mots brusques et qui fouettent, voilà ce qu'il leur faut. Le docteur a de l'expérience. C'est un professionnel de l'expérience : les médecins, les prêtres, les magistrats et les officiers connaissent l'homme comme s'ils l'avaient fait.

J'ai honte pour M. Achille. Nous sommes du même bord, nous devrions faire bloc contre eux. Mais il m'a lâché, il est passé de leur côté : il y croit honnêtement, lui, à l'Expérience. Pas à la sienne, ni à la mienne. A celle du docteur Rogé. Tout à l'heure M. Achille se sentait drôle, il avait l'impression d'être tout seul; à présent il sait qu'il y en a eu d'autres dans son genre, beaucoup d'autres : le docteur Rogé les a rencontrés, il pourrait raconter à M. Achille l'histoire de chacun d'eux et lui dire comment elle a fini. M. Achille est un cas, tout simplement, et qui se laisse aisément ramener à quelques notions communes.

Comme je voudrais lui dire qu'on le trompe, qu'il fait le jeu des importants. Des professionnels de l'expérience? Ils ont traîné leur vie dans l'engourdissement et le demi-sommeil, ils se sont mariés précipitamment, par impatience, et ils ont fait des enfants au hasard. Ils ont rencontré les autres hommes dans les cafés, aux mariages, aux enterrements. De temps en temps, pris dans un remous, ils se sont débattus sans comprendre ce qui leur arrivait. Tout ce qui s'est passé autour d'eux a commencé et s'est achevé hors de leur vue; de longues formes obscures, des événements qui venaient de loin les ont frôlés rapidement et, quand ils ont voulu regarder, tout était fini déjà. Et puis, vers les quarante ans, ils baptisent leurs petites obstinations et quelques proverbes du nom d'expérience, ils commencent à faire les distributeurs automatiques : deux sous dans la fente de gauche et voilà des anecdotes enveloppées de papier d'argent; deux sous dans la fente de droite et l'on reçoit de précieux conseils qui collent aux dents comme des caramels mous. Moi aussi, à ce compte, je pourrais me faire inviter chez les gens et ils se diraient entre eux que je suis un grand voyageur devant l'Éternel. Oui : les musulmans pissent accroupis; les sages-femmes hindoues utilisent, en guise d'ergotine, le verre pilé dans la bouse de vache; à Bornéo, quand une fille a ses règles, elle passe trois jours et trois nuits sur le toit de sa maison. J'ai vu à Venise des enterrements en gondole, à Séville les fêtes de la Semaine sainte, j'ai vu la Passion d'Oberammergau. Naturellement, tout cela n'est qu'un maigre échantillon de mon savoir : je pourrais me renverser sur une chaise et commencer avec amusement.

« Connaissez-vous Jihlava, chère madame? C'est une curieuse petite ville de Moravie où j'ai séjourné en 1924... »

Et le président du tribunal qui a vu tant de cas prendrait la parole à la fin de mon histoire :

« Comme c'est vrai, cher monsieur, comme c'est humain. J'ai vu un cas semblable au début de ma carrière. C'était en 1902. J'étais juge suppléant à Limoges... »

Seulement voilà, on m'a trop embêté avec ça dans ma jeunesse. Je n'étais pourtant pas d'une famille de professionnels. Mais il y a aussi des amateurs. Ce sont les secrétaires, les employés, les commerçants, ceux qui écoutent les autres au café : ils se sentent gonflés, aux approches de la quarantaine, d'une expérience qu'ils ne peuvent pas écouler au-dehors. Heureusement ils ont fait des enfants et ils les obligent à la consommer sur place. Ils voudraient nous faire croire que leur passé n'est pas perdu, que leurs souvenirs se sont condensés, moelleusement convertis en Sagesse. Commode passé! Passé de poche, petit livre doré plein de belles maximes. « Croyez-moi, je vous parle d'expérience, tout ce que je sais, je le tiens de la vie. » Est-ce que la Vie se serait chargée de penser pour eux? Ils expliquent le neuf par l'ancien — et l'ancien, ils l'ont expliqué par des événements plus anciens encore, comme ces historiens qui font de Lénine un Robespierre russe et de Robespierre un Cromwell français : au bout du compte, ils n'ont jamais rien compris du tout... Derrière leur importance, on devine une paresse morose : ils voient défiler des apparences, ils bâillent, ils pensent qu'il n'y a rien de nouveau sous les cieux. « Un vieux toqué » — et le docteur Rogé songeait vaguement à d'autres vieux toqués dont il ne se rappelle aucun en particulier. A présent, rien de ce que fera M. Achille ne saurait nous surprendre : *puisque* c'est un vieux toqué!

Ce n'est pas un vieux toqué : il a peur. De quoi a-t-il peur? Quand on veut comprendre une chose, on se place en face d'elle, tout seul, sans secours; tout le passé du monde ne pourrait servir de rien. Et puis elle disparaît et ce qu'on a compris disparaît avec elle.

Les idées générales c'est plus flatteur. Et puis les professionnels et même les amateurs finissent toujours par avoir raison. Leur sagesse recommande de faire le moins de bruit possible, de vivre le moins possible, de se laisser oublier. Leurs meilleures histoires sont celles d'imprudents, d'originaux qui ont été châtiés. Eh bien, oui : c'est ainsi que ça se passe et personne ne dira le contraire. Peut-être M. Achille n'a-t-il pas la conscience très tranquille. Il se dit peut-être qu'il n'en serait pas là s'il avait écouté les conseils de son père, de sa sœur aînée. Le docteur a le droit de parler : il n'a pas manqué sa vie; il a su se rendre utile. Il se dresse, calme et puissant, au-dessus de cette petite épave; c'est un roc.

Le docteur Rogé a bu son calvados. Son grand corps se tasse et ses paupières tombent lourdement. Pour la première fois, je vois son visage sans les yeux : on dirait un masque de carton, comme ceux qu'on vend aujourd'hui

dans les boutiques. Ses joues ont une affreuse couleur rose...
La vérité m'apparaît brusquement : cet homme va bientôt
mourir. Il le sait sûrement; il suffit qu'il se soit regardé
dans une glace : il ressemble chaque jour un peu plus au
cadavre qu'il sera. Voilà ce que c'est que leur expérience,
voilà pourquoi je me suis dit, si souvent, qu'elle sent la
mort : c'est leur dernière défense. Le docteur voudrait
bien y croire, il voudrait se masquer l'insoutenable réalité :
qu'il est seul, sans acquis, sans passé, avec une intelligence
qui s'empâte, un corps qui se défait. Alors il a bien construit, bien aménagé, bien capitonné son petit délire de com-
pensation : il se dit qu'il progresse. Il a des trous de pensée,
des moments où ça tourne à vide dans sa tête? C'est que
son jugement n'a plus la précipitation de la jeunesse. Il ne
comprend plus ce qu'il lit dans les livres? C'est qu'il est
si loin des livres, à présent. Il ne peut plus faire l'amour?
Mais il l'a fait. Avoir fait l'amour, c'est beaucoup mieux
que de le faire encore : avec le recul on juge, on compare
et réfléchit. Et ce terrible visage de cadavre, pour en pouvoir supporter la vue dans les miroirs, il s'efforce de croire
que les leçons de l'expérience s'y sont gravées.

Le docteur tourne un peu la tête. Ses paupières s'entrou-
vrent, il me regarde avec des yeux roses de sommeil. Je lui
souris. Je voudrais que ce sourire lui révèle tout ce qu'il
essaie de se cacher. C'est ça qui le réveillerait, s'il pouvait
se dire : « En voilà un qui *sait* que je vais crever! » Mais
ses paupières retombent : il s'endort. Je m'en vais, je
laisse M. Achille veiller sur son sommeil.

La pluie a cessé, l'air est doux, le ciel roule lentement
de belles images noires : c'est plus qu'il n'en faut pour
faire le cadre d'un moment parfait; pour refléter ces
images, Anny ferait naître dans nos cœurs de sombres
petites marées. Moi, je ne sais pas profiter de l'occasion :
je vais au hasard, vide et calme, sous ce ciel inutilisé.

Il ne faut pas avoir peur.

Écrit quatre pages. Ensuite, un long moment de bonheur.
Ne pas trop réfléchir sur la valeur de l'Histoire. On court
le risque de s'en dégoûter. Ne pas oublier que M. de Rollebon représente, à l'heure qu'il est, la seule justification
de mon existence.

D'aujourd'hui en huit, je vais voir Anny.

Le brouillard était si dense, boulevard de la Redoute,
que je crus prudent de raser les murs de la Caserne; sur
ma droite, les phares des autos chassaient devant eux une
lumière mouillée et il était impossible de savoir où finissait le trottoir. Il y avait des gens autour de moi; j'entendais le bruit de leurs pas ou, parfois, le petit bourdonnement
de leurs paroles : mais je ne voyais personne. Une fois,
un visage de femme se forma à la hauteur de mon épaule,
mais la brume l'engloutit aussitôt; une autre fois quelqu'un
me frôla en soufflant très fort. Je ne savais pas où j'allais,
j'étais trop absorbé : il fallait avancer avec précaution,
tâter le sol du bout du pied et même étendre les mains en
avant. Je ne prenais d'ailleurs aucun plaisir à cet exercice.
Pourtant je ne songeais pas à rentrer, j'étais pris. Enfin,
au bout d'une demi-heure, j'aperçus au loin une vapeur
bleuâtre. En me guidant sur elle, je parvins bientôt au bord
d'une grande lueur; au centre, perçant la brume de ses
feux, je reconnus le café Mably.

Le café Mably a douze lampes électriques; mais il n'y

en avait que deux d'allumées, l'une au-dessus de la caisse, l'autre au plafonnier. L'unique garçon me poussa de force dans un coin sombre.

— Pas par ici, monsieur, je nettoie.

Il était en veston, sans gilet ni faux col, avec une chemise blanche rayée de violet. Il bâillait, il me regardait d'un air maussade en se passant les doigts dans les cheveux.

— Un café noir et des croissants.

Il se frotta les yeux sans répondre et s'éloigna. J'avais de l'ombre jusqu'aux yeux, une sale ombre glaciale. Le radiateur n'était sûrement pas allumé.

Je n'étais pas seul. Une femme au teint cireux était assise en face de moi, et ses mains s'agitaient sans cesse, tantôt pour caresser sa blouse, tantôt pour remettre d'aplomb son chapeau noir. Elle était avec un grand blond qui mangeait une brioche sans souffler mot. Le silence me parut lourd. J'avais envie d'allumer ma pipe, mais il m'aurait été désagréable d'attirer leur attention par un craquement d'allumette.

Une sonnerie de téléphone. Les mains s'arrêtèrent : elles restèrent accrochées à la blouse. Le garçon prenait son temps. Il finit posément de balayer, avant d'aller décrocher le récepteur. « Allô, c'est monsieur Georges ? Bonjour, monsieur Georges... Oui, monsieur Georges... Le patron n'est pas là... Oui, il devrait être descendu... Ah! par ces temps de brouillard... Il descend vers huit heures d'ordinaire... Oui, monsieur Georges, je lui ferai la commission. Au revoir, monsieur Georges. »

Le brouillard pesait sur les vitres comme un lourd rideau de velours gris. Une face se colla un instant au carreau et disparut.

La femme dit plaintivement :

— Rattache-moi mon soulier.

— Il n'est pas défait, dit l'homme sans regarder.

Elle s'énerva. Ses mains couraient le long de sa blouse et sur son cou comme de grosses araignées.

— Si, si, rattache-moi mon soulier.

Il se baissa, d'un air excédé, et lui toucha légèrement le pied sous la table :

— C'est fait.

Elle sourit avec satisfaction. L'homme appela le garçon.

— Garçon, ça fait combien?

— Combien de brioches? dit le garçon.

J'avais baissé les yeux pour ne pas avoir l'air de les dévisager. Après quelques instants, j'entendis des craquements et je vis paraître le bord d'une jupe et deux bottines maculées de boue sèche. Celles de l'homme suivirent, vernies et pointues. Elles s'avancèrent vers moi, s'immobilisèrent et firent demi-tour : il mettait son manteau. A ce moment, le long de la jupe, une main se mit à descendre, au bout d'un bras raide; elle hésita un peu, elle grattait la jupe.

— Tu es prête? dit l'homme.

La main s'ouvrit et vint toucher une large étoile de boue sur la bottine droite, puis elle disparut.

— Ouf! dit l'homme.

Il avait pris une valise près du portemanteau. Ils sortirent, je les vis s'enfoncer dans le brouillard.

— Ce sont des artistes, me dit le garçon en m'apportant mon café, c'est eux qui ont fait le numéro d'entracte au Ciné-Palace. La femme se bande les yeux et elle lit le prénom et l'âge des spectateurs. Ils s'en vont aujourd'hui parce que c'est vendredi et qu'on change les programmes.

Il alla chercher une assiette de croissants sur la table que les artistes venaient de quitter.

— Ce n'est pas la peine.

Ces croissants-là, je n'avais pas envie de les manger.

— Il faut que j'éteigne l'électricité. Deux lampes pour un seul client, à neuf heures du matin : le patron me disputerait.

La pénombre envahit le café. Une faible clarté barbouillée de gris et de brun, tombait maintenant des hautes vitres.

— Je voudrais voir M. Fasquelle.

Je n'avais pas vu entrer la vieille. Une bouffée d'air glacé me fit frissonner.

— M. Fasquelle n'est pas encore descendu.

— C'est Mme Florent qui m'envoie, reprit-elle, ça ne va pas. Elle ne viendra pas aujourd'hui.

Mme Florent, c'est la caissière, la rousse.

— Ce temps-là, dit la vieille, c'est mauvais pour son ventre.

Le garçon prit un air important :

— C'est le brouillard, répondit-il, c'est comme M. Fasquelle; je m'étonne qu'il n'est pas descendu. On l'a demandé au téléphone. D'ordinaire, il descend à huit heures.

Machinalement, la vieille regarda au plafond :

— Il est là-haut?

— Oui, c'est sa chambre.

La vieille dit d'une voix traînante, comme si elle se parlait à elle-même :

— Des fois qu'il serait mort...

— Ah! ben, — le visage du garçon exprima l'indignation la plus vive — Ah! ben! merci.

Des fois qu'il serait mort... Cette pensée m'avait effleuré. C'est bien le genre d'idées qu'on se fait par ces temps de brouillard.

La vieille partit. J'aurais dû l'imiter : il faisait froid et noir. Le brouillard filtrait sous la porte, il allait monter lentement et noyer tout. A la bibliothèque municipale, j'aurais trouvé de la lumière et du feu.

De nouveau, un visage vient s'écraser contre la vitre; il faisait des grimaces.

— Attends un peu, dit le garçon en colère, et il sortit en courant.

La figure s'effaça, je restai seul. Je me reprochai amèrement d'avoir quitté ma chambre. A présent, la brume avait dû l'envahir; j'aurais eu peur d'y rentrer.

Derrière la caisse, dans l'ombre, quelque chose craqua. Ça venait de l'escalier privé : est-ce que le gérant descendait enfin? Mais non : personne ne se montra; les marches craquaient toutes seules. M. Fasquelle dormait encore. Ou bien il était mort au-dessus de ma tête. Trouvé mort dans son lit, un matin de brouillard. — En sous-titre : dans le café, des clients consommaient sans se douter...

Mais était-il encore dans son lit? N'avait-il pas chaviré, entraînant les draps avec lui et cognant de la tête contre le plancher?

Je connais très bien M. Fasquelle; il s'est enquis parfois de ma santé. C'est un gros réjoui, avec une barbe soignée : s'il est mort c'est d'une attaque. Il sera couleur aubergine avec la langue hors de la bouche. La barbe en l'air; le cou violet sous le moutonnement du poil.

L'escalier privé se perdait dans le noir. A peine pouvais-je distinguer la pomme de la rampe. Il faudrait traverser cette ombre. L'escalier craquerait. En haut, je trouverai la porte de la chambre...

Le corps est là, au-dessus de ma tête. Je tournerais le commutateur : je toucherais cette peau tiède, pour voir. — Je n'y tiens plus, je me lève. Si le garçon me surprend dans l'escalier, je lui dirai que j'ai entendu du bruit.

Le garçon rentra brusquement, essoufflé.

— Oui, monsieur! cria-t-il.

L'imbécile! Il vint vers moi.

— C'est deux francs.

— J'ai entendu du bruit là-haut, lui dis-je.

— C'est pas trop tôt!

— Oui, mais je crois que ça ne va pas : on aurait dit des râles et puis il y a eu un bruit sourd.

Dans cette salle obscure, avec ce brouillard derrière les vitres, ça sonnait tout à fait naturel. Je n'oublierai pas les yeux qu'il fit.

— Vous devriez monter pour voir, ajoutai-je perfidement.

— Ah! non, dit-il ; puis : — J'aurais peur qu'il m'attrape.
Quelle heure est-il?

— Dix heures.

— J'irai à dix heures et demie, s'il n'est pas descendu.
Je fis un pas vers la porte.

— Vous vous en allez? Vous ne restez pas?

— Non.

— C'était un vrai râle?

— Je ne sais pas, lui dis-je en sortant, c'était peut-être
parce que j'avais l'esprit à ça.

Le brouillard s'était un peu levé. Je me hâtai de gagner
la rue Tournebride : j'avais besoin de ses lumières. Ce
fut une déception : de la lumière, certes, il y en avait, elle
ruisselait sur les vitres des magasins. Mais ce n'était pas
de la lumière gaie : c'était tout blanc à cause du brouillard
et cela vous tombait sur les épaules comme une douche.

Beaucoup de monde, surtout des femmes : des bonnes,
des femmes de ménage, des patronnes aussi, de celles qui
disent : « J'achète moi-même, c'est plus sûr. » Elles flairaient
un peu les devantures et finissaient par entrer.

Je m'arrêtai devant la charcuterie Julien. De temps à
autre, je voyais à travers la glace une main qui désignait
les pieds truffés et les andouillettes. Alors une grosse fille
blonde se penchait, la poitrine offerte, et prenait le bout
de chair morte entre ses doigts. Dans sa chambre, à cinq
minutes de là, M. Fasquelle était mort.

Je cherchai autour de moi un appui solide, une défense
contre mes pensées. Il n'y en avait pas : peu à peu, le
brouillard s'était déchiré, mais quelque chose d'inquiétant
restait à traîner dans la rue. Peut-être pas une vraie menace :
c'était effacé, transparent. Mais c'est justement ce qui
finissait par faire peur. J'appuyai mon front contre la
vitrine. Sur la mayonnaise d'un œuf à la russe, je remarquai une goutte d'un rouge sombre : c'était du sang. Ce
rouge sur ce jaune me soulevait le cœur.

Brusquement, j'eus une vision : quelqu'un était tombé,

la face en avant et saignait dans les plats. L'œuf avait roulé dans le sang ; la rondelle de tomate qui le couronnait s'était détachée, elle était tombée à plat, rouge sur rouge. La mayonnaise avait un peu coulé : une mare de crème jaune qui divisait la rigole de sang en deux bras.

« C'est trop bête, il faut que je me secoue. Je vais aller travailler à la bibliothèque. »

Travailler? Je savais bien que je n'écrirais pas une ligne. Encore une journée fichue. En traversant le jardin public je vis, sur le banc où je m'assieds d'ordinaire, une grande pèlerine bleue immobile. En voilà un qui n'a pas froid.

Quand j'entrai dans la salle de lecture, l'Autodidacte allait en sortir. Il s'est jeté sur moi :

— Il faut que je vous remercie, monsieur. Vos photographies m'ont fait passer des heures inoubliables.

En le voyant, j'eus un moment d'espoir : à deux, peut-être serait-il plus facile de traverser cette journée. Mais, avec l'Autodidacte, on n'est jamais deux qu'en apparence.

Il frappa sur un in-quarto. C'était une Histoire des Religions.

— Monsieur, nul n'était mieux qualifié que Nouçapié pour tenter cette vaste synthèse. Cela est-il vrai?

Il avait l'air las et ses mains tremblaient :

— Vous avez mauvaise mine, lui dis-je.

— Ah! monsieur, je le crois bien! C'est qu'il m'arrive une histoire abominable.

Le gardien venait vers nous : c'est un petit Corse rageur, avec des moustaches de tambour-major. Il se promène des heures entières entre les tables en claquant des talons. L'hiver, il crache dans des mouchoirs qu'il fait ensuite sécher contre le poêle.

L'Autodidacte se rapprocha jusqu'à me souffler au visage:

— Je ne vous dirai rien devant cet homme, me dit-il d'un air de confidence. Si vous vouliez, monsieur?...

— Quoi donc?

Il rougit et ses hanches ondoyèrent gracieusement :

— Monsieur, ah! monsieur : je me jette à l'eau. Me feriez-vous l'honneur de déjeuner avec moi mercredi?

— Très volontiers.

J'avais envie de déjeuner avec lui comme de me pendre.

— Quel bonheur vous me faites, dit l'Autodidacte.

Il ajouta rapidement : « J'irai vous prendre chez vous, si vous le voulez bien », et disparut, de peur, sans doute, que je change d'avis s'il m'en laissait le temps.

Il était onze heures et demie. J'ai travaillé jusqu'à deux heures moins le quart. Du mauvais travail : j'avais un livre sous les yeux, mais ma pensée revenait sans cesse au café Mably. M. Fasquelle était-il descendu à présent? Au fond, je ne croyais pas trop à sa mort et c'est précisément ce qui m'agaçait! c'était une idée flottante dont je ne pouvais ni me persuader ni me défaire. Les souliers du Corse craquaient sur le plancher. Plusieurs fois, il vint se planter devant moi, d'un air de vouloir me parler. Mais il se ravisait et s'éloignait.

Vers une heure, les derniers lecteurs s'en allèrent. Je n'avais pas faim; je ne voulais surtout pas partir. Je travaillai encore un moment puis je sursautai : je me sentais enseveli dans le silence.

Je levai la tête : j'étais seul. Le Corse avait dû descendre chez sa femme qui est concierge de la bibliothèque; j'avais envie du bruit de ses pas. J'entendis tout juste celui d'une petite chute de charbon dans le poêle. Le brouillard avait envahi la pièce : pas le vrai brouillard, qui s'était dissipé depuis longtemps — l'autre, celui dont les rues étaient encore pleines, qui sortait des murs, des pavés. Une espèce d'inconsistance des choses. Les livres étaient toujours là, naturellement, rangés par ordre alphabétique sur les rayons, avec leurs dos noirs ou bruns et leurs étiquettes UP 1f. 7996 (Usage public — Littérature française) ou UP sn (Usage public — Sciences naturelles). Mais... comment dire? D'ordinaire, puissants et trapus, avec le poêle, les lampes vertes, les grandes fenêtres, les échelles, ils endiguent l'ave-

111

nir. Tant qu'on restera entre ces murs, ce qui arrivera doit arriver à droite ou à gauche du poêle. Saint Denis lui-même entrerait-il en portant son chef dans ses mains, il faudrait qu'il entre par la droite, qu'il marche entre les rayons consacrés à la littérature française et la table réservée aux lectrices. Et s'il ne touche pas terre, s'il flotte à vingt centimètres du sol, son cou sanglant sera tout juste à la hauteur du troisième rayon de livres. Ainsi ces objets servent-ils au moins à fixer les limites du vraisemblable.

Eh bien, aujourd'hui, ils ne fixaient plus rien du tout : il semblait que leur existence même était mise en question, qu'ils avaient la plus grande peine à passer d'un instant à l'autre. Je serrai fortement dans mes mains le volume que je lisais : mais les sensations les plus violentes étaient émoussées. Rien n'avait l'air vrai ; je me sentais entouré d'un décor de carton qui pouvait être brusquement déplanté. Le monde attendait, en retenant son souffle, en se faisant petit — il attendait sa crise, sa Nausée, comme M. Achille l'autre jour.

Je me levai. Je ne pouvais plus tenir en place au milieu de ces choses affaiblies. J'allai jeter un coup d'œil par la fenêtre sur le crâne d'Impétraz. Je murmurai : *Tout* peut se produire, *tout* peut arriver. Évidemment, pas le genre d'horrible que les hommes ont inventé ; Impétraz n'allait pas se mettre à danser sur son socle : ce serait autre chose.

Je regardai avec effroi ces êtres instables qui, dans une heure, dans une minute allaient peut-être crouler : eh bien, oui ; j'étais là, je vivais au milieu de ces livres tout pleins de connaissances, dont les uns décrivaient les formes immuables des espèces animales, dont les autres expliquaient que la quantité d'énergie se conserve intégralement dans l'univers ; j'étais là, debout devant une fenêtre dont les carreaux avaient un indice de réfraction déterminé. Mais quelles faibles barrières! C'est par paresse, je suppose, que le monde se ressemble d'un jour à l'autre. Aujourd'hui, il avait l'air de vouloir changer. Et alors *tout, tout* pouvait arriver.

Je n'ai pas de temps à perdre : à l'origine de ce malaise il y a l'histoire du café Mably. Il faut que j'y retourne, que je voie M. Fasquelle en vie, que je touche au besoin sa barbe ou ses mains. Alors, peut-être, je serai délivré.

Je pris mon pardessus en hâte et le jetai, sans l'enfiler, sur mes épaules ; je m'enfuis. En traversant le jardin public, je retrouvai à la même place le bonhomme à la pèlerine ; il avait une énorme face blême entre deux oreilles écarlates de froid.

Le café Mably étincelait de loin : cette fois les douze ampoules devaient être allumées. Je hâtai le pas : il fallait en finir. Je jetai d'abord un coup d'œil par la grande baie vitrée ; la salle était déserte. La caissière n'était pas là, le garçon non plus — ni M. Fasquelle.

Je dus faire un gros effort pour entrer ; je ne m'assis pas. Je criai : « Garçon ! » Personne ne répondit. Une tasse vide sur une table. Un morceau de sucre sur la soucoupe.

— Il n'y a personne ?

Un manteau pendait à une patère. Sur un guéridon, des magazines étaient empilés dans des cartons noirs. J'épiai le moindre bruit, retenant mon souffle. L'escalier privé craqua légèrement. Au-dehors, la sirène d'un bateau. Je sortis à reculons, sans quitter l'escalier des yeux.

Je sais bien : à deux heures de l'après-midi, les clients sont rares. M. Fasquelle était grippé ; il avait dû envoyer le garçon en courses — pour chercher un médecin, peut-être. Oui, mais voilà, j'avais *besoin* de voir M. Fasquelle. A l'entrée de la rue Tournebride, je me retournai, je contemplai avec dégoût le café étincelant et désert. Au premier étage, les persiennes étaient closes.

Une véritable panique s'empara de moi. Je ne savais plus où j'allais. Je courus le long des Docks, je tournai dans les rues désertes du quartier Beauvoisis : les maisons me regardaient fuir, de leurs yeux mornes. Je me répétais avec angoisse : où aller? où aller? *Tout* peut arriver. De temps à autre, le cœur battant, je faisais un brusque demi-tour : qu'est-ce qui se passait dans mon dos? Peut-être ça commencerait derrière moi et, quand je me retournerais, tout d'un coup, ce serait trop tard. Tant que je pourrais fixer les objets, il ne se produirait rien : j'en regardais le plus que je pouvais, des pavés, des maisons, des becs de gaz ; mes yeux allaient rapidement des uns aux autres pour les surprendre et les arrêter au milieu de leur métamorphose. Ils n'avaient pas l'air trop naturels, mais je me disais avec force : c'est un bec de gaz, c'est une borne-fontaine et j'essayais, par la puissance de mon regard, de les réduire à leur aspect quotidien. Plusieurs fois, je rencontrai des bars sur ma route : le *Café des Bretons*, le *Bar de la Marine*. Je m'arrêtais, j'hésitais devant leurs rideaux de tulle rose : peut-être ces boîtes bien calfeutrées avaient-elles été épargnées, peut-être renfermaient-elles encore une parcelle du monde d'hier, isolée, oubliée. Mais il aurait fallu pousser la porte, entrer. Je n'osais pas ; je repartais. Les portes des maisons, surtout, me faisaient peur. Je craignais qu'elles ne s'ouvrissent seules. Je finis par marcher au milieu de la chaussée.

Je débouchai brusquement sur le quai des Bassins du Nord. Des barques de pêche, de petits yachts. Je posai le pied sur un anneau scellé dans la pierre. Ici, loin des maisons, loin des portes, j'allais connaître un instant de répit. Sur l'eau calme et piquetée de grains noirs, un bouchon flottait.

« Et *sous* l'eau? Tu n'as pas pensé à ce qu'il peut y avoir *sous* l'eau? »

Une bête? Une grande carapace, à demi enfoncée dans la boue? Douze paires de pattes labourent lentement la vase. La bête se soulève un peu, de temps en temps. Au fond de l'eau. J'approchai, guettant un remous, une faible ondulation. Le bouchon restait immobile, parmi les grains noirs.

A ce moment, j'entendis des voix. Il était temps. Je fis un tour sur moi-même et je repris ma course.

Je rattrapai les deux hommes qui parlaient, dans la rue de Castiglione. Au bruit de mes pas, ils tressaillirent violemment et se retournèrent ensemble. Je vis leurs yeux inquiets qui se portaient sur moi, puis derrière moi pour voir s'il ne venait pas autre chose. Ils étaient donc comme moi, ils avaient donc peur? Quand je les dépassai, nous nous regardâmes : un peu plus, nous nous adressions la parole. Mais les regards exprimèrent soudain la défiance : par une journée comme celle-ci, on ne parle pas à n'importe qui.

Je me retrouvai rue Boulibet, hors d'haleine. Eh bien, le sort en était jeté : j'allais retourner à la bibliothèque, prendre un roman, essayer de lire. En longeant la grille du jardin public, j'aperçus le bonhomme à la pèlerine. Il était toujours là, dans le jardin désert ; son nez était devenu aussi rouge que ses oreilles.

J'allais pousser la grille, mais l'expression de son visage me figea : il plissait les yeux et ricanait à moitié, d'un air stupide et doucereux. Mais en même temps, il fixait droit devant lui quelque chose que je ne pouvais voir, avec un regard si dur et d'une telle intensité que je me retournai brusquement.

En face de lui, un pied en l'air, la bouche entrouverte, une petite fille d'une dizaine d'années, fascinée, le considérait en tirant nerveusement sur son fichu et tendait en avant son visage pointu.

Le bonhomme se souriait à lui-même, comme quelqu'un qui va faire une bonne farce. Tout d'un coup, il se leva, les mains dans les poches de sa pèlerine, qui lui tombait jusqu'aux pieds. Il fit deux pas et ses yeux chavirèrent. Je crus qu'il allait tomber. Mais il continuait à sourire, d'un air somnolent.

Je compris soudain : la pèlerine! J'aurais voulu empêcher ça. Il m'eût suffi de tousser ou de pousser la grille. Mais

115

j'étais fasciné à mon tour, par le visage de la petite fille. Elle avait les traits tirés par la peur, son cœur devait battre horriblement : seulement je lisais aussi sur ce museau de rat quelque chose de puissant et de mauvais. Ce n'était pas de la curiosité mais plutôt une espèce d'attente assurée. Je me sentis impuissant : j'étais dehors, au bord du jardin, au bord de leur petit drame ; mais eux, ils étaient rivés l'un à l'autre par la puissance obscure de leurs désirs, ils formaient un couple. Je retins mon souffle, je voulais voir ce qui se peindrait sur cette figure vieillotte, quand le bonhomme, derrière mon dos, écarterait les pans de sa pèlerine.

Mais tout à coup, délivrée, la petite secoua la tête et se mit à courir. Le type à la pèlerine m'avait vu : c'est ce qui l'avait arrêté. Une seconde, il resta immobile au milieu de l'allée, puis il s'en alla, le dos rond. Sa pèlerine lui battait le mollet.

Je poussai la grille et je le rejoignis d'un bond.

— Eh, dites donc! criai-je.

Il se mit à trembler.

— Une grande menace pèse sur la ville, lui dis-je poliment au passage.

Je suis entré dans la salle de lecture et j'ai pris, sur une table, *La Chartreuse de Parme*. J'essayais de m'absorber dans ma lecture, de trouver un refuge dans la claire Italie de Stendhal. J'y parvenais par à-coups, par courtes hallucinations, puis je retombais dans cette journée menaçante, en face d'un petit vieillard qui raclait sa gorge, d'un jeune homme qui rêvait renversé sur sa chaise.

Les heures passaient, les vitres étaient devenues noires. Nous étions quatre, sans compter le Corse qui tamponnait à son bureau les dernières acquisitions de la bibliothèque. Il y avait là ce petit vieillard, le jeune homme blond, une jeune femme qui prépare sa licence — et moi. De temps en temps, l'un de nous levait la tête, jetait un coup d'œil rapide et méfiant sur les trois autres, comme s'il en avait peur. A un moment le petit vieillard se mit à rire : je vis la jeune femme frissonner de la tête aux pieds. Mais j'avais déchiffré à l'envers le titre du livre qu'il lisait : c'était un roman gai.

Sept heures moins dix. Je pensai brusquement que la bibliothèque fermait à sept heures. J'allais être encore une fois rejeté dans la ville. Où irais-je? Qu'est-ce que je ferais?

Le vieillard avait fini son roman. Mais il ne s'en allait pas. Il tapait du doigt sur la table, à coups secs et réguliers.

— Messieurs, dit le Corse, on va bientôt fermer.

Le jeune homme sursauta et me lança un bref coup d'œil. La jeune femme s'était tournée vers le Corse, puis elle reprit son livre et sembla s'y plonger.

— On ferme, dit le Corse, cinq minutes plus tard.

Le vieillard hocha la tête d'un air indécis. La jeune femme repoussa son livre, mais sans se lever.

Le Corse n'en revenait pas. Il fit quelques pas hésitants, puis tourna un commutateur. Aux tables de lecture les lampes s'éteignirent. Seule l'ampoule centrale restait allumée.

— Il faut partir? demanda doucement le vieillard.

Le jeune homme, lentement, à regret, se leva. Ce fut à qui mettrait le plus de temps pour enfiler son manteau. Quand je sortis, la femme était encore assise, une main posée à plat sur son livre.

En bas, la porte d'entrée béait sur la nuit. Le jeune homme qui marchait le premier, se retourna, descendit lentement l'escalier, traversa le vestibule ; sur le seuil, il s'attarda un instant puis se jeta dans la nuit et disparut.

Arrivé au bas de l'escalier, je levai la tête. Au bout d'un moment, le petit vieux quitta la salle de lecture, en boutonnant son pardessus. Quand il eut descendu les trois premières marches, je pris mon élan et plongeai en fermant les yeux.

Je sentis sur ma figure une petite caresse fraîche. Au loin quelqu'un sifflait. Je relevai les paupières : il pleuvait.

Une pluie douce et calme. La place était paisiblement éclairée par ses quatre réverbères. Une place de province sous la pluie. Le jeune homme s'éloignait à grandes enjambées ; c'était lui qui sifflait : aux deux autres, qui ne savaient pas encore, j'eus envie de crier qu'ils pouvaient sortir sans crainte, que la menace était passée.

Le petit vieillard apparut sur le seuil. Il se gratta la joue d'un air embarrassé, puis il sourit largement et ouvrit son parapluie.

Samedi matin.

Un soleil charmant, avec une brume légère qui promet du beau temps pour la journée. J'ai pris mon petit déjeuner au café Mably.

Mme Florent, la caissière, m'a fait un gracieux sourire. J'ai crié, de ma table :

— Est-ce que M. Fasquelle est malade?

— Oui, monsieur ; une grosse grippe : il en a pour quelques jours à garder le lit. Sa fille est arrivée ce matin de Dunkerque. Elle s'installe ici pour le soigner.

Pour la première fois depuis que j'ai reçu sa lettre, je suis franchement heureux de revoir Anny? Qu'a-t-elle fait depuis six ans? Est-ce que nous serons gênés quand nous nous reverrons? Anny ne sait pas ce que c'est que la gêne. Elle me recevra comme si je l'avais quittée hier. Pourvu que je ne fasse pas la bête, que je ne l'indispose pas, pour commencer. Bien me rappeler de ne pas lui tendre la main, en arrivant : elle déteste ça.

Combien de jours resterons-nous ensemble? Peut-être la ramènerai-je à Bouville. Il suffirait qu'elle y vive quelques heures ; qu'elle couche une nuit à l'hôtel Printania. Après, ce ne serait plus pareil ; je ne pourrais plus avoir peur.

L'an dernier, quand je fis ma première visite au musée de Bouville, le portrait d'Olivier Blévigne me frappa. Défaut de proportions? De perspective? Je n'aurais su dire, mais quelque chose me gênait : ce député n'avait pas l'air d'aplomb sur sa toile.

Depuis, je suis revenu le voir plusieurs fois. Mais ma gêne persistait. Je ne voulais pas admettre que Bordurin, prix de Rome et six fois médaillé, eût fait une faute de dessin.

Or, cet après-midi, en feuilletant une vieille collection du *Satirique bouvillois*, feuille de chantage dont le propriétaire fut accusé, pendant la guerre, de haute trahison, j'ai entrevu la vérité. Aussitôt j'ai quitté la bibliothèque et je suis allé faire un tour au musée.

Je traversai rapidement la pénombre du vestibule. Sur les dalles blanches et noires, mes pas ne faisaient aucun bruit. Autour de moi, tout un peuple de plâtre se tordait les bras. J'entrevis en passant, par deux grandes ouvertures, des vases craquelés, des assiettes, un satyre bleu et jaune sur un socle. C'était la salle Bernard-Palissy, consacrée à la céramique et aux arts mineurs. Mais la céramique ne me fait pas rire. Un monsieur et une dame en deuil contemplaient respectueusement ces objets cuits.

Au-dessus de l'entrée du grand salon — ou salon Bordurin-Renaudas, — on avait accroché, depuis peu sans doute, une grande toile que je ne connaissais pas. Elle était signée Richard Séverand et s'appelait *La Mort du célibataire*. C'était un don de l'État.

Nu jusqu'à la ceinture, le torse un peu vert comme il convient aux morts, le célibataire gisait sur un lit défait. Les draps et les couvertures en désordre attestaient une longue agonie. Je souris en pensant à M. Fasquelle. Il n'était pas seul : sa fille le soignait. Déjà, sur la toile, la bonne, une servante maîtresse aux traits marqués par le vice, avait ouvert le tiroir d'une commode et comptait des écus. Une porte ouverte laissait voir, dans la pénombre, un homme à casquette qui attendait, une cigarette collée à la lèvre inférieure. Près du mur un chat lapait du lait avec indifférence.

Cet homme n'avait vécu que pour lui-même. Par un châtiment sévère et mérité, personne, à son lit de mort n'était venu lui fermer les yeux. Ce tableau me donnait un dernier avertissement : il était encore temps, je pouvais retourner sur mes pas. Mais, si je passais outre, que je sache bien ceci : dans le grand salon où j'allais entrer, plus de cent cinquante portraits étaient accrochés aux murs ; si l'on exceptait quelques jeunes gens enlevés trop tôt à leurs familles et la mère supérieure d'un orphelinat, aucun de ceux qu'on avait représentés n'était mort célibataire, aucun d'eux n'était mort sans enfants ni intestat, aucun sans les derniers sacrements. En règle, ce jour-là comme les autres jours, avec Dieu et avec le monde, ces hommes avaient glissé doucement dans la mort, pour aller réclamer la part de vie éternelle à laquelle ils avaient droit.

Car ils avaient eu droit à tout : à la vie, au travail, à la richesse, au commandement, au respect, et, pour finir, à l'immortalité.

Je me recueillis un instant et j'entrai. Un gardien dormait près d'une fenêtre. Une lumière blonde, qui tombait des vitres, faisait des taches sur les tableaux. Rien de vivant dans cette grande salle rectangulaire, sauf un chat qui prit peur à mon entrée et s'enfuit. Mais je sentis sur moi le regard de cent cinquante paires d'yeux.

Tous ceux qui firent partie de l'élite bouvilloise entre 1875 et 1910 étaient là, hommes et femmes, peints avec scrupule par Renaudas et par Bordurin.

Les hommes ont construit Sainte-Cécile-de-la-Mer. Ils ont fondé, en 1882, la Fédération des Armateurs et des Négociants de Bouville « pour grouper en un faisceau puissant toutes les bonnes volontés, coopérer à l'œuvre du redressement national et tenir en échec les partis de désordre... ». Ils ont fait de Bouville le port commercial français le mieux outillé pour le déchargement des charbons et des bois. L'allongement et l'élargissement des quais a été leur œuvre. Ils ont donné toute l'extension désirable à la gare maritime et porté à 10,70 m par des dragages persévérants, la profondeur d'eau de mouillage à marée basse. En vingt ans le tonnage des bateaux de pêche, qui était de 5 000 tonneaux en 1869, s'est élevé, grâce à eux, à 18 000 tonneaux. Ne reculant devant aucun sacrifice pour faciliter l'ascension des meilleurs représentants de la classe travailleuse, ils ont créé, de leur propre initiative, divers centres d'enseignement technique et professionnel qui ont prospéré sous leur haute protection. Ils ont brisé la fameuse grève des docks en 1898 et donné leurs fils à la patrie en 1914.

Les femmes, dignes compagnes de ces lutteurs, ont fondé la plupart des Patronages, des Crèches, des Ouvroirs. Mais elles furent, avant tout, des épouses et des mères. Elles ont élevé de beaux enfants, leur ont appris leurs devoirs et leurs droits, la religion, le respect des traditions qui ont fait la France.

La teinte générale des portraits tirait sur le brun sombre. Les couleurs vives avaient été bannies, par un souci de décence. Dans les portraits de Renaudas, toutefois, qui peignait plus volontiers les vieillards, la neige des cheveux et des favoris tranchait sur les fonds noirs ; il excellait à rendre les mains. Chez Bordurin qui avait moins de procédé, les mains étaient un peu sacrifiées, mais les faux cols brillaient comme du marbre blanc.

Il faisait très chaud et le gardien ronflait doucement. Je jetai un coup d'œil circulaire sur les murs : je vis des mains et des yeux ; çà et là une tache de lumière mangeait un visage. Comme je me dirigeais vers le portrait d'Olivier Blévigne, quelque chose me retint : de la cimaise le négociant Pacôme faisait tomber sur moi un clair regard.

Il était debout, la tête légèrement rejetée en arrière il tenait d'une main, contre son pantalon gris perle, un chapeau haut de forme et des gants. Je ne pus me défendre d'une certaine admiration : je ne voyais rien en lui de médiocre, rien qui donnât prise à la critique : petits pieds, mains fines, larges épaules de lutteur, élégance discrète, avec un soupçon de fantaisie. Il offrait courtoisement aux visiteurs la netteté sans rides de son visage ; l'ombre d'un sourire flottait même sur ses lèvres. Mais ses yeux gris ne souriaient pas. Il pouvait avoir cinquante ans : il était jeune et frais comme à trente. Il était beau.

Je renonçai à le prendre en défaut. Mais lui ne me lâcha pas. Je lus dans ses yeux un jugement calme et implacable.

Je compris alors tout ce qui nous séparait : ce que je pouvais penser sur lui ne l'atteignait pas ; c'était tout juste de la psychologie, comme on en fait dans les romans. Mais son jugement me transperçait comme un glaive et mettait en question jusqu'à mon droit d'exister. Et c'était vrai, je m'en étais toujours rendu compte : je n'avais pas le droit d'exister. J'étais apparu par hasard, j'existais comme une pierre, une plante, un microbe. Ma vie poussait au petit bonheur et dans tous les sens. Elle m'envoyait parfois des signaux vagues ; d'autres fois je ne sentais rien qu'un bourdonnement sans conséquence.

Mais pour ce bel homme sans défauts, mort aujourd'hui, pour Jean Pacôme, fils du Pacôme de la Défense nationale, il en avait été tout autrement : les battements de son cœur et les rumeurs sourdes de ses organes lui parvenaient sous forme de petits droits instantanés et purs. Pendant soixante ans, sans défaillance, il avait fait usage du droit de vivre. Les magnifiques yeux gris! Jamais le moindre doute ne les avait traversés. Jamais non plus Pacôme ne s'était trompé.

Il avait toujours fait son devoir, tout son devoir, son devoir de fils, d'époux, de père, de chef. Il avait aussi réclamé ses droits sans faiblesse : enfant, le droit d'être bien élevé, dans une famille unie, celui d'héritier d'un nom sans tâche, d'une affaire prospère ; mari, le droit d'être soigné, entouré d'affection tendre ; père, celui d'être vénéré ; chef, le droit d'être obéi sans murmure. Car un droit n'est jamais que l'autre aspect d'un devoir. Sa réussite extraordinaire (les Pacôme sont aujourd'hui la plus riche famille de Bouville) n'avait jamais dû l'étonner. Il ne s'était jamais dit qu'il était heureux et lorsqu'il prenait un plaisir, il devait s'y livrer avec modération, en disant : « Je me délasse. » Ainsi le plaisir, passant lui aussi au rang de droit, perdait son agressive futilité. Sur la gauche, un peu au-dessus de ses cheveux d'un gris bleuté, je remarquai des livres sur une étagère. Les reliures étaient belles ; c'étaient sûrement des classiques. Pacôme, sans doute, relisait le soir, avant de s'endormir, quelques pages de « son vieux Montaigne » ou une ode d'Horace dans le texte latin. Quelquefois, aussi, il devait lire, pour s'informer, un ouvrage contemporain. C'est ainsi qu'il avait connu Barrès et Bourget. Au bout d'un moment il posait le livre. Il souriait. Son regard, perdant son admirable vigilance, devenait presque rêveur. Il disait : « Comme il est plus simple et plus difficile de faire son devoir! »

Il n'avait jamais fait d'autre retour sur soi : c'était un chef.

Il y avait d'autres chefs qui pendaient aux murs : il n'y avait même que cela. C'était un chef, ce grand vieillard vert-de-gris dans son fauteuil. Son gilet blanc était un rappel heureux de ses cheveux d'argent. (De ces portraits, peints surtout aux fins de l'édification morale et dont l'exactitude était poussée jusqu'au scrupule, le souci d'art n'était pas exclu.) Il posait sa longue main fine sur la tête d'un petit garçon. Un livre ouvert reposait sur ses genoux enveloppés d'une couverture. Mais son regard errait au loin. Il voyait toutes ces choses qui sont invisibles aux jeunes gens. On avait écrit son nom sur son losange de bois doré, au-dessous de son portrait : il devait s'appeler

Pacôme ou Parrottin, ou Chaigneau. Je n'eus pas l'idée d'aller voir : pour ses proches, pour cet enfant, pour lui-même, il était simplement le Grand-père ; tout à l'heure s'il jugeait l'heure venue de faire entrevoir à son petit-fils l'étendue de ses futurs devoirs, il parlerait de lui-même à la troisième personne.

« Tu vas promettre à ton grand-père d'être bien sage, mon petit chéri, de bien travailler l'an prochain. Peut-être que, l'an prochain, le grand-père ne sera plus là. »

Au soir de la vie, il répandait sur chacun son indulgente bonté. Moi-même s'il me voyait — mais j'étais transparent à ses regards — je trouverais grâce à ses yeux : il penserait que j'avais eu, autrefois, des grands-parents. Il ne récla-mait rien : on n'a plus de désirs à cet âge. Rien sauf qu'on baissât légèrement le ton quand il entrait, sauf qu'il y eût sur son passage une nuance de tendresse et de respect dans les sourires, rien, sauf que sa belle-fille dît parfois : « Père est extraordinaire ; il est plus jeune que nous tous », sauf d'être le seul à pouvoir calmer les colères de son petit-fils en lui imposant les mains sur la tête et de pouvoir dire ensuite : « Ces gros chagrins-là, c'est le grand-père qui sait les consoler », rien, sauf que son fils, plusieurs fois l'an, vînt solliciter ses conseils sur les questions délicates, rien enfin sauf de se sentir serein, apaisé, infiniment sage. La main du vieux monsieur pesait à peine sur les boucles de son petit-fils : c'était presque une bénédiction. A quoi pouvait-il penser ? A son passé d'honneur, qui lui confé-rait le droit de parler sur tout et d'avoir sur tout le dernier mot. Je n'avais pas été assez loin l'autre jour : l'expérience était bien plus qu'une défense contre la mort ; elle était un droit : le droit des vieillards.

Le général Aubry, accroché à la cimaise, avec son grand sabre, était un chef. Un chef encore, le président Hébert, fin lettré, ami d'Impétraz. Son visage était long et symétrique avec un interminable menton, ponctué, juste sous la lèvre, par une impériale ; il avançait un peu la mâchoire, avec l'air amusé de faire un distinguo, de rouler une objection de principe, comme un rot léger. Il rêvait, il tenait une plume d'oie : lui aussi, parbleu, se délassait, et c'était en faisant des vers. Mais il avait l'œil d'aigle des chefs.

Et les soldats? J'étais au centre de la pièce, point de mire de tous ces yeux graves. Je n'étais pas un grand-père, ni un père, ni même un mari. Je ne votais pas, c'était à peine si je payais quelques impôts : je ne pouvais me targuer ni des droits du contribuable, ni de ceux de l'électeur, ni même de l'humble droit à l'honorabilité que vingt ans d'obéissance confèrent à l'employé. Mon existence commençait à m'étonner sérieusement. N'étais-je pas une simple apparence?

« Hé, me dis-je soudain, c'est moi, le soldat! » Cela me fit rire, sans rancune.

Un quinquagénaire potelé me retourna poliment un beau sourire. Renaudas l'avait peint avec amour, il n'avait pas eu de touches trop tendres pour les petites oreilles charnues et ciselées, pour les mains surtout. Longues, nerveuses, avec des doigts déliés : de vraies mains de savant ou d'artiste. Son visage m'était inconnu : j'avais dû souvent passer devant la toile sans la remarquer. Je m'approchai, je lus : « Rémy Parrottin, né à Bouville, en 1849, professeur à l'École de médecine de Paris. »

Parrottin : le docteur Wakefield m'en avait parlé : « J'ai rencontré, une fois dans ma vie, un grand homme. C'était Rémy Parrottin. J'ai suivi ses cours pendant l'hiver de 1904 (vous savez que j'ai passé deux ans à Paris pour étudier l'obstétrique). Il m'a fait comprendre ce que c'est qu'un chef. Il avait le fluide, je vous jure. Il nous électrisait, il nous aurait conduits au bout du monde. Et avec cela, c'était un gentleman : il avait une immense fortune dont il consacrait une bonne part à aider les étudiants pauvres. »

C'est ainsi que ce prince de la science, la première fois que j'en entendis parler, m'avait inspiré quelques sentiments forts. A présent, j'étais devant lui et il me souriait. Que d'intelligence et d'affabilité dans son sourire! Son corps grassouillet reposait mollement au creux d'un grand fauteuil de cuir. Ce savant sans prétention mettait tout de suite les gens à leur aise. On l'eût même pris pour un bonhomme sans la spiritualité de son regard.

Il ne fallait pas longtemps pour deviner la raison de son prestige : il était aimé parce qu'il comprenait tout ; on pouvait tout lui dire. Il ressemblait un peu à Renan, somme toute avec plus de distinction. Il était de ceux qui disent :

« Les socialistes? Eh bien, moi, je vais plus loin qu'eux! » Lorsqu'on le suivait sur ce chemin périlleux on devait bientôt abandonner, en frissonnant, la famille, la patrie, le droit de propriété, les valeurs les plus sacrées. On doutait même une seconde du droit de l'élite bourgeoise à commander. Un pas de plus et, soudain, tout était rétabli, merveilleusement fondé sur de solides raisons, à l'ancienne. On se retournait, on apercevait derrière soi les socialistes, déjà loin, tout petits, qui agitaient leur mouchoir en criant : « Attendez-nous. »

Je savais d'ailleurs, par Wakefield, que le Maître aimait comme il disait lui-même avec un sourire « d'accoucher les âmes ». Resté jeune, il s'entourait de jeunesse : il recevait souvent les jeunes gens de bonne famille qui se destinaient à la médecine. Wakefield avait été plusieurs fois déjeuner chez lui. Après le repas, on passait au fumoir. Le Patron traitait en hommes ces étudiants qui n'étaient pas bien loin encore de leurs premières cigarettes : il leur offrait des cigares. Il s'étendait sur un divan et parlait longuement, les yeux mi-clos, entouré de la foule avide de ses disciples. Il évoquait des souvenirs, racontait des anecdotes, en tirait une moralité piquante et profonde. Et si, parmi ces jeunes gens bien élevés, il en était un pour faire un peu la forte tête, Parrottin s'intéressait tout particulièrement à lui. Il le faisait parler, l'écoutait attentivement, lui fournissait

126

des idées, des sujets de méditation. Il arrivait forcément qu'un jour, le jeune homme tout rempli d'idées généreuses, excité par l'hostilité des siens, las de penser tout seul et contre tous, demandait au Patron de le recevoir seul, et, tout balbutiant de timidité, lui livrait ses plus intimes pensées, ses indignations, ses espoirs. Parrottin le serrait sur son cœur. Il disait : « Je vous comprends, je vous ai compris du premier jour. » Ils causaient, Parrottin allait loin, plus loin encore, si loin que le jeune homme avait peine à le suivre. Avec quelques entretiens de cette espèce on pouvait constater une amélioration sensible chez le jeune révolté. Il voyait clair en lui-même, il apprenait à connaître les liens profonds qui l'attachaient à sa famille, à son milieu ; il comprenait enfin le rôle admirable de l'élite. Et pour finir, comme par enchantement, la brebis égarée, qui avait suivi Parrottin pas à pas, se retrouvait au Bercail, éclairée, repentante. « Il a guéri plus d'âmes, concluait Wakefield, que je n'ai guéri de corps. »

Rémy Parrottin me souriait affablement. Il hésitait, il cherchait à comprendre ma position, pour la tourner doucement et me ramener à la bergerie. Mais je n'avais pas peur de lui : je n'étais pas une brebis. Je regardai son beau front calme et sans rides, son petit ventre, sa main posée à plat sur son genou. Je lui rendis son sourire et le quittai.

Jean Parrottin, son frère président de la S. A. B., s'appuyait des deux mains sur le rebord d'une table chargée de papiers ; par toute son attitude il signifiait au visiteur que l'audience avait pris fin. Son regard était extraordinaire ; il était comme abstrait et brillait de droit pur. Ses yeux éblouissants dévoraient toute sa face. Au-dessous de cet embrassement j'aperçus deux lèvres minces et serrées de mystique. « C'est drôle, me dis-je, il ressemble à Rémy Parrottin. » Je me tournai vers le Grand Patron : en l'examinant à la lumière de cette ressemblance, on faisait brusquement surgir sur son doux visage je ne sais quoi d'aride et de

127

désolé, l'air de la famille. Je revins à Jean Parrottin.

Cet homme avait la simplicité d'une idée. Il ne restait plus en lui que des os, des chairs mortes et le Droit Pur. Un vrai cas de possession, pensai-je. Quand le Droit s'est emparé d'un homme, il n'est pas d'exorcisme qui puisse le chasser ; Jean Parrottin avait consacré toute sa vie à penser son Droit : rien d'autre. A la place du léger mal de tête que je sentais naître, comme à chaque fois que je visite un musée, il eût senti à ses tempes le droit douloureux d'être soigné. Il ne fallait point qu'on le fît trop penser, qu'on attirât son attention sur des réalités déplaisantes, sur sa mort possible, sur les souffrances d'autrui. Sans doute, à son lit de mort, à cette heure où l'on est convenu, depuis Socrate, de prononcer quelques paroles élevées, avait-il dit à sa femme, comme un de mes oncles à la sienne, qui l'avait veillé douze nuits : « Toi, Thérèse, je ne te remercie pas ; tu n'as fait que ton devoir. » Quand un homme en arrive là, il faut lui tirer son chapeau.

Ses yeux, que je fixai avec ébahissement, me signifiaient mon congé. Je ne partis pas, je fus résolument indiscret. Je savais, pour avoir longtemps contemplé, à la bibliothèque de l'Escurial, un certain portrait de Philippe II, que, lorsqu'on regarde en face un visage éclatant de droit, au bout d'un moment, cet éclat s'éteint, qu'un résidu cendreux demeure : c'était ce résidu qui m'intéressait.

Parrottin offrait une belle résistance. Mais, tout d'un coup, son regard s'éteignit, le tableau devint terne. Que restait-il? Des yeux aveugles, la bouche mince comme un serpent mort et des joues. Des joues pâles et rondes d'enfant: elles s'étalaient sur la toile. Les employés de la S. A. B. ne les avaient jamais soupçonnées : ils ne restaient pas assez longtemps dans le bureau de Parrottin. Quand ils entraient, ils rencontraient ce terrible regard, comme un mur. Par-derrière, les joues étaient à l'abri, blanches et molles. Au bout de combien d'années sa femme les avait-elle remarquées? Deux ans? Cinq ans? Un jour, j'imagine, comme son mari dormait à ses côtés, et qu'un rayon de lune lui caressait le nez, ou bien comme il digérait péniblement, à l'heure chaude, renversé dans un fauteuil, les yeux mi-clos, avec une flaque de soleil sur le menton, elle avait osé le regarder en face : toute cette chair était apparue sans défense, bouffie, baveuse, vaguement obscène. A dater de ce jour, sans doute, Mme Parrottin avait pris le commandement.

Je fis quelques pas en arrière, j'enveloppai d'un même coup d'œil tous ces grands personnages : Pacôme, le président Hébert, les deux Parrottin, le général Aubry. Ils avaient porté des chapeaux hauts de forme ; le dimanche, ils rencontraient, dans la rue Tournebride, Mme Gratien, la femme du maire, qui vit sainte Cécile en songe. Ils lui adressaient de grands saluts cérémonieux dont le secret s'est perdu.

On les avait peints très exactement ; et pourtant, sous le pinceau, leurs visages avaient dépouillé la mystérieuse faiblesse des visages d'hommes. Leurs faces, même les plus veules, étaient nettes comme des faïences : j'y cherchais en vain quelque parenté avec les arbres et les bêtes, avec les pensées de la terre ou de l'eau. Je pensais bien qu'ils n'avaient pas eu cette nécessité, de leur vivant. Mais, au moment de passer à la postérité, ils s'étaient confiés à un peintre en renom pour qu'il opérât discrètement sur leur visage ces dragages, ces forages, ces irrigations, par lesquels, tout autour de Bouville, ils avaient transformé la mer et les champs. Ainsi, avec le concours de Renaudas et de Bordurin, ils avaient asservi toute la Nature : hors d'eux et en eux-mêmes. Ce que ces toiles sombres offraient à mes regards, c'était l'homme repensé par l'homme, avec, pour unique parure, la plus belle conquête de l'homme : le bouquet des Droits de l'Homme et du Citoyen. J'admirai sans arrière-pensée le règne humain.

Un monsieur et une dame étaient entrés. Ils étaient vêtus de noir et cherchaient à se faire tout petits. Ils s'arrêtèrent, saisis, sur le pas de la porte, et le monsieur se découvrit machinalement.

— Ah! Ben! dit la dame fortement émue.

Le monsieur reprit plus vite son sang-froid. Il dit d'un ton respectueux :

— C'est toute une époque!

— Oui, dit la dame, c'est l'époque de ma grand-mère.

Ils firent quelques pas et rencontrèrent le regard de Jean Parrottin. La dame restait bouche bée, mais le monsieur n'était pas fier : il avait l'air humble, il devait bien connaître les regards intimidants et les audiences écourtées. Il tira doucement sa femme par le bras :

— Regarde celui-ci, dit-il.

Le sourire de Rémy Parrottin avait toujours mis les humbles à leur aise. La femme s'approcha et lut, avec application.

« Portrait de Rémy Parrottin, né à Bouville, en 1849, professeur de l'École de médecine de Paris, par Renaudas.

— Parrottin, de l'Académie des sciences, dit son mari, par Renaudas, de l'Institut. C'est de l'Histoire! »

La dame eut un hochement de tête, puis elle regarda le Grand Patron.

— Ce qu'il est bien, dit-elle, ce qu'il a l'air intelligent!

Le mari eut un geste large.

— C'est tous ceux-là qui ont fait Bouville, dit-il avec simplicité.

— C'est bien de les avoir mis là, tous ensemble, dit la dame attendrie.

Nous étions trois soldats à faire la manœuvre dans cette salle immense. Le mari qui riait de respect, silencieusement, me jeta un coup d'œil inquiet et cessa brusquement de rire. Je me détournai et j'allai me planter en face du portrait d'Olivier Blévigne. Une douce jouissance m'envahit : eh bien, j'avais raison. C'était vraiment trop drôle!

La femme s'était approchée de moi.

— Gaston, dit-elle, brusquement enhardie, viens donc!

Le mari vint vers nous.

— Dis donc, poursuivit-elle, il a sa rue, celui-là :
Olivier Blévigne. Tu sais, la petite rue qui grimpe au
Coteau Vert juste avant d'arriver à Jouxtebouville.

Elle ajouta, au bout d'un instant :

— Il n'avait pas l'air commode.

— Non! Les rouspéteurs devaient trouver à qui parler.

La phrase m'était adressée. Le monsieur me regarda
du coin de l'œil et se mit à rire avec un peu de bruit, cette
fois, d'un air fat et tâtillon, comme s'il était lui-même
Olivier Blévigne.

Olivier Blévigne ne riait pas. Il pointait vers nous sa
mâchoire contractée, et sa pomme d'Adam saillait.

Il y eut un moment de silence et d'extase.

— On dirait qu'il va bouger, dit la dame.

Le mari expliqua obligeamment :

— C'était un gros négociant en coton. Ensuite il a fait
de la politique, il a été député.

Je le savais. Il y a deux ans, j'ai consulté, à son sujet,
le « petit dictionnaire des Grands hommes de Bouville »
de l'abbé Morellet. J'ai copié l'article.

« Blévigne Olivier-Martial, fils du précédent, né et mort
à Bouville (1849-1908), fit son droit à Paris et obtint le grade
de licencié en 1872. Fortement impressionné par l'insurrec-
tion de la Commune, qui l'avait contraint, comme tant
de Parisiens, de se réfugier à Versailles sous la protection
de l'Assemblée nationale, il se jura, à l'âge où les jeunes
gens ne songent qu'au plaisir, « de consacrer sa vie au
rétablissement de l'Ordre ». Il tint parole : dès son retour
dans notre ville, il fonda le fameux club de l'Ordre, qui
réunit chaque soir, pendant de longues années, les princi-
paux négociants et armateurs de Bouville. Ce cercle
aristocratique, dont on a pu dire, par boutade, qu'il était
plus fermé que le Jockey, exerça jusqu'en 1908 une influence
salutaire sur les destinées de notre grand port commercial.
Olivier Blévigne épousa, en 1880, Marie-Louise Pacôme,

131

la fille cadette du négociant Charles Pacôme (voir ce nom) et fonda, à la mort de celui-ci, la maison Pacôme-Blévigne et fils. Peu après il se tourna vers la politique active et posa sa candidature à la députation.

« Le pays, dit-il dans un discours célèbre, souffre de la plus grave maladie : la classe dirigeante ne veut plus commander. Et qui donc commandera, messieurs, si ceux que leur hérédité, leur éducation, leur expérience ont rendus les plus aptes à l'exercice du pouvoir, s'en détournent par résignation ou par lassitude? Je l'ai dit souvent : commander n'est pas un droit de l'élite ; c'est son principal devoir. Messieurs, je vous en conjure : restaurons le principe d'autorité! »

Élu au premier tour le 4 octobre 1885, il fut constamment réélu depuis. D'une éloquence énergique et rude, il prononça de nombreux et brillants discours. Il était à Paris en 1898 lorsque éclata la terrible grève. Il se transporta d'urgence à Bouville, où il fut l'animateur de la résistance. Il prit l'initiative de négocier avec les grévistes. Ces négociations, inspirées d'un esprit de large conciliation, furent interrompues par l'échauffourée de Jouxtebouville. On sait qu'une intervention discrète de la troupe fit rentrer le calme dans les esprits.

La mort prématurée de son fils Octave entré tout jeune à l'École polytechnique et dont il voulait « faire un chef » porta un coup terrible à Olivier Blévigne. Il ne devait pas s'en relever et mourut deux ans plus tard en février 1908.

Recueils de discours : les Forces Morales (1894. Épuisé), Le Devoir de Punir (1900. Les discours de ce recueil ont tous été prononcés à propos de l'affaire Dreyfus. Épuisé), Volonté (1902. Épuisé). On réunit après sa mort ses derniers discours et quelques lettres à ses intimes sous le titre *Labor improbus* (chez Plon, 1910). Iconographie : il existe un excellent portrait de lui par Bordurin au musée de Bouville. »

Un excellent portrait, soit. Olivier Blévigne portait une petite moustache noire et son visage olivâtre ressemblait un peu à celui de Maurice Barrès. Les deux hommes s'étaient assurément connus : ils siégeaient sur les mêmes bancs. Mais le député de Bouville n'avait pas la nonchalance du président de la ligue des Patriotes. Il était raide comme une trique et jaillissait de la toile comme un diable de sa boîte. Ses yeux étincelaient : la pupille était noire, la cornée rougeâtre. Il pinçait ses petites lèvres charnues et pressait sa main droite contre sa poitrine.

Comme il m'avait tracassé, ce portrait. Quelquefois Blévigne m'avait paru trop grand et d'autres fois trop petit. Mais aujourd'hui, je savais à quoi m'en tenir.

J'avais appris la vérité en feuilletant le *Satirique Bouvillois*. Le numéro du 6 novembre 1905 était tout entier consacré à Blévigne. On le représentait sur la couverture, minuscule, accroché à la crinière du père Combes, avec cette légende : Le Pou du Lion. Et dès la première page, tout s'expliquait : Olivier Blévigne mesurait un mètre cinquante-trois. On raillait sa petite taille et sa voix de rainette, qui avait fait, plus d'une fois, pâmer la Chambre tout entière. On l'accusait de mettre des talonnettes de caoutchouc dans ses bottines. Par contre, M\ᵐᵉ Blévigne, née Pacôme, était un cheval. « C'est le cas de dire, ajoutait le chroniqueur, qu'il a son double pour moitié. »

Un mètre cinquante-trois! Eh oui : Bordurin, avec un soin jaloux, l'avait entouré de ces objets qui ne risquent point de rapetisser ; un pouf, un fauteuil bas, une étagère avec quelques in-douze, un petit guéridon persan. Seulement il lui avait donné la même taille qu'à son voisin Jean Parrottin, et les deux toiles avaient les mêmes dimensions. Il en résultait que le guéridon, sur l'une, était presque aussi grand que l'immense table sur l'autre et que le pouf serait venu à l'épaule de Parrottin. Entre les deux portraits l'œil faisait instinctivement la comparaison : mon malaise était venu de là.

A présent, j'avais envie de rire : un mètre cinquante-trois! Si j'avais voulu parler à Blévigne, j'aurais dû me pencher ou fléchir sur les genoux. Je ne m'étonnais plus qu'il levât si impétueusement le nez en l'air : le destin des hommes de cette taille se joue toujours à quelques pouces au-dessus de leur tête.

Admirable puissance de l'art. De ce petit homme à la voix suraiguë, rien ne passerait à la postérité, qu'une face menaçante, qu'un geste superbe et des yeux sanglants de taureau. L'étudiant terrorisé par la Commune, le député minuscule et rageur ; voilà ce que la mort avait pris. Mais, grâce à Bordurin, le président du club de l'Ordre, l'orateur des Forces Morales était immortel.

— Oh! Le pauvre petit Pipo!

La dame avait poussé un cri étouffé : sous le portrait d'Octave Blévigne, « fils du précédent », une main pieuse avait tracé ces mots :

« Mort à Polytechnique en 1904. »

— Il est mort! C'est comme le fils Arondel. Il avait l'air intelligent. Ce que sa maman a dû avoir de la peine! Aussi ils en font trop dans ces grandes Écoles. Le cerveau travaille, même pendant le sommeil. Moi, j'aime bien ces bicornes, ça fait chic. Des casoars, ça s'appelle?

— Non ; c'est à Saint-Cyr, les casoars.

Je contemplai à mon tour le polytechnicien mort en bas âge. Son teint de cire et sa moustache bien pensante auraient suffi à éveiller l'idée d'une mort prochaine. D'ailleurs il avait prévu son destin : une certaine résignation se lisait dans ses yeux clairs, qui voyaient loin. Mais, en même temps, il portait haut la tête ; sous cet uniforme, il représentait l'Armée française.

Tu Marcellus eris! Manibus date lilia plenis...

Une rose coupée, un polytechnicien mort : que peut-il y avoir de plus triste?

Je suivis doucement la longue galerie, saluant au passage, sans m'arrêter, les visages distingués qui sortaient de la pénombre : M. Bossoire, président du tribunal de commerce, M. Faby, président du conseil d'administration du port autonome de Bouville, M. Boulange, négociant, avec sa famille, M. Rannequin, maire de Bouville, M. de Lucien, né à Bouville, ambassadeur de France aux États-Unis et poète, un inconnu aux habits de préfet, Mère Sainte-Marie-Louise, supérieure du Grand Orphelinat, M. et Mme Théréson, M. Thiboust-Gouron, président général du conseil des prud'hommes, M. Bobot, administrateur principal de l'Inscription maritime, MM. Brion, Minette, Grelot, Lefebvre, le D^r et Mme Pain, Bordurin lui-même, peint par son fils Pierre Bordurin. Regards clairs et froids, traits fins, bouches minces, M. Boulange était énorme et patient, Mère Sainte-Marie-Louise d'une piété industrieuse. M. Thiboust-Gouron était dur pour lui-même comme pour autrui. Mme Théréson luttait sans faiblir contre un mal profond. Sa bouche infiniment lasse disait assez sa souffrance. Mais jamais cette femme pieuse n'avait dit : « J'ai mal. » Elle prenait le dessus : elle composait des menus et présidait des sociétés de bienfaisance. Parfois au milieu d'une phrase, elle fermait lentement les paupières, et la vie abandonnait son visage. Cette défaillance ne durait guère plus d'une seconde ; bientôt Mme Théréson rouvrait les yeux, reprenait sa phrase. Et l'on chuchotait dans l'ouvroir : « Pauvre Mme Théréson! Elle ne se plaint jamais. »

J'avais traversé le salon Bordurin-Renaudas dans toute sa longueur. Je me retournai. Adieu, beaux lis tout en finesse dans vos petits sanctuaires peints, adieu, beaux lis, notre orgueil et notre raison d'être, adieu, Salauds.

Lundi.

Je n'écris plus mon livre sur Rollebon ; c'est fini, je ne *peux* plus l'écrire. Qu'est-ce que je vais faire de ma vie?

Il était trois heures. J'étais assis à ma table ; j'avais

posé à côté de moi la liasse des lettres que j'ai volées à Moscou ; j'écrivais :

« On avait pris soin de répandre les bruits les plus sinistres. M. de Rollebon dut se laisser prendre à cette manœuvre puisqu'il écrivit à son neveu, en date du 13 septembre, qu'il venait de rédiger son testament. »

Le marquis était présent : en attendant de l'avoir définitivement installé dans l'existence historique, je lui prêtais ma vie. Je le sentais comme une chaleur légère au creux de l'estomac.

Je m'avisai tout à coup d'une objection qu'on ne manquerait pas de me faire : Rollebon était loin d'être franc avec son neveu, dont il voulait user, si le coup manquait, comme d'un témoin à décharge auprès de Paul Ier. Il était fort possible qu'il eût inventé l'histoire du testament pour se donner l'air d'un naïf.

C'était une petite objection de rien ; il n'y avait pas de quoi fouetter un chat. Elle suffit pourtant à me plonger dans une rêverie morose. Je revis soudain la grosse bonne de *Chez Camille*, la tête hagarde de M. Achille, la salle où j'avais si nettement senti que j'étais oublié, délaissé dans le présent. Je me dis avec lassitude :

« Comment donc, moi qui n'ai pas eu la force de retenir mon propre passé, puis-je espérer que je sauverai celui d'un autre ? »

Je pris ma plume et j'essayai de me remettre au travail ; j'en avais par-dessus la tête, de ces réflexions sur le passé, sur le présent, sur le monde. Je ne demandais qu'une chose : qu'on me laisse tranquillement achever mon livre.

Mais comme mes regards tombaient sur le bloc de feuilles blanches, je fus saisi par son aspect et je restai, la plume en l'air, à contempler ce papier éblouissant : comme il était dur et voyant, comme il était présent. Il n'y avait rien en lui que du présent. Les lettres que je venais d'y tracer n'étaient pas encore sèches et déjà elles ne m'appartenaient plus.

« On avait pris soin de répandre les bruits les plus sinistres... »

Cette phrase, je l'avais pensée, elle avait d'abord été un peu de moi-même. A présent, elle s'était gravée dans le papier, elle faisait bloc contre moi. Je ne la reconnaissais plus. Je ne pouvais même plus la repenser. Elle était là, en face de moi; en vain y aurais-je cherché une marque d'origine. N'importe qui d'autre avait pu l'écrire. Mais moi, *moi* je n'étais pas sûr de l'avoir écrite. Les lettres, maintenant, ne brillaient plus, elles étaient sèches. Cela aussi avait disparu : il ne restait plus rien de leur éphémère éclat.

Je jetai un regard anxieux autour de moi : du présent, rien d'autre que du présent. Des meubles légers et solides, encroûtés dans leur présent, une table, un lit, une armoire à glace — et moi-même. La vraie nature du présent se dévoilait : il était ce qui existe, et tout ce qui n'était pas présent n'existait pas. Le passé n'existait pas. Pas du tout. Ni dans les choses ni même dans ma pensée. Certes, depuis longtemps, j'avais compris que le mien m'avait échappé. Mais je croyais, jusqu'alors, qu'il s'était simplement retiré hors de ma portée. Pour moi le passé n'était qu'une mise à la retraite : c'était une autre manière d'exister, un état de vacance et d'inaction; chaque événement, quand son rôle avait pris fin, se rangeait sagement, de lui-même, dans une boîte et devenait événement honoraire : tant on a de peine à imaginer le néant. Maintenant, je savais : les choses sont tout entières ce qu'elles paraissent — et *derrière elles...* il n'y a rien.

Quelques minutes encore cette pensée m'absorba. Puis je fis un violent mouvement d'épaules pour me libérer et j'attirai vers moi le bloc de papier.

« ... qu'il venait de rédiger son testament. »

Un immense écœurement m'envahit soudain et la plume me tomba des doigts en crachant de l'encre. Qu'est-ce qui s'était passé? Avais-je la Nausée? Non, ce n'était pas cela, la chambre avait son air paterne de tous les jours. C'était à peine si la table me semblait plus lourde, plus épaisse et mon stylo plus compact. Seulement M. de Rollebon venait de mourir pour la deuxième fois.

Tout à l'heure encore il était là, en moi, tranquille et chaud et, de temps en temps, je le sentais remuer. Il était bien vivant, plus vivant pour moi que l'Autodidacte ou la patronne du *Rendez-vous des Cheminots*. Sans doute il avait ses caprices, il pouvait rester plusieurs jours sans se montrer ; mais souvent, par de mystérieux beaux temps, comme le capucin hygrométrique, il mettait le nez dehors, j'apercevais son visage blafard et ses joues bleues. Et même quand il ne se montrait pas, il pesait lourd sur mon cœur et je me sentais rempli.

A présent il n'en restait plus rien. Pas plus que ne restait, sur ces traces d'encre sèche, le souvenir de leur frais éclat. C'était ma faute : les seules paroles qu'il ne fallait pas dire je les avais prononcées : j'avais dit que le passé n'existait pas. Et d'un seul coup, sans bruit, M. de Rollebon était retourné à son néant.

Je pris ses lettres dans mes mains, je les palpai avec une espèce de désespoir :

« C'est lui, me dis-je, c'est pourtant lui qui a tracé ces signes un à un. Il s'est appuyé sur ce papier, il a posé son doigt sur les feuilles, pour les empêcher de tourner sous la plume. »

Trop tard : ces mots n'avaient plus de sens. Rien d'autre n'existait plus qu'une liasse de feuilles jaunes que je pressais dans mes mains. Il y avait bien cette histoire compliquée : le neveu de Rollebon assassiné en 1810 par la police du Tsar, ses papiers confisqués et transportés aux Archives secrètes puis, cent dix ans plus tard, déposés par les Soviets, qui ont pris le pouvoir, à là bibliothèque d'État où je les vole en 1923. Mais cela n'avait pas l'air vrai et, de ce vol que j'ai commis moi-même, je ne conservai aucun vrai souvenir. Pour expliquer la présence de ces papiers dans ma chambre, il n'eût pas été difficile de trouver cent autres histoires plus croyables : toutes, en face de ces feuillets rugueux, sembleraient creuses et légères comme des bulles. Plutôt que de compter sur eux pour me mettre en communication avec Rollebon, je ferais mieux de m'adresser tout de suite aux tables tournantes. Rollebon n'était plus. Plus du tout. S'il restait encore de lui quelques os, ils existaient pour eux-mêmes, en toute indépendance, ils n'étaient plus qu'un peu de phosphate et de carbonate de chaux avec des sels et de l'eau.

Je fis une dernière tentative ; je me répétai ces mots de Mme de Genlis par lesquels — d'ordinaire — j'évoque le marquis : « son petit visage ridé propre et net, tout grêlé de petite vérole où il y avait une malice singulière qui sautait aux yeux quelque effort qu'il fît pour la dissimuler. »

Son visage m'apparut docilement, son nez pointu, ses joues bleues, son sourire. Je pouvais former ses traits à volonté, peut-être même avec plus de facilité qu'auparavant. Seulement ce n'était plus qu'une image en moi, une fiction. Je soupirai, je me laissai aller en arrière contre le dossier de ma chaise, avec l'impression d'un manque intolérable.

Quatre heures sonnent. Voilà une heure que je suis là, bras ballants sur ma chaise. Il commence à faire sombre. A part cela rien n'a changé dans cette chambre : le papier blanc est toujours sur la table, à côté du stylo et de l'encrier... Mais jamais plus je n'écrirai sur la feuille commencée. Jamais plus, en suivant la rue des Mutilés et le boulevard de la Redoute je ne me rendrai à la bibliothèque pour y consulter les archives.

J'ai envie de sauter sur mes pieds et de sortir, de faire n'importe quoi pour m'étourdir. Mais si je lève un doigt, si je ne me tiens pas absolument tranquille, je sais bien ce qui va m'arriver. Je ne *veux pas* que ça m'arrive encore. Ça viendra toujours trop tôt. Je ne bouge pas ; je lis machinalement, sur la feuille du bloc, le paragraphe que j'ai laissé inachevé :

« On avait pris soin de répandre les bruits les plus sinistres. M. de Rollebon dut se laisser prendre à cette manœuvre, puisqu'il écrivit à son neveu en date du 13 septembre, qu'il venait de rédiger son testament. »

La grande affaire Rollebon a pris fin, comme une grande passion. Il va falloir trouver autre chose. Il y a quelques années, à Shanghaï, dans le bureau de Mercier, je suis soudain sorti d'un songe, je me suis réveillé. Ensuite j'ai fait un autre songe, je vivais à la cours des Tsars, dans de vieux palais si froids que des stalactites de glace se formaient, en hiver, au-dessous des portes. Aujourd'hui, je me réveille, en face d'un bloc de papier blanc. Les flambeaux, les fêtes glaciales, les uniformes, les belles épaules frissonnantes ont disparu. A la place il reste *quelque chose* dans la chambre tiède, quelque chose que je ne veux pas voir.

M. de Rollebon était mon associé : il avait besoin de moi pour être et j'avais besoin de lui pour ne pas sentir mon être. Moi, je fournissais la matière brute, cette matière dont j'avais à revendre, dont je ne savais que faire : l'existence, *mon* existence. Lui, sa partie, c'était de représenter. Il se tenait en face de moi, et s'était emparé de ma vie pour me *représenter* la sienne. Je ne m'apercevais plus que j'existais, je n'existais plus en moi, mais en lui ; c'est pour lui que je mangeais, pour lui que je respirais, chacun de mes mouvements avait son sens au-dehors, là, juste en face de moi, en lui ; je ne voyais plus ma main qui traçait les lettres sur le papier, ni même la phrase que j'avais écrite — mais, derrière, au-delà du papier, je voyais le marquis, qui avait réclamé ce geste, dont ce geste prolongeait, consolidait l'existence. Je n'étais qu'un moyen de le faire vivre, il était ma raison d'être, il m'avait délivré de moi. Qu'est-ce que je vais faire à présent ?

Surtout ne pas bouger, *ne pas bouger*... Ah!

Ce mouvement d'épaules, je n'ai pas pu le retenir...

La chose, qui attendait, s'est alertée, elle a fondu sur moi, elle se coule en moi, j'en suis plein. — Ce n'est rien : la Chose, c'est moi. L'existence, libérée, dégagée, reflue sur moi. J'existe.

J'existe. C'est doux, si doux, si lent. Et léger : on dirait que ça tient en l'air tout seul. Ça remue. Ce sont des effleurements partout qui fondent et s'évanouissent. Tout doux, tout doux. Il y a de l'eau mousseuse dans ma bouche. Je l'avale, elle glisse dans ma gorge, elle me caresse — et la voilà qui renaît dans ma bouche, j'ai dans la bouche à perpétuité une petite mare d'eau blanchâtre — discrète — qui frôle ma langue. Et cette mare, c'est encore moi. Et la langue. Et la gorge, c'est moi.

Je vois ma main, qui s'épanouit sur la table. Elle vit — c'est moi. Elle s'ouvre, les doigts se déploient et pointent. Elle est sur le dos. Elle me montre son ventre gras. Elle a l'air d'une bête à la renverse. Les doigts, ce sont les pattes. Je m'amuse à les faire remuer, très vite, comme les pattes d'un crabe qui est tombé sur le dos. Le crabe est mort : les pattes se recroquevillent, se ramènent sur le ventre de ma main. Je vois les ongles — la seule chose de moi qui ne vit pas. Et encore. Ma main se retourne, s'étale à plat ventre, elle m'offre à présent son dos. Un dos argenté, un peu brillant — on dirait un poisson, s'il n'y avait pas les poils roux à la naissance des phalanges. Je sens ma main. C'est moi, ces deux bêtes qui s'agitent au bout de mes bras. Ma main gratte une de ses pattes, avec l'ongle d'une autre patte ; je sens son poids sur la table qui n'est pas moi. C'est long, long, cette impression de poids, ça ne passe pas. Il n'y a pas de raison pour que ça passe. A la longue, c'est intolérable... Je retire ma main, je la mets dans ma poche. Mais je sens tout de suite, à travers l'étoffe, la chaleur de ma cuisse. Aussitôt, je fais sauter ma main de ma poche ; je la laisse pendre contre le dossier de la

141

chaise. Maintenant, je sens son poids au bout de mon bras. Elle tire un peu, à peine, mollement, moelleusement, elle existe. Je n'insiste pas : où que je la mette, elle continuera d'exister et je continuerai de sentir qu'elle existe ; je ne peux pas la supprimer, ni supprimer le reste de mon corps, la chaleur humide qui salit ma chemise, ni tout cette graisse chaude qui tourne paresseusement comme si on la remuait à la cuiller, ni toutes les sensations qui se promènent là-dedans, qui vont et viennent, remontent de mon flanc à mon aisselle ou bien qui végètent doucement, du matin jusqu'au soir, dans leur coin habituel.

Je me lève en sursaut : si seulement je pouvais m'arrêter de penser, ça irait déjà mieux. Les pensées, c'est ce qu'il y a de plus fade. Plus fade encore que de la chair. Ça s'étire à n'en plus finir et ça laisse un drôle de goût. Et puis il y a les mots, au-dedans des pensées, les mots inachevés, les ébauches de phrase qui reviennent tout le temps : « Il faut que je fini... J'ex... Mort... M. de Roll est mort... Je ne suis pas... J'ex... » Ça va, ça va... et ça ne finit jamais. C'est pis que le reste parce que je me sens responsable et complice. Par exemple, cette espèce de rumination douloureuse : *j'existe*, c'est moi qui l'entretiens. Moi. Le corps, ça vit tout seul, une fois que ça a commencé. Mais la pensée, c'est *moi* qui la continue, qui la déroule. J'existe. Je pense que j'existe. Oh! le long serpentin, ce sentiment d'exister — et je le déroule, tout doucement... Si je pouvais m'empêcher de penser! J'essaie, je réussis : il me semble que ma tête s'emplit de fumée... et voilà que ça recommence : « Fumée... ne pas penser... Je ne veux pas penser... Je pense que je ne veux pas penser. Il ne faut pas que je pense que je ne veux pas penser. Parce que c'est encore une pensée. » On n'en finira donc jamais?

Ma pensée, c'est *moi* : voilà pourquoi je ne peux pas m'arrêter. J'existe par ce que je pense... et je ne peux pas m'empêcher de penser. En ce moment même — c'est affreux — si j'existe, *c'est parce que* j'ai horreur d'exister.

142

C'est moi, *c'est moi* qui me tire du néant auquel j'aspire : la haine, le dégoût d'exister, ce sont autant de manières de *me faire* exister, de m'enfoncer dans l'existence. Les pensées naissent par-derrière moi comme un vertige, je les sens naître derrière ma tête... si je cède, elles vont venir là devant, entre mes yeux — et je cède toujours, la pensée grossit, grossit et la voilà, l'immense, qui me remplit tout entier et renouvelle mon existence.

Ma salive est sucrée, mon corps est tiède; je me sens fade. Mon canif est sur la table. Je l'ouvre. Pourquoi pas? De toute façon, ça changerait un peu. Je pose ma main gauche sur le bloc-notes et je m'envoie un bon coup de couteau dans la paume. Le geste était trop nerveux; la lame a glissé, la blessure est superficielle. Ça saigne. Et puis après? Qu'est-ce qu'il y a de changé? Tout de même, je regarde avec satisfaction, sur la feuille blanche, en travers des lignes que j'ai tracées tout à l'heure, cette petite mare de sang qui a cessé enfin d'être moi. Quatre lignes sur une feuille blanche, une tache de sang, c'est ça qui fait un beau souvenir. Il faudra que j'écrive au-dessous : « Ce jour-là, j'ai renoncé à faire mon livre sur le marquis de Rollebon. »

Est-ce que je vais soigner ma main? J'hésite. Je regarde la petite coulée monotone du sang. Le voilà justement qui coagule. C'est fini. Ma peau a l'air rouillée, autour de la coupure. Sous la peau, il ne reste qu'une petite sensation pareille aux autres, peut-être encore plus fade.

C'est la demie de cinq heures qui sonne. Je me lève, ma chemise froide se colle à ma chair. Je sors. Pourquoi? Eh bien, parce que je n'ai pas non plus de raisons pour ne pas le faire. Même si je reste, même si je me blottis en silence dans un coin, je ne m'oublierai pas. Je serai là, je pèserai sur le plancher. Je suis.

J'achète un journal en passant. Sensationnel. Le corps de la petite Lucienne a été retrouvé! Odeur d'encre, le papier se froisse entre mes doigts. L'ignoble individu a pris la fuite. L'enfant a été violée. On a retrouvé son corps, ses doigts crispés dans la boue. Je roule le journal en boule, mes doigts crispés sur le journal; odeur d'encre; mon Dieu comme les choses existent fort aujourd'hui. La petite Lucienne a été violée. Étranglée. Son corps existe encore, sa chair meurtrie. *Elle* n'existe plus. Ses mains. Elle n'existe plus. Les maisons. Je marche entre les maisons, je suis entre les maisons, tout droit sur le pavé; le pavé sous mes pieds existe, les maisons se referment sur moi, comme l'eau se referme sur moi sur le papier en montagne de cygne, je suis. Je suis, j'existe, je pense donc je suis; je suis parce que je pense, pourquoi est-ce que je pense? je ne veux plus penser, je suis parce que je pense que je ne veux pas être, je pense que je... parce que... pouah! Je fuis, l'ignoble individu a pris la fuite, son corps violé. Elle a senti cette autre chair qui se glissait dans la sienne. Je... voilà que je... Violée. Un doux désir sanglant de viol me prend par-derrière, tout doux, derrière les oreilles, les oreilles filent derrière moi, les cheveux roux, ils sont roux sur ma tête, une herbe mouillée, une herbe rousse, est-ce encore moi? et ce journal est-ce encore moi? tenir le journal existence contre existence, les choses existent lès unes contre les autres, je lâche ce journal. La maison jaillit, elle existe; devant moi le long du mur je passe, le long du long mur j'existe, devant le mur, un pas, le mur existe devant moi, une, deux, derrière moi, un doigt qui gratte dans ma culotte, gratte, gratte et tire le doigt de la petite maculé de boue, la boue sur mon doigt qui sortait du ruisseau boueux et retombe doucement, doucement, mollissait, grattait moins fort que les doigts de la petite qu'on étranglait, ignoble individu, grattaient la boue, la terre moins fort, le doigt glisse doucement, tombe la tête la première et caresse roulé chaud contre ma cuisse; l'existence est molle et roule et ballotte, je ballotte entre les maisons, je suis, j'existe, je pense donc je ballotte, je suis, l'existence est une chute tombée, tombera pas, tombera, le doigt gratte à la lucarne, l'existence est une imperfection. Le monsieur. Le beau monsieur existe. Le monsieur sent qu'il existe. Non, le beau monsieur qui passe, fier et doux comme un volubilis, ne sent pas qu'il existe. S'épanouir; j'ai mal à la main coupée, existe, existe, existe. Le beau monsieur existe Légion d'honneur, existe moustache, c'est tout; comme on doit être heureux de n'être qu'une Légion d'honneur et qu'une moustache et le reste personne ne le voit, il voit les deux bouts pointus de sa moustache des deux côtés du nez; je ne pense pas donc je suis une moustache. Ni son corps maigre, ni ses grands pieds il ne les voit, en fouillant au fond du pantalon, on découvrirait bien une paire de petites gommes grises. Il a la Légion d'honneur, les Salauds ont le droit d'exister : « J'existe parce que c'est mon droit. » J'ai le droit d'exister, donc j'ai le droit de ne pas penser : le doigt se lève. Est-ce que je vais... caresser dans l'épanouissement des draps blancs la chair blanche épanouie qui retombe douce, toucher les moiteurs fleuries des aisselles, les élixirs et les liqueurs et les florescences de la chair, entrer dans l'existence de l'autre, dans les muqueuses rouges à la lourde, douce, douce odeur d'existence, me sentir exister entre les douces lèvres mouillées, les lèvres rouges de sang pâle, les lèvres palpitantes qui bâillent toutes mouillées d'existence, toutes mouillées d'un pus clair, entre les lèvres mouillées sucrées qui larmoient comme des yeux? Mon corps de chair qui vit, la chair qui grouille et tourne doucement liqueurs, qui tourne crème, la chair qui tourne, tourne, tourne, l'eau douce et sucrée de ma chair, le sang de ma main, j'ai mal, doux à ma chair meurtrie qui tourne marche, je marche, je fuis, je suis un ignoble individu à la chair meurtrie, meurtrie d'existence à ces murs. J'ai froid, je fais un pas, j'ai froid, un pas, je tourne à gauche, il tourne à gauche, il pense qu'il tourne à gauche, fou, suis-je fou? Il dit qu'il a peur d'être fou, l'existence, vois-tu petit dans l'existence, il s'arrête, le corps s'arrête, il pense qu'il s'arrête, d'où vient-il? Que fait-il? Il repart, il a peur, très peur, ignoble individu, le désir comme une brume, le désir, le dégoût, il dit qu'il est dégoûté d'exister, est-il dégoûté? fatigué de dégoûté d'exister. Il court. Qu'espère-t-il? Il court se fuir, se jeter dans le bassin? Il court, le cœur, le cœur qui bat c'est une fête. Le cœur existe, les jambes existent, le souffle existe, ils existent courant, soufflant, battant tout mou, tout doux s'essouffle, m'essouffle, il dit qu'il s'essouffle; l'existence prend mes pensées par-derrière et doucement les épanouit *par-derrière;* on me prend par-derrière, on me force par-derrière de penser, donc d'être quelque chose, derrière moi qui souffle en légères bulles d'existence, il est bulle de brume de désir, il est pâle dans la glace comme un mort, Rollebon est mort, Antoine Roquentin n'est pas mort, m'évanouir : il dit qu'il voudrait s'évanouir, il court, il court le furet (par-derrière) par-derrière *par-derrière*, la petite Lucienne assaillie par-derrière violée par l'existence par-derrière, il demande grâce, il a honte de demander grâce, pitié, au secours, au secours donc j'existe, il entre au *Bar de la Marine*, les petites glaces du petit bordel, il est pâle dans les petites glaces du petit bordel le grand roux mou qui se laisse tomber sur la banquette, le pick-up joue, existe, tout tourne, existe le pick-up, le cœur bat : tournez, tournez liqueurs de la vie, tournez gelées, sirops de ma chair, douceurs... le pick-up.

When the low moon begins to beam
Every night I dream a little dream.

La voix grave et rauque, apparaît brusquement et le monde s'évanouit, le monde des existences. Une femme de chair a eu cette voix, elle a chanté devant un disque, dans sa plus belle toilette et l'on enregistrait sa voix. La femme : bah! elle existait comme moi, comme Rollebon, je n'ai pas envie de la connaître. Mais il y a ça. On ne peut pas dire que cela existe. Le disque qui tourne existe, l'air frappé

146

par la voix, qui vibre, existe, la voix qui impressionna le disque exista. Moi qui écoute, j'existe. Tout est plein, l'existence partout, dense et lourde et douce. Mais, par-delà toute cette douceur, inaccessible, toute proche, si loin hélas, jeune, impitoyable et sereine il y a cette... cette rigueur.

Mardi.

Rien. Existé.

Mercredi.

Il y a un rond de soleil sur la nappe en papier. Dans le rond, une mouche se traîne, engourdie, se chauffe et frotte ses pattes de devant l'une contre l'autre. Je vais lui rendre le service de l'écraser. Elle ne voit pas surgir cet index géant dont les poils dorés brillent au soleil.

— Ne la tuez pas, monsieur! s'écria l'Autodidacte.

Elle éclate, ses petites tripes blanches sortent de son ventre; je l'ai débarrassée de l'existence. Je dis sèchement à l'Autodidacte :

— C'était un service à lui rendre.

Pourquoi suis-je ici? — Et pourquoi n'y serais-je pas? Il est midi, j'attends qu'il soit l'heure de dormir. (Heureusement, le sommeil ne me fuit pas.) Dans quatre jours, je reverrai Anny : voilà, pour l'instant, ma seule raison de vivre. Et après? Quand Anny m'aura quitté? Je sais bien ce que, sournoisement, j'espère : j'espère qu'elle ne me quittera plus jamais. Je devrais pourtant bien savoir qu'Anny n'acceptera jamais de vieillir devant moi. Je suis faible et seul, j'ai besoin d'elle. J'aurais voulu la revoir dans ma force : Anny est sans pitié pour les épaves :

— Êtes-vous bien, monsieur? Vous sentez-vous bien?

147

L'Autodidacte me regarde de côté avec des yeux rieurs. Il halète un peu, la bouche ouverte, comme un chien hors d'haleine. Je l'avoue : ce matin j'étais presque heureux de le revoir, j'avais besoin de parler.

— Comme je suis heureux de vous avoir à ma table, dit-il, si vous avez froid, nous pourrions nous installer à côté du calorifère. Ces messieurs vont bientôt partir, ils ont demandé leur addition.

Quelqu'un se soucie de moi, se demande si j'ai froid; je parle à un autre homme : il y a des années que cela ne m'est arrivé.

— Ils s'en vont, voulez-vous que nous changions de place?

Les deux messieurs ont allumé des cigarettes. Ils sortent, les voilà dans l'air pur, au soleil. Ils passent le long des grandes vitres, en tenant leurs chapeaux à deux mains. Ils rient; le vent ballonne leurs manteaux. Non, je ne veux pas changer de place. A quoi bon? Et puis, à travers les vitres, entre les toits blancs des cabines de bain, je vois la mer, verte et compacte.

L'Autodidacte a sorti de son portefeuille deux rectangles de carton violet. Il les donnera tout à l'heure à la caisse. Je déchiffre à l'envers sur l'un d'eux :

> *Maison Bottanet, cuisine bourgeoise.*
> *Le déjeuner à prix fixe : 8 francs.*
> *Hors-d'œuvre au choix.*
> *Viande garnie.*
> *Fromage ou dessert.*
> *140 francs les 20 cachets.*

Ce type qui mange à la table ronde, près de la porte, je le reconnais maintenant : il descend souvent à l'hôtel Printania, c'est un voyageur de commerce. De temps à autre, il pose sur moi son regard attentif et souriant; mais il ne me voit pas; il est trop absorbé à épier ce qu'il mange. De l'autre côté de la caisse, deux hommes rouges et trapus dégustent des moules en buvant du vin blanc. Le plus petit, qui a une mince moustache jaune, raconte une histoire dont il s'amuse lui-même. Il prend des temps et rit, en montrant des dents éblouissantes. L'autre ne rit pas; ses yeux sont durs. Mais il fait souvent « oui » avec la tête. Près de la fenêtre, un homme maigre et brun, aux traits distingués, avec de beaux cheveux blancs rejetés en arrière, lit pensivement son journal. Sur la banquette, à côté de lui, il a posé une serviette de cuir. Il boit de l'eau de Vichy. Dans un moment, tous ces gens vont sortir, alourdis par la nourriture, caressés par la brise, le pardessus grand ouvert, la tête un peu chaude, un peu bruissante, ils marcheront le long de la balustrade en regardant les enfants sur la plage et les bateaux sur la mer; ils iront à leur travail. Moi, je n'irai nulle part, je n'ai pas de travail.

L'Autodidacte rit avec innocence et le soleil se joue dans ses rares cheveux :

— Voulez-vous choisir votre menu?

Il me tend la carte : j'ai droit à un hors-d'œuvre au choix : cinq rondelles de saucisson ou des radis ou des crevettes grises ou un ravier de céleri rémoulade. Les escargots de Bourgogne sont supplémentés.

— Vous me donnerez un saucisson, dis-je à la bonne.

Il m'arrache la carte des mains :

— N'y a-t-il rien de meilleur? Voilà des escargots de Bourgogne.

— C'est que je n'aime pas beaucoup les escargots.

— Ah! Alors des huîtres?

— C'est quatre francs de plus, dit la bonne.

— Eh bien, des huîtres, mademoiselle — et des radis pour moi.

Il m'explique en rougissant :

— J'aime beaucoup les radis.

Moi aussi.

— Et ensuite? demande-t-il.

Je parcours la liste des viandes. Le bœuf en daube me tenterait. Mais je sais d'avance que j'aurai du poulet chasseur, c'est la seule viande supplémentée.

— Vous donnerez, dit-il, un poulet chasseur à monsieur. Pour moi, un bœuf en daube, mademoiselle.

Il retourne la carte : la liste des vins est au verso :

— Nous allons prendre du vin, dit-il d'un air un peu solennel.

— Eh bien, dit la bonne, on se dérange! Vous n'en buvez jamais.

— Mais je peux très bien supporter un verre de vin à l'occasion. Mademoiselle, voulez-vous nous donner une carafe de rosé d'Anjou?

L'Autodidacte pose la carte, rompt son pain en petits morceaux et frotte son couvert avec sa serviette. Il jette un coup d'œil sur l'homme aux cheveux blancs qui lit son journal, puis il me sourit :

— A l'ordinaire, je viens ici avec un livre, quoiqu'un médecin me l'ait déconseillé : on mange trop vite, on ne mâche pas. Mais j'ai un estomac d'autruche, je peux avaler n'importe quoi. Pendant l'hiver de 1917, quand j'étais prisonnier, la nourriture était si mauvaise que tout le monde est tombé malade. Naturellement, je me suis fait porter malade comme les autres : mais je n'avais rien.

Il a été prisonnier de guerre... C'est la première fois qu'il m'en parle; je n'en reviens pas : je ne puis me l'imaginer autrement qu'autodidacte.

— Où étiez-vous prisonnier?

Il ne répond pas. Il a posé sa fourchette et me regarde avec une prodigieuse intensité. Il va me raconter ses ennuis : à présent, je me rappelle que quelque chose n'allait pas, à la bibliothèque. Je suis tout oreilles: je ne demande qu'à m'apitoyer sur les ennuis des autres, cela me changera. Je n'ai pas d'ennuis, j'ai de l'argent comme un rentier, pas de chef, pas de femmes ni d'enfants; j'existe, c'est tout. Et c'est si vague, si métaphysique, cet ennui-là, que j'en ai honte.

L'Autodidacte n'a pas l'air de vouloir parler. Quel curieux regard il me jette : ce n'est pas un regard pour voir, mais plutôt pour communion d'âmes. L'âme de l'Autodidacte est montée jusqu'à ses magnifiques yeux d'aveugle où elle affleure. Que la mienne en fasse autant, qu'elle vienne coller son nez aux vitres : toutes deux se feront des politesses.

Je ne veux pas de communion d'âmes, je ne suis pas tombé si bas. Je me recule. Mais l'Autodidacte avance le buste au-dessus de la table, sans me quitter des yeux. Heureusement, la serveuse lui apporte ses radis. Il retombe sur sa chaise, son âme disparaît de ses yeux, il se met docilement à manger.

— Ça s'est arrangé, vos ennuis?

Il sursaute :

— Quels ennuis, monsieur? demande-t-il d'un air effaré.

— Vous savez bien, l'autre jour vous m'en aviez parlé.

Il rougit violemment.

— Ha! dit-il d'une voix sèche. Ha! oui, l'autre jour. Eh bien, c'est ce Corse, monsieur, ce Corse de la bibliothèque.

Il hésite une seconde fois, avec un air têtu de brebis.

— Ce sont des ragots, monsieur, dont je ne veux pas vous importuner.

Je n'insiste pas. Il mange, sans qu'il y paraisse, avec une rapidité extraordinaire. Il a déjà fini ses radis quand on m'apporte les huîtres. Il ne reste sur son assiette qu'un paquet de queues vertes et un peu de sel mouillé.

Dehors, deux jeunes gens se sont arrêtés devant le menu, qu'un cuisinier de carton leur présente de la main gauche (de la droite il tient une poêle à frire). Ils hésitent. La femme a froid, elle rentre le menton dans son col de fourrure. Le jeune homme se décide le premier, il ouvre la porte et s'efface pour laisser passer sa compagne.

Elle entre. Elle regarde autour d'elle d'un air aimable et frissonne un peu :

— Il fait chaud, dit-elle d'une voix grave.

Le jeune homme referme la porte.

— Messieurs-dames, dit-il.

L'Autodidacte se retourne et dit gentiment :

— Messieurs-dames.

Les autres clients ne répondent pas, mais le monsieur distingué baisse un peu son journal et scrute les nouveaux arrivants d'un regard profond.

— Merci, ce n'est pas la peine.

Avant que la serveuse, accourue pour l'aider, ait pu faire un geste, le jeune homme s'est souplement débarrassé de son imperméable. Il porte, en guise de veston, un blouson de cuir avec une fermeture Éclair. La serveuse, un peu déçue, s'est tournée vers la jeune femme. Mais il la devance encore et aide, avec des gestes doux et précis, sa compagne à ôter son manteau. Ils s'asseyent près de nous, l'un contre l'autre. Ils n'ont pas l'air de se connaître depuis longtemps. La jeune femme a un visage las et pur, un peu boudeur. Elle enlève soudain son chapeau et secoue ses cheveux noirs en souriant.

L'Autodidacte les contemple longuement, avec bonté; puis se tourne vers moi et me fait un clin d'œil attendri comme s'il voulait dire : « Sont-ils beaux! »

Ils ne sont pas laids. Ils se taisent, ils sont heureux d'être ensemble, heureux qu'on les voie ensemble. Quelquefois, quand nous entrions, Anny et moi, dans un restaurant de Piccadilly, nous nous sentions les objets de contemplations attendries. Anny s'en agaçait, mais, je l'avoue, j'en étais un peu fier. Étonné surtout; je n'ai jamais eu l'air propret qui va si bien à ce jeune homme et l'on ne peut même pas dire que ma laideur soit émouvante. Seulement nous étions jeunes : à présent, j'ai l'âge de m'attendrir sur la jeunesse des autres. Je ne m'attendris pas. La femme a des yeux sombres et doux; le jeune homme une peau orangée, un peu grenue et un charmant petit menton volontaire. Ils me touchent, c'est vrai, mais ils m'écœurent aussi un peu. Je les sens si loin de moi : la chaleur les alanguit, ils poursuivent en leur cœur un même rêve, si doux, si faible. Ils sont à l'aise, ils regardent avec confiance les murs jaunes, les gens, ils trouvent que le monde est bien comme il est, tout juste comme il est et chacun d'eux, provisoirement, puise le sens de sa vie dans celle de l'autre. Bientôt, à eux d'eux, ils ne feront plus qu'une vie, une vie lente et tiède qui n'aura plus du tout de sens — mais ils ne s'en apercevront pas.

Ils ont l'air de s'intimider l'un l'autre. Pour finir, le jeune homme, d'un air gauche et résolu, prend du bout des doigts la main de sa compagne. Elle respire fortement et ils se penchent ensemble sur le menu. Oui, ils sont heureux. Et puis, après?

L'Autodidacte prend l'air amusé, un peu mystérieux :

— Je vous ai vu avant-hier.

— Où donc?

— Ha! Ha! dit-il respectueusement taquin.

Il me fait attendre un instant, puis :

— Vous sortiez du musée.

— Ah! oui, dis-je, pas avant-hier : samedi.

Avant-hier, je n'avais certes pas le cœur à courir les musées.

— Avez-vous vu cette fameuse reproduction en bois sculpté de l'attentat d'Orsini?

— Je ne connais pas cela.

— Est-ce possible? Elle est dans une petite salle, à droite en entrant. C'est l'ouvrage d'un insurgé de la Commune qui vécut à Bouville jusqu'à l'amnistie, en se cachant dans un grenier. Il avait voulu s'embarquer pour l'Amérique, mais ici la police du port est bien faite. Un homme admirable. Il employa ses loisirs forcés à sculpter un grand panneau de chêne. Il n'avait pas d'autres instruments que son canif et une lime à ongles. Il faisait les

153

morceaux délicats à la lime : les mains, les yeux. Le panneau a un mètre cinquante de long sur un mètre de large; toute l'œuvre est d'un seul tenant; il y a soixante-dix personnages, chacun de la grandeur de ma main, sans compter les deux chevaux qui traînent la voiture de l'empereur. Et les visages, monsieur, ces visages faits à la lime, ils ont tous de la physionomie, un air humain. Monsieur, si je puis me permettre, c'est un ouvrage qui vaut la peine d'être vu.

Je ne veux pas m'engager :

— J'avais simplement voulu revoir les tableaux de Bordurin.

L'Autodidacte s'attriste brusquement :

— Ces portraits dans le grand salon? monsieur, dit-il, avec un sourire tremblant, je n'entends rien à la peinture. Certes, il ne m'échappe pas que Bordurin est un grand peintre, je vois bien qu'il a de la touche, de la patte, comment dit-on? Mais le plaisir, monsieur, le plaisir esthétique m'est étranger.

Je lui dis avec sympathie :

— Moi c'est pareil pour la sculpture.

— Ah! monsieur! Hélas, moi aussi. Et pour la musique, et pour la danse. Pourtant, je ne suis pas sans quelques connaissances. Eh bien, c'est inconcevable : j'ai vu des jeunes gens qui ne savaient pas la moitié de ce que je sais et qui, placés devant un tableau, paraissaient éprouver du plaisir.

— Ils devaient faire semblant, dis-je d'un air encourageant.

— Peut-être...

L'Autodidacte rêve un moment :

— Ce qui me désole, ce n'est pas tant d'être privé d'une certaine espèce de jouissance, c'est plutôt que toute une branche de l'activité humaine me soit étrangère... Pourtant je suis un homme et des *hommes* ont fait ces tableaux...

Il reprend soudain, la voix changée :

— Monsieur, je me suis une fois risqué à penser que le beau n'était qu'une affaire de goût. N'y a-t-il pas des règles différentes pour chaque époque? Voulez-vous me permettre, monsieur?

Je le vois, avec surprise, tirer de sa poche un carnet de cuir noir. Il le feuillette un instant : beaucoup de pages blanches et, de loin en loin quelques lignes tracées à l'encre rouge. Il est devenu tout pâle. Il a mis le carnet à plat sur la nappe et il pose sa grande main sur la page ouverte. Il tousse avec embarras :

— Il me vient parfois à l'esprit des — je n'ose dire des pensées. C'est très curieux : je suis là, je lis et tout d'un coup, je ne sais d'où cela vient, je suis comme illuminé. D'abord je n'y prenais pas garde, puis je me suis résolu à faire l'achat d'un carnet.

Il s'arrête et me regarde : il attend.

— Ah! Ah! dis-je.

— Monsieur, ces maximes sont naturellement provisoires : mon instruction n'est pas finie.

Il prend le carnet dans ses mains tremblantes, il est très ému :

— Voici justement quelque chose sur la peinture. Je serais heureux si vous me permettiez de vous en donner lecture.

— Très volontiers, dis-je.

Il lit :

« Personne ne croit plus ce que le xviiie siècle tenait pour vrai. Pourquoi voudrait-on que nous prissions encore plaisir aux œuvres qu'il tenait pour belles? »

Il me regarde d'un air suppliant.

— Que faut-il en penser, monsieur? C'est peut-être un peu paradoxal? C'est que j'ai cru pouvoir donner à mon idée la forme d'une boutade.

— Eh bien, je... je trouve cela très intéressant.

— Est-ce que vous l'avez déjà lu quelque part?

— Mais non, certainement.

— Vraiment, jamais nulle part? Alors monsieur, dit-il rembruni, c'est que cela n'est pas vrai. Si c'était vrai, quelqu'un l'aurait déjà pensé.

— Attendez donc, lui dis-je, maintenant que j'y réfléchis je crois que j'ai lu quelque chose comme cela.

Ses yeux brillent; il tire son crayon.

— Chez quel auteur? me demande-t-il d'un ton précis,

— Chez... chez Renan.

Il est aux anges.

— Auriez-vous la bonté de me citer le passage exact? dit-il en suçant la pointe de son crayon.

— Vous savez, j'ai lu ça il y a très longtemps.

— Oh! ça ne fait rien, ça ne fait rien.

Il écrit le nom de Renan sur son carnet, au-dessous de sa maxime.

— Je me suis rencontré avec Renan! J'ai tracé le nom au crayon, explique-t-il d'un air ravi, mais je le repasserai ce soir à l'encre rouge.

Il regarde un moment son carnet avec extase et j'attends qu'il me lise d'autres maximes. Mais il le referme avec précaution et l'enfouit dans sa poche. Sans doute juge-t-il que c'est assez de bonheur en une seule fois.

— Comme c'est agréable, dit-il d'un air intime, de pouvoir, quelquefois, comme cela, causer avec abandon.

Ce pavé, comme on pouvait le supposer, écrase notre languissante conversation. Un long silence suit.

Depuis l'arrivée des deux jeunes gens, l'atmosphère du restaurant s'est transformée. Les deux hommes rouges se sont tus; ils détaillent sans se gêner les charmes de la jeune femme. Le monsieur distingué a posé son journal et regarde le couple avec complaisance, presque avec complicité. Il pense que la vieillesse est sage, que la jeunesse est belle, il hoche la tête avec une certaine coquetterie : il sait bien qu'il est encore beau, admirablement conservé, qu'avec son teint brun et son corps mince il peut encore séduire. Il joue à se sentir paternel. Les sentiments de la bonne paraissent plus simples : elle s'est plantée devant les jeunes gens et les contemple bouche bée.

Ils parlent à voix basse. On leur a servi des hors-d'œuvre, mais ils n'y touchent pas. En tendant l'oreille je peux saisir des bribes de leur conversation. Je comprends mieux ce que dit la femme, de sa voix riche et voilée.

— Non, Jean, non.

— Pourquoi pas? murmure le jeune homme avec une vivacité passionnée.

— Je vous l'ai dit.

— Ça n'est pas une raison.

Il y a quelques mots qui m'échappent, puis la jeune femme fait un charmant geste lassé :

— J'ai trop souvent essayé. J'ai passé l'âge où on peut recommencer sa vie. Je suis vieille, vous savez.

Le jeune homme rit avec ironie. Elle reprend :

— Je ne pourrais pas supporter une... déception.

— Il faut avoir confiance, dit le jeune homme; là, comme vous êtes en ce moment, vous ne vivez pas.

Elle soupire :

— Je sais!

— Regardez Jeannette.

— Oui, dit-elle avec une moue.

— Eh bien, moi je trouve ça très beau, ce qu'elle a fait. Elle a eu du courage.

— Vous savez, dit la jeune femme, elle s'est plutôt précipitée sur l'occasion. Je vous dirai que, si j'avais voulu, j'aurais eu des centaines d'occasions de ce genre. J'ai préféré attendre.

— Vous avez eu raison, dit-il tendrement, vous avez eu raison de m'attendre.

Elle rit, à son tour :

— Qu'il est fat! Je n'ai pas dit cela.

Je ne les écoute plus : ils m'agacent. Ils vont coucher ensemble. Ils le savent. Chacun d'eux sait que l'autre le sait. Mais, comme ils sont jeunes, chastes et décents, comme chacun veut conserver sa propre estime et celle de l'autre, comme l'amour est une grande chose poétique qu'il ne faut pas effaroucher, ils vont plusieurs fois la semaine dans les bals et dans les restaurants offrir le spectacle de leurs petites danses rituelles et mécaniques...

Après tout, il faut bien tuer le temps. Ils sont jeunes et bien bâtis, ils en ont encore pour une trentaine d'années. Alors ils ne se pressent pas, ils s'attardent et ils n'ont pas tort. Quand ils auront couché ensemble, il faudra qu'ils trouvent autre chose pour voiler l'énorme absurdité de leur existence. Tout de même... est-il absolument nécessaire de se mentir?

Je parcours la salle des yeux. C'est une farce! Tous ces gens sont assis avec des airs sérieux; ils mangent. Non, ils ne mangent pas : ils réparent leurs forces pour mener à bien la tâche qui leur incombe. Ils ont chacun leur petit entêtement personnel qui les empêche de s'apercevoir qu'ils existent; il n'en est pas un qui ne se croie indispensable à quelqu'un ou à quelque chose. N'est-ce pas l'Autodidacte qui me disait l'autre jour : « Nul n'était mieux qualifié que Nouçapié pour entreprendre cette vaste synthèse? » Chacun d'eux fait une petite chose et nul n'est mieux qualifié que lui pour la faire. Nul n'est mieux qualifié que le commis voyageur, là-bas, pour placer la pâte dentifrice Swan. Nul n'est mieux qualifié que cet intéressant jeune homme pour fouiller sous les jupes de sa voisine. Et moi je suis parmi eux et, s'ils me regardent, ils doivent penser que nul n'est mieux qualifié que moi pour faire ce que je fais. Mais moi *je sais*. Je n'ai l'air de rien, mais je sais que j'existe et qu'ils existent. Et si je connaissais l'art de persuader, j'irais m'asseoir auprès du beau monsieur à cheveux blancs et je lui expliquerais ce que c'est que l'existence. A l'idée de la tête qu'il ferait, j'éclate de rire. L'Autodidacte me regarde avec surprise. Je voudrais bien m'arrêter, mais je ne peux pas : je ris aux larmes.

— Vous êtes gai, monsieur, me dit l'Autodidacte d'un air circonspect.

— C'est que je pense, lui dis-je en riant, que nous voilà, tous tant que nous sommes, à manger et à boire pour conserver notre précieuse existence et qu'il n'y a rien, rien, aucune raison d'exister.

L'Autodidacte est devenu grave, il fait effort pour me comprendre. J'ai ri trop fort : j'ai vu plusieurs têtes qui se tournaient vers moi. Et puis je regrette d'en avoir tant dit. Après tout, cela ne regarde personne.

Il répète lentement.

— Aucune raison d'exister... Vous voulez sans doute dire, monsieur, que la vie est sans but? N'est-ce pas ce qu'on appelle le pessimisme?

Il réfléchit encore un instant, puis il dit, avec douceur :

— J'ai lu, il y a quelques années, un livre d'un auteur américain, il s'appelait *La vie vaut-elle d'être vécue?* N'est-ce pas la question que vous vous posez?

Évidemment non, ce n'est pas la question que je me pose. Mais je ne veux rien expliquer.

— Il concluait, me dit l'Autodidacte d'un ton consolant, en faveur de l'optimisme volontaire. La vie a un sens si l'on veut bien lui en donner un. Il faut d'abord agir, se jeter dans une entreprise. Si ensuite l'on réfléchit, le sort en est jeté, on est engagé. Je ne sais ce que vous en pensez, monsieur?

— Rien, dis-je.

Ou plutôt je pense que c'est précisément l'espèce de mensonge que se font perpétuellement le commis voyageur, les deux jeunes gens et le monsieur aux cheveux blancs.

L'Autodidacte sourit avec un peu de malice et beaucoup de solennité :

— Aussi n'est-ce pas mon avis. Je pense que nous n'avons pas à chercher si loin le sens de notre vie.

— Ah?

159

— Il y a un but, monsieur, il y a un but... il y a les hommes.

C'est juste : j'oubliais qu'il est humaniste. Il reste une seconde silencieux, le temps de faire disparaître, proprement, inexorablement, la moitié de son bœuf en daube et toute une tranche de pain. « Il y a les hommes... » il vient de se peindre tout entier, ce tendre. — Oui, mais il ne sait pas bien dire ça. Il a de l'âme plein les yeux, c'est indiscutable, l'âme ne suffit pas. J'ai fréquenté autrefois des humanistes parisiens, cent fois je les ai entendus dire « il y a les hommes », et c'était autre chose! Virgan était inégalable. Il ôtait ses lunettes, comme pour se montrer nu, dans sa chair d'homme, il me fixait de ses yeux émouvants, d'un lourd regard fatigué, qui semblait me déshabiller pour saisir mon essence humaine, puis il murmurait, mélodieusement : « Il y a les hommes, mon vieux, il y a les hommes », en donnant au « Il y a » une sorte de puissance gauche, comme si son amour des hommes, perpétuellement neuf et étonné, s'embarrassait dans ses ailes géantes.

Les mimiques de l'Autodidacte n'ont pas acquis ce velouté; son amour des hommes est naïf et barbare : un humaniste de province.

— Les hommes, lui dis-je, les hommes... en tout cas vous n'avez pas l'air de vous en soucier beaucoup : vous êtes toujours seul, toujours le nez dans un livre.

L'Autodidacte bat des mains, il se met à rire malicieusement :

— Vous faites erreur. Ah! monsieur, permettez-moi de vous le dire : quelle erreur!

Il se recueille un instant et achève, avec discrétion de déglutir. Son visage est radieux comme une aurore. Derrière lui, la jeune femme éclate d'un rire léger. Son compagnon s'est penché sur elle et lui parle à l'oreille.

— Votre erreur n'est que trop naturelle, dit l'Autodidacte, j'aurais dû vous dire, depuis longtemps... Mais je suis si timide, monsieur : je cherchais une occasion.

— Elle est toute trouvée, lui dis-je poliment.

— Je le crois aussi. Je le crois aussi! Monsieur, ce que je vais vous dire... — Il s'arrête en rougissant : — Mais peut-être que je vous importune?

Je le rassure. Il pousse un soupir de bonheur.

— Ce n'est pas tous les jours qu'on rencontre des hommes comme vous, monsieur, chez qui l'ampleur des vues se joint à la pénétration de l'intelligence. Voilà des mois que je voulais vous parler, vous expliquer ce que j'ai été, ce que je suis devenu...

Son assiette est vide et nette comme si on venait de la lui apporter. Je découvre soudain, à côté de la mienne, un petit plat d'étain où un pilon de poulet nage dans une sauce brune. Il faut manger ça.

— Je vous parlais tout à l'heure de ma captivité en Allemagne. C'est là que tout a commencé. Avant la guerre j'étais seul et je ne m'en rendais pas compte; je vivais avec mes parents, qui étaient de bonnes gens, mais je ne m'entendais pas avec eux. Quand je pense à ces années-là... Mais comment ai-je pu vivre ainsi? J'étais mort, monsieur, et je ne m'en doutais pas; j'avais une collection de timbres-poste.

Il me regarde et s'interrompt :

— Monsieur, vous êtes pâle, vous avez l'air fatigué. Je ne vous ennuie pas, au moins?

— Vous m'intéressez beaucoup.

— La guerre est venue et je me suis engagé sans savoir pourquoi. Je suis resté deux années sans comprendre, parce que la vie du front laissait peu de temps pour réfléchir et puis les soldats étaient trop grossiers. A la fin de 1917, j'ai été fait prisonnier. On m'a dit depuis que beaucoup de soldats ont retrouvé, en captivité, la foi de leur enfance. Monsieur, dit l'Autodidacte en baissant les paupières sur ses prunelles enflammées, je ne crois pas en Dieu; son existence est démentie par la Science. Mais, dans le

161

camp de concentration, j'ai appris à croire dans les hommes.

— Ils supportaient leur sort avec courage?

— Oui, dit-il d'un air vague, il y avait cela aussi. D'ailleurs nous étions bien traités. Mais je voulais parler d'autre chose; les derniers mois de la guerre, on ne nous donnait plus guère de travail. Quand il pleuvait, on nous faisait entrer dans un grand hangar de planches où nous tenions à peu près deux cents en nous serrant. On fermait la porte, on nous laissait là, pressés, les uns contre les autres, dans une obscurité à peu près complète.

Il hésita un instant.

— Je ne saurais vous expliquer, monsieur. Tous ces hommes étaient là, on les voyait à peine mais on les sentait contre soi, on entendait le bruit de leur respiration... Une des premières fois qu'on nous enferma dans ce hangar la presse était si forte que je crus d'abord étouffer, puis, subitement, une joie puissante s'éleva en moi, je défaillais presque : alors je sentis que j'aimais ces hommes comme des frères, j'aurais voulu les embrasser tous. Depuis, chaque fois que j'y retournais, je connus la même joie.

Il faut que je mange mon poulet, qui doit être froid. L'Autodidacte a fini depuis longtemps et la bonne attend, pour changer les assiettes.

— Ce hangar avait revêtu à mes yeux un caractère sacré. Quelquefois j'ai réussi à tromper la surveillance de nos gardiens, je m'y suis glissé tout seul et là, dans l'ombre, au souvenir des joies que j'y avais connues, je tombais dans une sorte d'extase. Les heures passaient, mais je n'y prenais pas garde. Il m'est arrivé de sangloter.

Je dois être malade : il n'y a pas d'autre façon d'expliquer cette formidable colère qui vient de me bouleverser. Oui, une colère de malade : mes mains tremblaient, le sang est monté à mon visage et, pour finir, mes lèvres aussi se sont mises à trembler. Tout ça, simplement parce que le poulet était froid. Moi aussi, d'ailleurs, j'étais

froid et c'était le plus pénible : je veux dire que le fond
était resté comme il est depuis trente-six heures, absolument froid, glacé. La colère m'a traversé en tourbillonnant, c'était quelque chose comme un frisson, un effort de
ma conscience pour faire la réaction, pour lutter contre cet
abaissement de température. Effort vain : sans doute,
j'aurais, pour un rien, roué de coups l'Autodidacte ou la
serveuse en les accablant d'injures. Mais je ne serais pas
entré tout entier dans le jeu. Ma rage se démenait à la surface et pendant un moment, j'eus l'impression pénible
d'être un bloc de glace enveloppé de feu, une omelette-
surprise. Cette agitation superficielle s'évanouit et j'entendis l'Autodidacte qui disait :

— Tous les dimanches, j'allais à la messe. Monsieur,
je n'ai jamais été croyant. Mais ne pourrait-on pas dire
que le vrai mystère de la messe, c'est la communion entre
les hommes! Un aumônier français, qui n'avait plus qu'un
bras, célébrait l'office. Nous avions un harmonium. Nous
écoutions debout, tête nue, et, pendant que les sons de
l'harmonium me transportaient, je me sentais ne faire
qu'un avec tous les hommes qui m'entouraient. Ah! monsieur, comme j'ai pu aimer ces messes. A présent encore,
en souvenir d'elles, je vais quelquefois à l'église, le dimanche matin. Nous avons, à Sainte-Cécile, un organiste
remarquable.

— Vous avez dû souvent regretter cette vie?

— Oui, monsieur, en 1919. C'est l'année de ma libéra-
tion. J'ai passé des mois très pénibles. Je ne savais que
faire, je dépérissais. Partout où je voyais des hommes ras-
semblés je me glissais dans leur groupe. Il m'est arrivé,
ajoute-t-il en souriant, de suivre l'enterrement d'un inconnu. Un jour, de désespoir, j'ai jeté ma collection de
timbres dans le feu... Mais j'ai trouvé ma voie.

— Vraiment?

— Quelqu'un m'a conseillé... Monsieur, je sais que
je puis compter sur votre discrétion. Je suis — peut-être

ne sont-ce pas vos idées, mais vous avez l'esprit si large
— je suis socialiste.

Il a baissé les yeux et ses longs cils palpitent :

— Depuis le mois de septembre 1921, je suis inscrit
au parti socialiste S.F.I.O. Voilà ce que je voulais vous
dire.

Il rayonne de fierté. Il me regarde, la tête renversée en
arrière, les yeux mi-clos, la bouche entrouverte, il a l'air
d'un martyr.

— C'est très bien, dis-je, c'est très beau.

— Monsieur, je savais que vous m'approuveriez. Et
comment pourrait-on blâmer quelqu'un qui vient vous
dire : j'ai disposé de ma vie de telle et telle façon et, à
présent, je suis parfaitement heureux?

Il a écarté les bras et me présente ses paumes, les doigts
tournés vers le sol, comme s'il allait recevoir les stigmates.
Ses yeux sont vitreux, je vois rouler, dans sa bouche, une
masse sombre et rose.

— Ah! dis-je, du moment que vous êtes heureux...

— Heureux? — Son regard est gênant, il a relevé les
paupières et me fixe d'un air dur. — Vous allez pouvoir en
juger, monsieur. Avant d'avoir pris cette décision, je me
sentais dans une solitude si affreuse que j'ai songé au
suicide. Ce qui m'a retenu, c'est l'idée que personne,
absolument personne, ne serait ému de ma mort, que je
serais encore plus seul dans la mort que dans la vie.

Il se redresse, ses joues se gonflent.

— Je ne suis plus seul, monsieur. Plus jamais.

— Ah! vous connaissez beaucoup de monde? dis-je.

Il sourit et je m'aperçois aussitôt de ma naïveté :

— Je veux dire que je ne me *sens* plus seul. Mais naturellement, monsieur, il n'est pas nécessaire que je sois avec
quelqu'un.

— Pourtant, dis-je, à la section socialiste...

— Ah! J'y connais tout le monde. Mais la plupart
seulement de nom. Monsieur, dit-il avec espièglerie, est-ce

qu'on est obligé de choisir ses compagnons de façon si étroite? Mes amis, ce sont tous les hommes. Quand je vais au bureau, le matin, il y a, devant moi, derrière moi, d'autres hommes qui vont à leur travail. Je les vois, si j'osais je leur sourirais, je pense que je suis socialiste, qu'ils sont tous le but de ma vie, de mes efforts et qu'ils ne le savent pas encore. C'est une fête pour moi, monsieur.

Il m'interroge des yeux; j'approuve en hochant la tête, mais je sens qu'il est un peu déçu, qu'il voudrait plus d'enthousiasme. Que puis-je faire? Est-ce ma faute si, dans tout ce qu'il me dit, je reconnais au passage l'emprunt, la citation? Si je vois réapparaître, pendant qu'il parle, tous les humanistes que j'ai connus? Hélas, j'en ai tant connu! L'humaniste radical est tout particulièrement l'ami des fonctionnaires. L'humaniste dit « de gauche » a pour souci principal de garder les valeurs humaines; il n'est d'aucun parti, parce qu'il ne veut pas trahir l'humain, mais ses sympathies vont aux humbles; c'est aux humbles qu'il consacre sa belle culture classique. C'est en général un veuf qui a l'œil beau et toujours embué de larmes; il pleure aux anniversaires. Il aime aussi le chat, le chien, tous les mammifères supérieurs. L'écrivain communiste aime les hommes depuis le deuxième plan quinquennal; il châtie parce qu'il aime. Pudique, comme tous les forts, il sait cacher ses sentiments, mais il sait aussi, par un regard, une inflexion de sa voix, faire pressentir, derrière ses rudes paroles de justicier, sa passion âpre et douce pour ses frères. L'humaniste catholique, le tard-venu, le benjamin, parle des hommes avec un air merveilleux. Quel beau conte de fées, dit-il, que la plus humble des vies, celle d'un docker londonien, d'une piqueuse de bottines! Il a choisi l'humanisme des anges; il écrit, pour l'édification des anges, de longs romans tristes et beaux, qui obtiennent fréquemment le prix Fémina.

Ça, ce sont les grands premiers rôles. Mais il y en a d'autres, une nuée d'autres : le philosophe humaniste,

qui se penche sur ses frères comme un frère aîné et qui a le
sens de ses responsabilités; l'humaniste qui aime les
hommes tels qu'ils sont, celui qui les aime tels qu'ils
devraient être, celui qui veut les sauver avec leur agrément
et celui qui les sauvera malgré eux, celui qui veut créer
des mythes nouveaux et celui qui se contente des anciens,
celui qui aime dans l'homme sa mort, celui qui aime dans
l'homme sa vie, l'humaniste joyeux, qui a toujours le
mot pour rire, l'humaniste sombre, qu'on rencontre surtout aux veillées funèbres. Ils se haïssent tous entre eux :
en tant qu'individus, naturellement — pas en tant
qu'hommes. Mais l'Autodidacte l'ignore : il les a enfermés
en lui comme des chats dans un sac de cuir et ils s'entre-
déchirent sans qu'il s'en aperçoive.

Il me regarde déjà avec moins de confiance.

— Est-ce que vous ne sentez pas cela comme moi,
monsieur?

— Mon Dieu...

Devant son air inquiet, un peu rancuneux, je regrette
une seconde de l'avoir déçu. Mais il reprend aimablement :

— Je sais : vous avez vos recherches, vos livres, vous
servez la même cause à votre façon.

Mes livres, *mes* recherches, l'imbécile. Il ne pouvait
faire de plus belle gaffe.

— Ce n'est pas pour cela que j'écris.

A l'instant le visage de l'Autodidacte se transforme :
on dirait qu'il a flairé l'ennemi, je ne lui avais jamais vu
cette expression. Quelque chose est mort entre nous.

Il demande, en feignant la surprise :

— Mais... si je ne suis pas indiscret, pourquoi donc
écrivez-vous, monsieur?

— Eh bien... je ne sais pas : comme ça, pour écrire.

Il a beau jeu de sourire, il pense qu'il m'a décontenancé :

— Écririez-vous dans une île déserte? N'écrit-on pas
toujours pour être lu?

C'est par habitude qu'il a donné à sa phrase la tournure

interrogative. En réalité, il affirme. Son vernis de douceur et de timidité s'est écaillé; je ne le reconnais plus. Ces traits laissent paraître une lourde obstination; c'est un mur de suffisance. Je ne suis pas encore revenu de mon étonnement, que je l'entends dire :

— Qu'on me dise : j'écris pour une certaine catégorie sociale, pour un groupe d'amis. A la bonne heure. Peut-être écrivez-vous pour la postérité... Mais, monsieur, en dépit de vous-même, vous écrivez pour quelqu'un.

Il attend une réponse. Comme elle ne vient pas, il sourit faiblement.

— Peut-être que vous êtes misanthrope?

Je sais ce que dissimule ce fallacieux effort de concilia- tion. Il me demande peu de chose, en somme : simplement d'accepter une étiquette. Mais c'est un piège : si je consens l'Autodidacte triomphe, je suis aussitôt tourné, ressaisi, dépassé, car l'humanisme reprend et fond ensemble toutes les attitudes humaines. Si l'on s'oppose à lui de front, on fait son jeu; il vit de ses contraires. Il est une race de gens têtus et bornés, de brigands, qui perdent à tout coup contre lui : toutes leurs violences, leurs pires excès, il les digère, il en fait une lymphe blanche et mousseuse. Il a digéré l'anti-intellectualisme, le manichéisme, le mysticisme, le pessimisme, l'anarchisme, l'égotisme : ce ne sont plus que des étapes, des pensées incomplètes qui ne trouvent leur justification qu'en lui. La misanthropie aussi tient sa place dans ce concert : elle n'est qu'une dissonance néces- saire à l'harmonie du tout. Le misanthrope est homme : il faut donc bien que l'humaniste soit misanthrope en quelque mesure. Mais c'est un misanthrope scientifique, qui a su doser sa haine, qui ne hait d'abord les hommes que pour mieux pouvoir ensuite les aimer.

Je ne veux pas qu'on m'intègre, ni que mon beau sang rouge aille engraisser cette bête lymphatique : je ne commettrai pas la sottise de me dire « anti-humaniste ». Je ne *suis pas* humaniste, voilà tout.

— Je trouve, dis-je à l'Autodidacte, qu'on ne peut pas plus haïr les hommes que les aimer.

L'Autodidacte me regarde d'un air protecteur et lointain. Il murmure, comme s'il ne prenait pas garde à ses paroles :

— Il faut les aimer, il faut les aimer...

— Qui faut-il aimer? Les gens qui sont ici?

— Ceux-là aussi. Tous.

Il se retourne vers le couple à la radieuse jeunesse : voilà ce qu'il faut aimer. Il contemple un moment le monsieur aux cheveux blancs. Puis il ramène son regard sur moi; je lis sur son visage une interrogation muette. Je fais « non » de la tête. Il a l'air de me prendre en pitié.

— Vous non plus, lui dis-je agacé, vous ne les aimez pas.

— Vraiment, monsieur? Est-ce que vous me permettez d'avoir un avis différent?

Il est redevenu respectueux jusqu'au bout des ongles, mais il fait l'œil ironique de quelqu'un qui s'amuse énormément. Il me hait. J'aurais eu bien tort de m'attendrir sur ce maniaque. Je l'interroge à mon tour :

— Alors, ces deux jeunes gens, derrière vous, vous les aimez?

Il les regarde encore, il réfléchit :

— Vous voulez me faire dire, reprend-il soupçonneux, que je les aime sans les connaître. Eh bien, monsieur, je l'avoue, je ne les connais pas... A moins, justement, que l'amour ne soit la vraie connaissance, ajouta-t-il avec un rire fat.

— Mais qu'est-ce que vous aimez?

— Je vois qu'ils sont jeunes et c'est la jeunesse que j'aime en eux. Entre autres choses, monsieur.

Il s'interrompit et prêta l'oreille :

— Est-ce que vous comprenez ce qu'ils disent?

Si je comprends! Le jeune homme, enhardi par la sympathie qui l'entoure, raconte, d'une voix pleine, un match de football que son équipe a gagné l'an dernier contre un club havrais.

— Il lui raconte une histoire, dis-je à l'Autodidacte.

— Ah! Je n'entends pas bien. Mais j'entends les voix, la voix douce, la voix grave : elles alternent. C'est... c'est si sympathique.

— Seulement moi, j'entends aussi ce qu'ils disent, malheureusement.

— Eh bien?

— Eh bien, ils jouent la comédie.

— Véritablement? La comédie de la jeunesse, peut-être? demande-t-il avec ironie. Vous me permettez, monsieur, de la trouver bien profitable. Est-ce qu'il suffit de la jouer pour revenir à leur âge?

Je reste sourd à son ironie; je poursuis :

— Vous leur tournez le dos, ce qu'ils disent vous échappe... De quelle couleur sont les cheveux de la jeune femme?

Il se trouble :

— Eh bien, je... — il coule un regard vers les jeunes gens et reprend son assurance — noirs!

— Vous voyez bien!

— Comment?

— Vous voyez bien que vous ne les aimez pas, ces deux-là. Vous ne sauriez peut-être pas les reconnaître dans la rue. Ce ne sont que des symboles, pour vous. Ce n'est pas du tout sur eux que vous êtes en train de vous attendrir; vous vous attendrissez sur la Jeunesse de l'Homme, sur l'Amour de l'Homme et de la Femme, sur la Voix humaine.

— Eh bien? Est-ce que ça n'existe pas?

— Certes non, ça n'existe pas! Ni la Jeunesse ni l'Age mûr, ni la Vieillesse, ni la Mort...

Le visage de l'Autodidacte, jaune et dur comme un coing, s'est figé dans un tétanos réprobateur. Je poursuis néanmoins :

169

— C'est comme ce vieux monsieur derrière vous, qui boit de l'eau de Vichy. C'est l'Homme mûr, je suppose, que vous aimez en lui; l'Homme mûr qui s'achemine avec courage vers son déclin et qui soigne sa mise parce qu'il ne veut pas se laisser aller?

— Exactement, me dit-il avec défi.

— Et vous ne voyez pas que c'est un salaud?

Il rit, il me trouve étourdi, il jette un bref coup d'œil sur le beau visage encadré de cheveux blancs :

— Mais, monsieur, en admettant qu'il paraisse ce que vous dites, comment pouvez-vous juger cet homme sur sa mine? Un visage, monsieur, ne dit rien quand il est au repos.

Aveugles humanistes! Ce visage est si *parlant*, si net — mais jamais leur âme tendre et abstraite ne s'est laissé toucher par le sens d'un visage.

— Comment pouvez-vous, dit l'Autodidacte, *arrêter* un homme, dire il *est* ceci ou cela? Qui peut épuiser un homme? Qui peut connaître les ressources d'un homme?

Épuiser un homme! Je salue au passage l'humanisme catholique à qui l'Autodidacte a emprunté, sans le savoir, cette formule.

— Je sais, lui dis-je, je sais que tous les hommes sont admirables. Vous êtes admirable. Je suis admirable. En tant que créatures de Dieu, naturellement.

Il me regarda sans comprendre, puis avec un mince sourire :

— Vous plaisantez sans doute, monsieur, mais il est vrai que tous les hommes ont droit à notre admiration. C'est difficile, monsieur, très difficile d'être un homme.

Il a quitté sans s'en apercevoir l'amour des hommes en Christ; il hoche la tête et, par un curieux phénomène de mimétisme, il ressemble à ce pauvre Guéhenno.

— Excusez-moi, lui dis-je, mais alors je ne suis pas bien sûr d'être un homme : je n'avais jamais trouvé ça bien difficile. Il me semblait qu'on n'avait qu'à se laisser aller.

L'Autodidacte rit franchement, mais ses yeux restent mauvais :

— Vous êtes trop modeste, monsieur. Pour supporter votre condition, la condition humaine, vous avez besoin, comme tout le monde, de beaucoup de courage. Monsieur, l'instant qui vient peut être celui de votre mort, vous le savez et vous pouvez sourire : voyons! n'est-ce pas admirable? Dans la plus insignifiante de vos actions, ajoute-t-il avec aigreur, il y a une immensité d'héroïsme.

— Et comme dessert, messieurs? dit la bonne.

L'Autodidacte est tout blanc, ses paupières sont baissées à demi sur des yeux de pierre. Il fait un faible geste de la main, comme pour m'inviter à choisir.

— Un fromage, dis-je avec héroïsme.

— Et monsieur?

Il sursaute.

— Hé? Ah! oui : eh bien, je ne prendrai rien, j'ai fini.

— Louise!

Les deux gros hommes paient et s'en vont. Il y en un qui boite. Le patron les reconduit à la porte : ce sont des clients d'importance, on leur a servi une bouteille de vin dans un seau à glace.

Je contemple l'Autodidacte avec un peu de remords : il s'est complu toute la semaine à imaginer ce déjeuner, où il pourrait faire part à un autre homme de son amour des hommes. Il a si rarement l'occasion de parler. Et voilà : je lui ai gâché son plaisir. Au fond il est aussi seul que moi; personne ne se soucie de lui. Seulement il ne se rend pas compte de sa solitude. Eh bien, oui : mais ce n'était pas à moi de lui ouvrir les yeux. Je me sens très mal à l'aise : je rage, c'est vrai, mais pas contre lui, contre les Virgan et les autres, tous ceux qui ont empoisonné cette pauvre cervelle. Si je pouvais les tenir là, devant moi, j'aurais tant à leur dire. A l'Autodidacte, je ne dirai rien, je n'ai pour lui que de la sympathie : c'est quelqu'un dans le genre de M. Achille, quelqu'un de mon bord, qui a trahi par ignorance, par bonne volonté!

Un éclat de rire de l'Autodidacte me tire de mes rêveries moroses :

— Vous m'excuserez, mais quand je pense à la profondeur de mon amour pour les hommes, à la force des élans qui m'emportent vers eux et que je nous vois là, en train de raisonner, d'argumenter... cela me donne envie de rire.

Je me tais, je souris d'un air contraint. La bonne pose devant moi une assiette avec un bout de camembert crayeux. Je parcours la salle du regard, et un violent dégoût m'envahit. Que fais-je ici? Qu'ai-je été me mêler de discourir sur l'humanisme? Pourquoi ces gens sont-ils là? Pourquoi mangent-ils? C'est vrai qu'ils ne savent pas, eux, qu'ils existent. J'ai envie de partir, de m'en aller quelque part où je serais vraiment *à ma place*, où je m'emboîterais... Mais ma place n'est nulle part; je suis de trop.

L'Autodidacte se radoucit. Il avait craint plus de résistance de ma part. Il veut bien passer l'éponge sur tout ce que j'ai dit. Il se penche vers moi d'un air confidentiel :

— Au fond, vous les aimez, monsieur, vous les aimez comme moi : nous sommes séparés par des mots.

Je ne peux plus parler, j'incline la tête. Le visage de l'Autodidacte est tout contre le mien. Il sourit d'un air fat, tout contre mon visage, comme dans les cauchemars. Je mâche péniblement un morceau de pain que je ne me décide pas à avaler. Les hommes. Il faut les aimer les hommes. Les hommes sont admirables. J'ai envie de vomir — et tout d'un coup ça y est : la Nausée.

Une belle crise : ça me secoue du haut en bas. Il y a une heure que je la voyais venir, seulement, je ne voulais pas me l'avouer. Ce goût de fromage dans ma bouche... L'Autodidacte babille et sa voix bourdonne doucement à mes oreilles. Mais je ne sais plus du tout de quoi il parle. J'approuve machinalement de la tête. Ma main est crispée sur le manche du couteau à dessert. Je *sens* le manche de bois noir. C'est ma main qui le tient. Ma main. Personnellement, je laisserais plutôt ce couteau tranquille : à quoi bon toujours toucher quelque chose? Les objets ne sont pas faits pour qu'on les touche. Il vaut bien mieux se glisser entre eux, en les évitant le plus possible. Quelquefois on en prend un dans sa main et on est obligé de le lâcher au plus vite. Le couteau tombe sur l'assiette. Au bruit, le monsieur aux cheveux blancs sursaute et me regarde. Je reprends le couteau, j'appuie la lame contre la table et je la fais plier.

C'est donc ça la Nausée : cette aveuglante évidence? Me suis-je creusé la tête! En ai-je écrit! Maintenant je sais : J'existe — le monde existe — et je sais que le monde existe. C'est tout. Mais ça m'est égal. C'est étrange que tout me soit aussi égal : ça m'effraie. C'est depuis ce fameux jour où je voulais faire des ricochets. J'allais lancer ce galet, je l'ai regardé et c'est alors que tout a commencé : j'ai senti qu'il *existait*. Et puis après ça, il y a eu d'autres Nausées; de temps en temps les objets se mettent à vous exister dans la main. Il y a eu la Nausée du *Rendez-vous des Cheminots* et puis une autre, avant, une nuit que je regardais par la fenêtre; et puis une autre au Jardin public, un dimanche et puis d'autres. Mais jamais ça n'avait été aussi fort qu'aujourd'hui.

— ... de la Rome antique, monsieur?

L'Autodidacte m'interroge, je crois. Je me tourne vers lui et je lui souris. Eh bien? Qu'est-ce qu'il a? Pourquoi est-ce qu'il se recroqueville sur sa chaise? Je fais donc peur, à présent? Ça devait finir comme ça. D'ailleurs ça m'est égal. Ils n'ont pas tout à fait tort d'avoir peur : je sens bien que je pourrais faire n'importe quoi. Par exemple, enfoncer ce couteau à fromage dans l'œil de l'Autodidacte. Après ça, tous ces gens me piétineraient, me casseraient les dents à coups de soulier. Mais ça n'est pas ça qui m'arrête : un goût de sang dans la bouche au lieu de ce goût de fromage, ça ne fait pas de différence. Seulement il faudrait faire un geste, donner naissance à un événement superflu : il serait de trop, le cri que pousserait l'Autodidacte — et le sang qui coulerait sur sa joue et le sursaut de tous ces gens. Il y a bien assez de choses qui existent comme ça.

Tout le monde me regarde; les deux représentants de la jeunesse ont interrompu leur doux entretien. La femme a la bouche ouverte en cul de poule. Ils devraient bien voir, pourtant, que je suis inoffensif.

Je me lève, tout tourne autour de moi. L'Autodidacte me fixe de ses grands yeux que je ne crèverai pas.

— Vous partez déjà? murmure-t-il.

— Je suis un peu fatigué. Vous êtes très gentil de m'avoir invité. Au revoir.

En partant, je m'aperçois que j'ai gardé dans la main gauche le couteau à dessert. Je le jette sur mon assiette qui se met à tinter. Je traverse la salle au milieu du silence. Ils ne mangent plus : ils me regardent, ils ont l'appétit coupé. Si je m'avançais vers la jeune femme en faisant « Hon! » elle se mettrait à hurler, c'est sûr. Ce n'est pas la peine.

Tout de même, avant de sortir, je me retourne et je leur fais voir mon visage, pour qu'ils puissent le graver en leur mémoire.

— Au revoir, messieurs-dames.

Ils ne répondent pas. Je m'en vais. A présent leurs joues vont reprendre des couleurs, ils vont se mettre à jacasser.

Je ne sais pas où aller. Je reste planté à côté du cuisinier de carton. Je n'ai pas besoin de me retourner pour savoir qu'ils me regardent à travers les vitres : ils regardent mon dos avec surprise et dégoût; ils croyaient que j'étais comme eux, que j'étais un homme et je les ai trompés. Tout d'un coup, j'ai perdu mon apparence d'homme et ils ont vu un crabe qui s'échappait à reculons de cette salle si humaine. A présent l'intrus démasqué s'est enfui : la séance continue.

Ça m'agace de sentir dans mon dos tout ce grouillement d'yeux et de pensées effarées. Je traverse la chaussée. L'autre trottoir longe la plage et les cabines de bain.

Il y a beaucoup de gens qui se promènent au bord de la mer, qui tournent vers la mer des visages printaniers, poétiques : c'est à cause du soleil, ils sont en fête. Il y a des femmes en clair, qui ont mis leur toilette du printemps dernier; elles passent longues et blanches comme des gants de chevreau glacés; il y a aussi de grands garçons qui vont au lycée, à l'école de commerce, des vieillards décorés. Ils ne se connaissent pas, mais ils se regardent d'un air de connivence, parce qu'il fait si beau et qu'ils sont des hommes. Les hommes s'embrassent sans se connaître, les jours de déclaration de guerre; ils se sourient à chaque printemps. Un prêtre s'avance à pas lents, en lisant son bréviaire. Par instants il lève la tête et regarde la mer d'un air approbateur : la mer aussi est un bréviaire, elle parle de Dieu. Couleurs légères, légers parfums, âmes de printemps. « Il fait beau, la mer est verte, j'aime mieux ce froid sec que l'humidité. » Poètes! Si j'en prenais un par le revers de son manteau, si je lui disais « viens à mon aide », il penserait « qu'est-ce que c'est que ce crabe? » et s'enfuirait en laissant son manteau entre mes mains.

Je leur tourne le dos, je m'appuie des deux mains à la balustrade. La *vraie* mer est froide et noire, pleine de bêtes; elle rampe sous cette mince pellicule verte qui est faite pour tromper les gens. Les sylphes qui m'entourent s'y sont laissé prendre : ils ne voient que la mince pellicule, c'est elle qui prouve l'existence de Dieu. Moi je vois le dessous! les vernis fondent, les brillantes petites peaux veloutées, les petites peaux de pêche du bon Dieu pètent de partout sous mon regard, elles se fendent et s'entrebâillent. Voilà le tramway de Saint-Élémir, je tourne sur moi-même et les choses tournent avec moi, pâles et vertes comme des huîtres. Inutile, c'était inutile de sauter dedans puisque je ne veux aller nulle part.

175

Derrière les vitres, des objets bleuâtres défilent, tout roides et cassants, par saccades. Des gens, des murs; par ses fenêtres ouvertes une maison m'offre son cœur noir; et les vitres pâlissent, bleuissent tout ce qui est noir, bleuissent ce grand logement de briques jaunes qui s'avance en hésitant, en frissonnant, et qui s'arrête tout d'un coup en piquant du nez. Un monsieur monte et s'assied en face de moi. Le bâtiment jaune repart, il se glisse d'un bond contre les vitres, il est si près qu'on n'en voit plus qu'une partie, il s'est assombri. Les vitres tremblent. Il s'élève, écrasant, bien plus haut qu'on ne peut voir, avec des centaines de fenêtres ouvertes sur des cœurs noirs; il glisse le long de la boîte, il la frôle; la nuit s'est faite, entre les vitres qui tremblent. Il glisse interminablement, jaune comme de la boue, et les vitres sont bleu de ciel. Et tout d'un coup il n'est plus là, il est resté en arrière, une vive clarté grise envahit la boîte et se répand partout avec une inexorable justice : c'est le ciel; à travers les vitres, on voit encore des épaisseurs et des épaisseurs de ciel, parce qu'on monte la côte Éliphar et qu'on voit clair des deux côtés, à droite jusqu'à la mer, à gauche jusqu'au champ d'aviation. Défense de fumer même une Gitane.

J'appuie ma main sur la banquette, mais je la retire précipitamment : ça existe. Cette chose sur quoi je suis assis, sur quoi j'appuyais ma main s'appelle une banquette. Ils l'ont faite tout exprès pour qu'on puisse s'asseoir, ils ont pris du cuir, des ressorts, de l'étoffe, ils se sont mis au travail, avec l'idée de faire un siège et quand ils ont eu fini, c'était *ça* qu'ils avaient fait. Ils ont porté ça ici, dans cette boîte, et la boîte roule et cahote à présent, avec ses vitres tremblantes, et elle porte dans ses flancs cette chose rouge. Je murmure : c'est une banquette, un peu comme un exorcisme. Mais le mot reste sur mes lèvres : il refuse d'aller se poser sur la chose. Elle reste ce qu'elle est, avec sa peluche rouge, milliers de petites pattes rouges, en l'air, toutes raides, de petites pattes mortes. Cet énorme ventre tourné en l'air, sanglant, ballonné — boursouflé avec toutes ses pattes mortes, ventre qui flotte dans cette boîte, dans ce ciel gris, ce n'est pas une banquette. Ça pourrait tout aussi bien être un âne mort, par exemple, ballonné par l'eau et qui flotte à la dérive, le ventre en l'air dans un grand fleuve gris, un fleuve d'inondation; et moi je serais assis sur le ventre de l'âne et mes pieds tremperaient dans l'eau claire. Les choses se sont délivrées de leurs noms. Elles sont là, grotesques, têtues, géantes et ça paraît imbécile de les appeler des banquettes ou de dire quoi que ce soit sur elles : je suis au milieu des Choses, les innommables. Seul, sans mots, sans défenses, elles m'environnent, sous moi, derrière moi, au-dessus de moi. Elles n'exigent rien, elles ne s'imposent pas : elles sont là. Sous le coussin de la banquette, contre la paroi de bois il y a une petite ligne d'ombre, une petite ligne noire qui court le long de la banquette d'un air mystérieux et espiègle, presque un sourire. Je sais très bien que ça n'est pas un sourire et cependant ça existe, ça court sous les vitres blanchâtres, sous le tintamarre des vitres, ça s'obstine, sous les images bleues qui défilent derrière les vitres et s'arrêtent et repartent, ça s'obstine, comme le souvenir imprécis d'un sourire, comme un mot à demi oublié dont on ne se rappelle que la première syllabe et le mieux qu'on puisse faire, c'est de détourner les yeux et de penser à autre chose, à cet homme à demi couché sur la banquette, en face de moi, là. Sa tête de terre cuite aux yeux bleus. Toute la droite de son corps s'est affaissée, le bras droit est collé au corps, le côté droit vit à peine, avec peine, avec avarice, comme s'il était paralysé. Mais sur tout le côté gauche, il y a une petite existence parasite qui prolifère, un chancre : le bras s'est mis à trembler et puis il s'est levé et la main était raide, au bout. Et puis la main s'est mise aussi à trembler et, quand elle est arrivée à la hauteur du crâne, un doigt s'est tendu et s'est mis à gratter le cuir chevelu, de l'ongle. Une espèce de grimace voluptueuse est venue

177

habiter le côté droit de la bouche et le côté gauche restait mort. Les vitres tremblent, le bras tremble, l'ongle gratte, gratte, la bouche sourit sous les yeux fixes et l'homme supporte sans s'en apercevoir cette petite existence qui gonfle son côté droit, qui a emprunté son bras droit et sa joue droite pour se réaliser. Le receveur me barre le chemin.

— Attendez l'arrêt.

Mais je le repousse et je saute hors du tramway. Je n'en pouvais plus. Je ne pouvais plus supporter que les choses fussent si proches. Je pousse une grille, j'entre, des existences légères bondissent d'un saut et se perchent sur les cimes. A présent, je me reconnais, je sais où je suis : je suis au Jardin public. Je me laisse tomber sur un banc entre les grands troncs noirs, entre les mains noires et noueuses qui se tendent vers le ciel. Un arbre gratte la terre sous mes pieds d'un ongle noir. Je voudrais tant me laisser aller, m'oublier, dormir. Mais je ne peux pas, je suffoque : l'existence me pénètre de partout, par les yeux, par le nez, par la bouche...

Et tout d'un coup, d'un seul coup, le voile se déchire, j'ai compris, j'ai *vu*.

6 heures du soir.

Je ne peux pas dire que je me sente allégé ni content; au contraire, ça m'écrase. Seulement mon but est atteint : je sais ce que je voulais savoir; tout ce qui m'est arrivé depuis le mois de janvier, je l'ai compris. La Nausée ne m'a pas quitté et je ne crois pas qu'elle me quittera de sitôt; mais je ne la subis plus, ce n'est plus une maladie ni une quinte passagère : c'est moi.

Donc j'étais tout à l'heure au Jardin public. La racine du marronnier s'enfonçait dans la terre, juste au-dessous de mon banc. Je ne me rappelais plus que c'était une racine.

178

Les mots s'étaient évanouis et, avec eux, la signification des choses, leurs modes d'emploi, les faibles repères que les hommes ont tracés à leur surface. J'étais assis, un peu voûté, la tête basse, seul en face de cette masse noire et noueuse, entièrement brute et qui me faisait peur. Et puis j'ai eu cette illumination.

Ça m'a coupé le souffle. Jamais, avant ces derniers jours, je n'avais pressenti ce que voulait dire « exister ». J'étais comme les autres, comme ceux qui se promènent au bord de la mer dans leurs habits de printemps. Je disais comme eux « la mer *est* verte; ce point blanc, là-haut, *c'est* une mouette », mais je ne sentais pas que ça existait, que la mouette était une « mouette-existante »; à l'ordinaire l'existence se cache. Elle est là, autour de nous, en nous, elle est *nous*, on ne peut pas dire deux mots sans parler d'elle et, finalement, on ne la touche pas. Quand je croyais y penser, il faut croire que je ne pensais rien, j'avais la tête vide, ou tout juste un mot dans la tête, le mot « être ». Ou alors, je pensais... comment dire? Je pensais l'*appartenance*, je me disais que la mer appartenait à la classe des objets verts ou que le vert faisait partie des qualités de la mer. Même quand je regardais les choses, j'étais à cent lieues de songer qu'elles existaient : elles m'apparaissaient comme un décor. Je les prenais dans mes mains, elles me servaient d'outils, je prévoyais leurs résistances. Mais tout ça se passait à la surface. Si l'on m'avait demandé ce que c'était que l'existence, j'aurais répondu de bonne foi que ça n'était rien, tout juste une forme vide qui venait s'ajouter aux choses du dehors, sans rien changer à leur nature. Et puis voilà : tout d'un coup, c'était là, c'était clair comme le jour : l'existence s'était soudain dévoilée. Elle avait perdu son allure inoffensive de catégorie abstraite : c'était la pâte même des choses, cette racine était pétrie dans de l'existence. Ou plutôt la racine, les grilles du jardin, le banc, le gazon rare de la pelouse, tout ça s'était évanoui ; la diversité des choses, leur individualité n'était qu'une apparence, un vernis. Ce vernis avait fondu, il restait des masses monstrueuses et molles, en désordre — nues, d'une effrayante et obscène nudité.

Je me gardais de faire le moindre mouvement, mais je n'avais pas besoin de bouger pour voir, derrière les arbres, les colonnes bleues et le lampadaire du kiosque à musique, et la Velléda, au millieu d'un massif de lauriers. Tous ces objets... comment dire? Ils m'incommodaient ; j'aurais souhaité qu'ils existassent moins fort, d'une façon plus sèche, plus abstraite, avec plus de retenue. Le marronnier se pressait contre mes yeux. Une rouille verte le couvrait jusqu'à mi-hauteur ; l'écorce, noire et boursouflée, semblait de cuir bouilli. Le petit bruit d'eau de la fontaine Masqueret se coulait dans mes oreilles et s'y faisait un nid, les emplissait de soupirs ; mes narines débordaient d'une odeur verte et putride. Toutes choses, doucement, tendrement, se laissaient aller à l'existence comme ces femmes lasses qui s'abandonnent au rire et disent : « C'est bon de rire » d'une voix mouillée ; elles s'étalaient, les unes en face des autres, elles se faisaient l'abjecte confidence de leur existence. Je compris qu'il n'y avait pas de milieu entre l'inexistence et cette abondance pâmée. Si l'on existait, il fallait *exister jusque-là*, jusqu'à la moisissure, à la boursouflure, à l'obscénité. Dans un autre monde, les cercles, les airs de musique gardent leurs lignes pures et rigides. Mais l'existence est un fléchissement. Des arbres, des piliers bleu de nuit, le râle heureux d'une fontaine, des odeurs vivantes, de petits brouillards de chaleur qui flottaient dans l'air froid, un homme roux qui digérait sur un banc : toutes ces somnolences, toutes ces digestions prises ensemble offraient un aspect vaguement comique. Comique... non : ça n'allait pas jusque-là, rien de ce qui existe ne peut être comique ; c'était comme une analogie flottante, presque insaisissable avec certaines situations de vaudeville. Nous étions un tas d'existants gênés, embarrassés de nous-mêmes, nous n'avions pas la moindre raison d'être là, ni les uns ni les autres, chaque existant, confus, vaguement inquiet, se sentait de trop par rapport aux autres. *De trop:* c'était le seul rapport que je pusse établir entre ces arbres, ces grilles, ces cailloux. En vain cherchais-je à *compter* les marronniers, et les *situer* par rapport à la Velléda, à comparer leur hauteur avec celle des platanes : chacun d'eux s'échappait des relations où je cherchais à l'enfermer, s'isolait, débordait. Ces relations (que je m'obstinais à maintenir pour retarder l'écroulement du monde humain, des mesures, des quantités, des directions) j'en sentais l'arbitraire ; elles ne mordaient plus sur les choses. *De trop*, le marronnier, là en face de moi un peu sur la gauche. *De trop*, la Velléda...

Et *moi* — veule, alangui, obscène, digérant, ballottant de mornes pensées — *moi aussi j'étais de trop*. Heureusement je ne le sentais pas, je le comprenais surtout, mais j'étais mal à l'aise parce que j'avais peur de le sentir (encore à présent j'en ai peur — j'ai peur que ça ne me prenne par le derrière de ma tête et que ça ne me soulève comme une lame de fond). Je rêvais vaguement de me supprimer, pour anéantir au moins une de ces existences superflues, Mais ma mort même eût été de trop. De trop, mon cadavre, mon sang sur ces cailloux, entre ces plantes, au fond de ce jardin souriant. Et la chair rongée eût été de trop dans la terre qui l'eût reçue et mes os, enfin, nettoyés, écorcés, propres et nets comme des dents eussent encore été de trop : j'étais de trop pour l'éternité.

Le mot d'Absurdité naît à présent sous ma plume ; tout à l'heure, au jardin, je ne l'ai pas trouvé, mais je ne le cherchais pas non plus, je n'en avais pas besoin : je pensais sans mots, *sur* les choses, *avec* les choses. L'absurdité, ce n'était pas une idée dans ma tête, ni un souffle de voix, mais ce long serpent mort à mes pieds, ce serpent de bois. Serpent ou griffe ou racine ou serre de vautour.

peu importe. Et sans rien formuler nettement, je comprenais que j'avais trouvé la clef de l'Existence, la clef de mes Nausées, de ma propre vie. De fait, tout ce que j'ai pu saisir ensuite se ramène à cette absurdité fondamentale. Absurdité : encore un mot ; je me débats contre des mots ; là-bas, je touchais la chose. Mais je voudrais fixer ici le caractère absolu de cette absurdité. Un geste, un événement dans le petit monde colorié des hommes n'est jamais absurde que relativement : par rapport aux circonstances qui l'accompagnent. Les discours d'un fou, par exemple, sont absurdes par rapport à la situation où il se trouve mais non par rapport à son délire. Mais moi, tout à l'heure, j'ai fait l'expérience de l'absolu : l'absolu ou l'absurde. Cette racine, il n'y avait rien par rapport à quoi elle ne fût absurde. Oh! Comment pourrai-je fixer ça avec des mots? Absurde : par rapport aux cailloux, aux touffes d'herbe jaune, à la boue sèche, à l'arbre, au ciel, aux bancs verts. Absurde, irréductible ; rien — pas même un délire profond et secret de la nature — ne pouvait l'expliquer. Évidemment je ne savais pas tout, je n'avais pas vu le germe se développer ni l'arbre croître. Mais devant cette grosse patte rugueuse, ni l'ignorance ni le savoir n'avaient d'importance : le monde des explications et des raisons n'est pas celui de l'existence. Un cercle n'est pas absurde, il s'explique très bien par la rotation d'un segment de droite autour d'une de ses extrémités. Mais aussi un cercle n'existe pas. Cette racine, au contraire, existait dans la mesure où je ne pouvais pas l'expliquer. Noueuse, inerte, sans nom, elle me fascinait, m'emplissait les yeux, me ramenait sans cesse à sa propre existence. J'avais beau répéter : « C'est une racine » — ça ne prenait plus. Je voyais bien qu'on ne pouvait pas passer de sa fonction de racine, de pompe aspirante, *à ça*, à cette peau dure et compacte de phoque, à cet aspect huileux, calleux, entêté. La fonction n'expliquait rien : elle permettait de comprendre en gros ce que c'était qu'une

182

racine, mais pas du tout *celle-ci*. Cette racine, avec sa couleur, sa forme, son mouvement figé, était... au-dessous de toute explication. Chacune de ses qualités lui échappait un peu, coulait hors d'elle, se solidifiait à demi, devenait presque une chose ; chacune était *de trop dans* la racine, et la souche tout entière me donnait à présent l'impression de rouler un peu hors d'elle-même, de se nier, de se perdre dans un étrange excès. Je raclai mon talon contre cette griffe noire : j'aurais voulu l'écorcher un peu. Pour rien, par défi, pour faire apparaître sur le cuir tanné le rose absurde d'une éraflure : pour *jouer* avec l'absurdité du monde. Mais, quand je retirai mon pied, je vis que l'écorce était restée noire.

Noire? J'ai senti le mot qui se dégonflait, qui se vidait de son sens avec une rapidité extraordinaire. Noire? La racine n'*était pas* noire, ce n'était pas du noir qu'il y avait sur ce morceau de bois — c'était... autre chose : le noir, comme le cercle, n'existait pas. Je regardais la racine : était-elle *plus que noire* ou noire *à peu près?* Mais je cessai bientôt de m'interroger parce que j'avais l'impression d'être en pays de connaissance. Oui, j'avais déjà scruté, avec cette inquiétude, des objets innommables, j'avais déjà cherché — vainement — à penser quelque chose *sur eux* : et déjà j'avais senti leurs qualités, froides et inertes, se dérober, glisser entre mes doigts. Les bretelles d'Adolphe, l'autre soir, au *Rendez-vous des Cheminots*. Elles n'*étaient pas* violettes. Je revis les deux taches indéfinissables sur la chemise. Et le galet, ce fameux galet, l'origine de toute cette histoire : il n'était pas... je ne me rappelais pas bien au juste ce qu'il refusait d'être. Mais je n'avais pas oublié sa résistance passive. Et la main de l'Autodidacte ; je l'avais prise et serrée, un jour, à la bibliothèque et puis j'avais eu l'impression que ça n'était pas tout à fait une main. J'avais pensé à un gros ver blanc, mais ça n'était pas ça non plus. Et la transparence louche du verre de bière, au café Mably. Louches :

voilà ce qu'ils étaient, les sons, les parfums, les goûts. Quand ils vous filaient rapidement sous le nez, comme des lièvres débusqués, et qu'on n'y faisait pas trop attention, on pouvait les croire tout simples et rassurants, on pouvait croire qu'il y avait au monde du vrai bleu, du vrai rouge, une vraie odeur d'amande ou de violette. Mais dès qu'on les retenait un instant, ce sentiment de confort et de sécurité cédait la place à un profond malaise : les couleurs, les saveurs, les odeurs n'étaient jamais vraies, jamais tout bonnement elles-mêmes et rien qu'elles-mêmes. La qualité la plus simple, la plus indécomposable avait du trop en elle-même, par rapport à elle-même, en son cœur. Ce noir, là, contre mon pied, ça n'avait pas l'air d'être du noir mais plutôt l'effort confus pour imaginer du noir de quelqu'un qui n'en aurait jamais vu et qui n'aurait pas su s'arrêter, qui aurait imaginé un être ambigu, par-delà les couleurs. Ça *ressemblait* à une couleur mais aussi... à une meurtrissure ou encore à une sécrétion, à un suint — et à autre chose, à une odeur par exemple, ça se fondait en odeur de terre mouillée, de bois tiède et mouillé, en odeur noire étendue comme un vernis sur ce bois nerveux, en saveur de fibre mâchée, sucrée. Je ne le *voyais* pas simplement ce noir : la vue, c'est une invention abstraite, une idée nettoyée, simplifiée, une idée d'homme. Ce noir-là, présence amorphe et veule, débordait, de loin, la vue, l'odorat et le goût. Mais cette richesse tournait en confusion et finalement ça n'était plus rien parce que c'était trop.

Ce moment fut extraordinaire. J'étais là, immobile et glacé, plongé dans une extase horrible. Mais, au sein même de cette extase quelque chose de neuf venait d'apparaître ; je comprenais la Nausée, je la possédais. A vrai dire je ne me formulais pas mes découvertes. Mais je crois qu'à présent, il me serait facile de les mettre en mots. L'essentiel c'est la contingence. Je veux dire que, par définition, l'existence n'est pas la nécessité. Exister, c'est *être là*, simplement ; les existants apparaissent, se laissent *rencontrer*, mais on ne peut jamais les *déduire*. Il y a des gens, je crois, qui ont compris ça. Seulement ils ont essayé de surmonter cette contingence en inventant un être nécessaire et cause de soi. Or, aucun être nécessaire ne peut expliquer l'existence : la contingence n'est pas un faux semblant, une apparence qu'on peut dissiper ; c'est l'absolu, par conséquent la gratuité parfaite. Tout est gratuit, ce jardin, cette ville et moi-même. Quand il arrive qu'on s'en rende compte, ça vous tourne le cœur et tout se met à flotter, comme l'autre soir, au *Rendez-vous des Cheminots* : voilà la Nausée ; voilà ce que les Salauds — ceux du Coteau Vert et les autres — essaient de se cacher avec leur idée de droit. Mais quel pauvre mensonge : personne n'a le droit ; ils sont entièrement gratuits, comme les autres hommes, ils n'arrivent pas à ne pas se sentir de trop. Et en eux-mêmes, secrètement, ils *sont trop*, c'est-à-dire amorphes et vagues, tristes.

Combien de temps dura cette fascination ? *J'étais* la racine de marronnier. Ou plutôt j'étais tout entier conscience de son existence. Encore détaché d'elle — puisque j'en avais conscience — et pourtant perdu en elle, rien d'autre qu'elle. Une conscience mal à l'aise et qui pourtant se laissait aller de tout son poids, en porte-à-faux, sur ce morceau de bois inerte. Le temps s'était arrêté : une petite mare noire à mes pieds ; il était impossible que quelque chose vînt *après* ce moment-là. J'aurais voulu m'arracher à cette atroce jouissance, mais je n'imaginais même pas que cela fût possible ; j'étais dedans ; la souche noire *ne passait pas*, elle restait là, dans mes yeux, comme un morceau trop gros reste en travers d'un gosier. Je ne pouvais ni l'accepter ni la refuser. Au prix de quel effort ai-je levé les yeux ? Et même, les ai-je levés ? ne me suis-je pas plutôt anéanti pendant un instant pour renaître l'instant d'après avec la tête renversée et les yeux tournés vers le haut ? De fait, je n'ai pas eu conscience d'un passage. Mais, tout d'un coup, il m'est devenu impossible de penser l'existence de la racine. Elle s'était effacée, j'avais beau me répéter : elle existe, elle est encore là, sous le banc, contre mon pied droit, ça ne voulait plus rien dire. L'existence n'est pas quelque chose qui se laisse penser de loin : il faut que ça vous envahisse brusquement, que ça s'arrête sur vous, que ça pèse lourd sur votre cœur comme une grosse bête immobile — ou alors il n'y a plus rien du tout.

Il n'y avait plus rien du tout, j'avais les yeux vides et je m'enchantais de ma délivrance. Et puis, tout d'un coup, ça s'est mis à remuer devant mes yeux, des mouvements légers et incertains : le vent secouait la cime de l'arbre.

Ça ne me déplaisait pas de voir bouger quelque chose, ça me changeait de toutes ces existences immobiles qui me regardaient comme des yeux fixes. Je me disais, en suivant le balancement des branches : les mouvements n'existent jamais tout à fait, ce sont des passages, des intermédiaires entre deux existences, des temps faibles. Je m'apprêtais à les voir sortir du néant, mûrir progressivement, s'épanouir : j'allais enfin surprendre des existences en train de naître.

Il n'a pas fallu plus de trois secondes pour que tous mes espoirs fussent balayés. Sur ces branches hésitantes qui tâtonnaient autour d'elles en aveugles, je n'arrivais pas à saisir de « passage » à l'existence. Cette idée de passage, c'était encore une invention des hommes. Une idée trop claire. Toutes ces agitations menues s'isolaient, se posaient pour elles-mêmes. Elles débordaient de toutes parts les branches et les rameaux. Elles tourbillonnaient autour de ces mains sèches, les enveloppaient de petits cyclones. Bien sûr, un mouvement c'était autre chose qu'un arbre. Mais c'était tout de même un absolu. Une chose. Mes yeux ne rencontraient jamais que du plein. Ça grouillait d'existences, au bout des branches, d'existences qui se renouvelaient sans cesse et qui ne naissaient jamais. Le vent existant venait se poser sur l'arbre comme une grosse mouche; et l'arbre frissonnait. Mais le frisson n'était pas une qualité naissante, un passage de la puissance à l'acte; c'était une chose; une chose-frisson se coulait dans l'arbre, s'en emparait, le secouait, et soudain l'abandonnait, s'en allait plus loin tourner sur elle-même. Tout était plein, tout en acte, il n'y avait pas de temps faible, tout, même le plus imperceptible sursaut, était fait avec de l'existence. Et tous ces existants qui s'affairaient autour de l'arbre ne venaient de nulle part et n'allaient nulle part. Tout d'un coup ils existaient et ensuite, tout d'un coup, ils n'existaient plus : l'existence est sans mémoire; des disparus, elle ne garde rien — pas même un souvenir. L'existence partout, à l'infini, de trop, toujours et partout; l'existence — qui n'est jamais bornée que par l'existence. Je me laissai aller sur le banc, étourdi, assommé par cette profusion d'êtres sans origine : partout des éclosions, des épanouissements, mes oreilles bourdonnaient d'existence, ma chair elle-même palpitait et s'entrouvrait, s'abandonnait au bourgeonnement universel, c'était répugnant. « Mais pourquoi, pensai-je, pourquoi tant d'existences, puisqu'elles se ressemblent toutes? » A quoi bon tant d'arbres tous pareils? Tant d'existences manquées et obstinément recommencées et de nouveau manquées — comme les efforts maladroits d'un insecte tombé sur le dos? (J'étais un de ces efforts.) Cette abondance-là ne faisait pas l'effet de la générosité, au contraire. Elle était morne, souffreteuse, embarrassée d'elle-même. Ces arbres, ces grands corps gauches... Je me mis à rire parce que je pensais tout d'un coup aux printemps formidables qu'on décrit dans les livres, pleins de craquements, d'éclatements, d'éclosions géantes. Il y avait des imbéciles qui venaient vous parler de volonté de puissance et de lutte pour la vie. Ils n'avaient donc jamais regardé une bête ni un arbre? Ce platane, avec ses plaques de pelade, ce chêne à moitié pourri, on aurait voulu me les faire prendre pour de jeunes forces âpres qui jaillissent vers le ciel. Et cette racine? Il aurait sans doute fallu que je me la représente comme une griffe vorace, déchirant la terre, lui arrachant sa nourriture?

Impossible de voir les choses de cette façon-là. Des mollesses, des faiblesses, oui. Les arbres flottaient. Un jaillissement vers le ciel? Un affalement plutôt; à chaque instant je m'attendais à voir les troncs se rider comme des verges lasses, se recroqueviller et choir sur le sol en un tas noir et mou avec des plis. *Ils n'avaient pas envie* d'exister, seulement ils ne pouvaient pas s'en empêcher; voilà. Alors ils faisaient toutes leurs petites cuisines, doucement, sans entrain; la sève montait lentement dans les vaisseaux, à contrecœur, et les racines s'enfonçaient lentement dans la terre. Mais ils semblaient à chaque instant sur le point de tout planter là et de s'anéantir. Las et vieux, ils continuaient d'exister, de mauvaise grâce, simplement parce qu'ils étaient trop faibles pour mourir, parce que la mort ne pouvait leur venir que de l'extérieur : il n'y a que les airs de musique pour porter fièrement leur propre mort en soi comme une nécessité interne; seulement ils n'existent pas. Tout existant naît sans raison, se prolonge par faiblesse et meurt par rencontre. Je me laissai aller en arrière et je fermai les paupières. Mais les images, aussitôt alertées, bondirent et vinrent remplir d'existences mes yeux clos : l'existence est un plein que l'homme ne peut quitter.

Étranges images. Elles représentaient une foule de choses. Pas des choses vraies, d'autres qui leur ressemblaient. Des objets en bois qui ressemblaient à des chaises, à des sabots, d'autres objets qui ressemblaient à des plantes. Et puis deux visages : c'était le couple qui déjeunait près de moi, l'autre dimanche, à la brasserie Vézelize. Gras, chauds, sensuels, absurdes, avec les oreilles rouges. Je voyais les épaules et la gorge de la femme. De l'existence nue. Ces deux-là, — ça me fit horreur brusquement, — ces deux-là continuaient à exister quelque part, dans Bouville; quelque part, — au milieu de quelles odeurs? — cette gorge douce continuait à se caresser contre de fraîches étoffes, à se blottir dans les dentelles et la femme continuait à sentir sa gorge exister dans son corsage à, penser : « mes nénés, mes beaux fruits », à sourire mystérieusement, attentive à l'épanouissement de ses seins qui la chatouillaient et puis j'ai crié et je me suis retrouvé les yeux grands ouverts.

Est-ce que je l'ai rêvée, cette énorme présence? Elle était là, posée sur le jardin, dégringolée dans les arbres, toute molle, poissant tout, tout épaisse, une confiture. Et j'étais dedans, moi, avec tout le jardin? J'avais peur, mais j'étais surtout en colère, je trouvais ça si bête, si déplacé, je haïssais cette ignoble marmelade. Il y en avait, il y en avait! Ça montait jusqu'au ciel, ça s'en allait partout, ça remplissait tout de son affalement gélatineux et j'en voyais des profondeurs et des profondeurs, bien plus loin que les limites du jardin et que les maisons et que Bouville, je n'étais plus à Bouville, ni nulle part, je flottais. Je n'étais pas surpris, je savais bien que c'était le Monde, le Monde tout nu qui se montrait tout d'un coup, et j'étouffais de colère contre ce gros être absurde. On ne pouvait même pas de demander d'où ça sortait, tout ça, ni comment il se faisait qu'il existât un monde, plutôt que rien. Ça n'avait pas de sens, le monde était partout présent, devant, derrière. Il n'y avait rien eu *avant* lui. Rien. Il n'y avait pas eu de moment où il aurait pu ne pas exister. C'est bien ça qui m'irritait : bien sûr il n'y avait *aucune raison* pour qu'elle existât, cette larve coulante. *Mais il n'était pas possible* qu'elle n'existât pas. C'était impensable : pour imaginer le néant, il fallait qu'on se trouve déjà là, en plein monde et les yeux grands ouverts et vivant; le néant ça n'était qu'une idée dans ma tête, une idée existante flottant dans cette immensité : ce néant n'était pas venu *avant* l'existence, c'était une existence comme une autre et apparue après beaucoup d'autres. Je criai « quelle saleté, quelle saleté! » et je me secouai pour me débarrasser de cette saleté poisseuse, mais elle tenait bon et il y en avait

tant, des tonnes et des tonnes d'existence, indéfiniment :
j'étouffais au fond de cet immense ennui. Et puis, tout d'un
coup, le jardin se vida comme par un grand trou, le monde
disparut de la même façon qu'il était venu, ou bien je me
réveillai — en tout cas je ne le vis plus; il restait de la terre
jaune autour de moi, d'où sortaient des branches mortes
dressées en l'air.

Je me levai, je sortis. Arrivé à la grille, je me suis retourné.
Alors le jardin m'a souri. Je me suis appuyé à la grille
et j'ai longtemps regardé. Le sourire des arbres, du massif
de laurier, ça *voulait dire* quelque chose; c'était ça le véritable secret de l'existence. Je me rappelai qu'un dimanche,
il n'y a pas plus de trois semaines, j'avais déjà saisi sur
les choses une sorte d'air complice. Était-ce à moi qu'il
s'adressait? Je sentais avec ennui que je n'avais aucun
moyen de comprendre. Aucun moyen. Pourtant c'était là,
dans l'attente, ça ressemblait à un regard. C'était là, sur le
tronc du marronnier... c'était *le* marronnier. Les choses,
on aurait dit des pensées qui s'arrêtaient en route, qui s'oubliaient, qui oubliaient ce qu'elles avaient voulu penser et
qui restaient comme ça, ballottantes, avec un drôle de
petit sens qui les dépassait. Ça m'agaçait ce petit sens :
je ne *pouvais pas* le comprendre, quand bien même je serais
resté cent sept ans appuyé à la grille; j'avais appris sur
l'existence tout ce que je pouvais savoir. Je suis parti, je
suis rentré à l'hôtel, et voilà, j'ai écrit.

Dans la nuit.

Ma décision est prise : je n'ai plus de raison de rester
à Bouville puisque je n'écris plus mon livre; je vais aller
vivre à Paris. Vendredi, je prendrai le train de cinq heures,
samedi je verrai Anny; je pense que nous passerons quelques jours ensemble. Ensuite je reviendrai ici pour régler

quelques affaires et faire mes malles. Le 1er mars, au plus tard, je serai définitivement installé à Paris.

Vendredi.

Au *Rendez-vous des Cheminots*. Mon train part dans vingt minutes. Le phono. Forte impression d'aventure.

Samedi.

Anny vient m'ouvrir, dans une longue robe noire. Naturellement, elle ne me tend pas la main, elle ne me dit pas bonjour. J'ai gardé la main droite dans la poche de mon pardessus. Elle dit d'un ton boudeur et très vite, pour se débarrasser des formalités :

« Entre et assieds-toi où tu voudras, sauf sur le fauteuil près de la fenêtre. »

C'est elle, c'est bien elle. Elle laisse pendre ses bras, elle a le visage morose qui lui donnait l'air, autrefois, d'une petite fille à l'âge ingrat. Mais maintenant elle ne ressemble plus à une petite fille. Elle est grasse, elle a une forte poitrine.

Elle ferme la porte, elle se dit à elle-même d'un air méditatif :

« Je ne sais pas si je vais m'asseoir sur le lit... »

Finalement, elle se laisse tomber sur une sorte de caisse recouverte d'un tapis. Sa démarche n'est plus la même : elle se déplace avec une lourdeur majestueuse et non sans grâce : elle a l'air embarrassée de son jeune embonpoint. Pourtant, malgré tout, c'est bien elle, c'est Anny.

Anny éclate de rire.

— Pourquoi ris-tu?

Elle ne répond pas tout de suite, à son habitude, et prend un air chicanier.

191

La nausée.   13

— Dis pourquoi?

— C'est à cause de ce large sourire que tu arbores depuis ton entrée. Tu as l'air d'un père qui vient de marier sa fille. Allons, ne reste pas debout. Pose ton manteau et assieds-toi. Oui, là si tu veux.

Un silence suit, qu'Anny ne cherche pas à rompre. Comme cette chambre est nue! Autrefois Anny emportait dans tous ses voyages une immense valise pleine de châles, de turbans, de mantilles, de masques japonais, d'images d'Épinal. A peine était-elle descendue dans un hôtel — et dût-elle n'y rester qu'une nuit — son premier soin était d'ouvrir cette valise et d'en sortir toutes ses richesses, qu'elle suspendait aux murs, accrochait aux lampes, étendait sur les tables ou sur le sol en suivant un ordre variable et compliqué; en moins d'une demi-heure la chambre la plus banale se revêtait d'une personnalité lourde et sensuelle, presque intolérable. Peut-être que la valise s'est égarée, est restée à la consigne... Cette pièce froide, avec la porte qui s'entrouvre sur le cabinet de toilette a quelque chose de sinistre. Elle ressemble, en plus luxueux et en plus triste, à ma chambre de Bouville.

Anny rit encore. Je reconnais très bien ce petit rire très élevé et un peu nasillard.

— Eh bien, tu n'as pas changé. Qu'est-ce que tu cherches de cet air affolé?

Elle sourit, mais son regard me dévisage avec une curiosité presque hostile.

— Je pensais seulement que cette chambre n'a pas l'air d'être habitée par toi.

— Ah! oui? répond-elle d'un air vague.

Un nouveau silence. A présent elle est assise sur le lit, très pâle dans sa robe noire. Elle n'a pas coupé ses cheveux. Elle me regarde toujours, d'un air calme, en levant un peu les sourcils. Elle n'a donc rien à me dire? Pourquoi m'a-t-elle fait venir? Ce silence est insupportable.

Je dis soudain, pitoyablement :

— Je suis content de te voir.

Le dernier mot s'étrangle dans ma gorge : si c'était pour trouver ça, j'aurais mieux fait de me taire. Elle va sûrement se fâcher. Je pensais bien que le premier quart d'heure serait pénible. Jadis, quand je revoyais Anny, fût-ce après une absence de vingt-quatre heures, fût-ce le matin au réveil, jamais je ne savais trouver les mots qu'elle attendait, ceux qui convenaient à sa robe, au temps, aux dernières paroles que nous avions prononcées la veille. Mais qu'est-ce qu'elle veut? Je ne peux pas le deviner.

Je relève les yeux. Anny me regarde avec une espèce de tendresse.

— Tu n'as donc pas du tout changé? Tu es donc toujours aussi sot?

Son visage exprime la satisfaction. Mais comme elle a l'air fatigué!

— Tu es une borne, dit-elle, une borne au bord d'une route. Tu expliques imperturbablement et tu expliqueras toute ta vie que Melun est à vingt-sept kilomètres et Montargis à quarante-deux. Voilà pourquoi j'ai tant besoin de toi.

— Besoin de moi? Tu as eu besoin de moi pendant ces quatre ans que je ne t'ai pas vue? Eh bien, tu as été joliment discrète.

J'ai parlé en souriant : elle pourrait croire que je lui garde rancune. Je sens ce sourire très faux sur ma bouche, je suis mal à l'aise.

— Que tu es sot! Naturellement, je n'ai pas besoin de te voir, si c'est ça que tu veux dire. Tu sais, tu n'as rien de particulièrement réjouissant pour les yeux. J'ai besoin que tu existes et que tu ne changes pas. Tu es comme ce mètre de platine qu'on conserve quelque part à Paris ou aux environs. Je ne pense pas que personne ait jamais eu envie de le voir.

— C'est ce qui te trompe.

— Enfin, peu importe, moi pas. Eh bien, je suis contente

de savoir qu'il existe, qu'il mesure exactement la dix-millionième partie du quart du méridien terrestre. J'y pense chaque fois qu'on prend des mesures dans un appartement ou qu'on me vend de l'étoffe au mètre.

— Ah oui? dis-je froidement.

— Mais tu sais, je pourrais très bien ne penser à toi que comme à une vertu abstraite, une espèce de limite. Tu peux me remercier de me rappeler à chaque fois ta figure.

Voilà donc revenues ces discussions alexandrines qu'il fallait soutenir autrefois, quand j'avais dans le cœur des envies simples et vulgaires, comme de lui dire que je l'aimais, de la prendre dans mes bras. Aujourd'hui je n'ai aucune envie. Sauf peut-être celle de me taire et de la regarder, de réaliser en silence toute l'importance de cet événement extraordinaire : la présence d'Anny en face de moi. Et pour elle, est-ce que ce jour est semblable aux autres? Ses mains à elle ne tremblent pas. Elle devait avoir quelque chose à me dire le jour où elle m'a écrit — ou peut-être simplement, était-ce un caprice. A présent, il n'en est plus question depuis longtemps.

Anny me sourit tout d'un coup avec une tendresse si visible que les larmes me montent aux yeux.

— J'ai pensé à toi beaucoup plus souvent qu'au mètre de platine. Il y a pas de jour où je n'aie pensé à toi. Et je me rappelais distinctement jusqu'au moindre détail de ta personne.

Elle se lève et vient appuyer ses mains sur mes épaules.

— Ose dire que tu te rappelais ma figure, toi qui te plains.

— C'est malin, dis-je, tu sais très bien que j'ai une mauvaise mémoire.

— Tu l'avoues : tu m'avais complètement oubliée. M'aurais-tu reconnue dans la rue?

— Naturellement. Ce n'est pas de cela qu'il s'agit.

— Te rappelais-tu seulement la couleur de mes cheveux?

— Mais oui! Ils sont blonds.

Elle se met à rire.

— Tu dis ça bien fièrement. A présent que tu les vois, tu n'as pas beaucoup de mérite.

Elle balaie mes cheveux d'un coup de main.

— Et toi, tes cheveux sont roux, dit-elle en m'imitant ; la première fois que je t'ai vu, tu avais, je ne l'oublierai jamais, un chapeau mou qui tirait sur le mauve et qui jurait atrocement avec tes cheveux roux. C'était bien pénible à regarder. Où est ton chapeau ? Je veux voir si tu as toujours aussi mauvais goût.

— Je n'en porte plus.

Elle siffle légèrement, en écarquillant les yeux.

— Tu n'as pas trouvé ça tout seul ! Si ? Eh bien, je te félicite. Naturellement ! Seulement il fallait y songer. Ces cheveux-là ne supportent rien, ils jurent avec les chapeaux, avec les coussins de fauteuils, même avec la tapisserie des murs qui leur sert de fond. Ou alors il faudrait que tu enfonces le chapeau jusqu'aux oreilles comme ce feutre anglais que tu avais acheté à Londres. Tu rentrais ta mèche sous la coiffe, on ne savait même plus si tu avais encore des cheveux.

Elle ajoute, du ton décidé dont on termine les vieilles querelles :

— Il ne t'allait pas du tout.

Je ne sais plus de quel chapeau il s'agit.

— Je disais donc qu'il m'allait ?

— Je pense bien que tu le disais ! Tu ne parlais même que de ça. Et tu te regardais sournoisement dans les glaces, quand tu croyais que je ne te voyais pas.

Cette connaissance du passé m'accable. Anny n'a même pas l'air d'évoquer des souvenirs, son ton n'a pas la nuance attendrie et lointaine qui convient à ce genre d'occupation. Elle semble parler d'aujourd'hui, tout au plus d'hier ; elle a conservé en pleine vie ses opinions, ses entêtements, ses rancunes d'autrefois. Pour moi, au contraire, tout est noyé dans un vague poétique ; je suis prêt à toutes les concessions.

Elle me dit brusquement d'une voix sans intonation :

— Tu vois, moi, j'ai grossi, j'ai vieilli, il faut que je me soigne.

Oui. Et comme elle a l'air fatigué! Comme je veux parler, elle ajoute aussitôt :

— J'ai fait du théâtre, à Londres.

— Avec Candler?

— Mais non, pas avec Candler. Je te reconnais bien là. Tu t'étais fourré dans la tête que je ferais du théâtre avec Candler. Combien de fois faudra-t-il te dire que Candler est un chef d'orchestre? Non, dans un petit théâtre, Soho Square. On a joué *Emperor Jones*, des pièces de Sean O'Casey, de Synge, et *Britannicus*.

— *Britannicus?* dis-je étonné.

— Eh bien, oui, *Britannicus*. C'est à cause de cela que j'ai quitté. C'est moi qui leur avais donné l'idée de monter *Britannicus* ; et ils ont voulu me faire jouer Junie.

— Oui?

— Eh bien, naturellement je ne pouvais jouer qu'Agrippine.

— Et maintenant, qu'est-ce que tu fais?

J'ai eu tort de demander cela. La vie se retire complètement de son visage. Pourtant, elle répond immédiatement :

— Je ne joue plus. Je voyage. Il y a un type qui m'entretient.

Elle sourit :

— Oh! Ne me regarde pas avec cette sollicitude, ce n'est pas tragique. Je t'ai toujours dit que ça me serait égal de me faire entretenir. D'ailleurs c'est un vieux type, il n'est pas gênant.

— Un Anglais?

— Mais qu'est-ce que ça peut te faire? dit-elle agacée. Nous n'allons pas parler de ce bonhomme. Il n'a aucune importance ni pour toi ni pour moi. Veux-tu du thé?

Elle entre dans le cabinet de toilette. Je l'entends aller et venir, remuer des casseroles et parler toute seule ; un murmure aigu et inintelligible. Sur la table de nuit près de

196

son lit, il y a, comme toujours, un tome de l'Histoire de France de Michelet. Au-dessus du lit, je distingue maintenant qu'elle a accroché une photo, une seule, une reproduction du portrait d'Emily Brontë par son frère.

Anny revient et me dit brusquement :

— Maintenant, il faut me parler de toi.

Puis elle disparaît de nouveau dans le cabinet de toilette. De cela je me souviens, malgré ma mauvaise mémoire : elle posait ainsi de ces questions directes qui me gênaient fort, parce que j'y sentais à la fois un intérêt sincère et le désir d'en finir au plus vite. En tout cas, après cette question, il n'est plus permis d'en douter : elle veut quelque chose de moi. Pour l'instant, ce ne sont que des préliminaires : on se débarrasse de ce qui pourrait gêner ; on règle définitivement les questions secondaires : « Maintenant il faut me parler de toi. » Tout à l'heure, elle me parlera d'elle. Du coup, je n'ai plus la moindre envie de rien lui raconter. A quoi bon ? La Nausée, la peur, l'existence... Il vaut mieux que je garde tout cela pour moi.

— Allons, dépêche-toi, crie-t-elle à travers la cloison. Elle revient avec une théière.

— Qu'est-ce que tu fais ? Habites-tu Paris ?

— J'habite Bouville.

— Bouville ? Pourquoi ? Tu n'es pas marié, j'espère ?

— Marié ? dis-je en sursautant.

Il m'est très agréable qu'Anny ait pu penser cela. Je le lui dis.

— C'est absurde. C'est tout à fait le genre d'imaginations naturalistes que tu me reprochais autrefois. Tu sais : quand je t'imaginais veuve et mère de deux garçons. Et toutes ces histoires que je te racontais sur ce que nous deviendrons. Tu détestais ça.

— Et toi tu t'y complaisais, répond-elle sans se troubler. Tu disais ça pour faire fort. D'ailleurs tu t'indignes comme cela dans la conversation, mais tu es bien assez traître pour te marier un jour dans la coulisse. Tu as protesté pendant

197

un an, avec indignation, que tu n'irais pas voir *Violettes impériales*. Puis un jour que j'étais malade, tu as été le voir tout seul dans un petit cinéma du quartier.

— Je suis à Bouville, dis-je avec dignité, parce que je fais un livre sur M. de Rollebon.

Anny me regarde avec un intérêt appliqué.

— M. de Rollebon? Il vivait au XVIII\ :sup:`e` siècle?

— Oui.

— Tu m'en avais parlé, en effet, dit-elle vaguement. C'est un livre d'histoire, alors?

— Oui.

— Ha! Ha!

Si elle me pose encore une question, je lui raconterai tout. Mais elle ne demande plus rien. Apparemment, elle juge qu'elle en sait assez sur moi. Anny sait fort bien écouter, mais seulement quand elle veut. Je la regarde : elle a baissé les paupières, elle pense à ce qu'elle va me dire, à la façon dont elle commencera. Dois-je l'interroger à mon tour? Je ne crois pas qu'elle y tienne. Elle parlera quand elle jugera bon de le faire. Mon cœur bat très fort.

Elle dit brusquement :

— Moi, j'ai changé.

Voilà le commencement. Mais elle se tait, maintenant. Elle sert du thé dans des tasses de porcelaine blanche. Elle attend que je parle : il faut que je dise quelque chose. Pas n'importe quoi, juste ce qu'elle attend. Je suis au supplice. A-t-elle vraiment changé? Elle a grossi, elle a l'air fatigué : ce n'est sûrement pas cela qu'elle veut dire.

— Je ne sais pas. Je ne trouve pas. J'ai déjà retrouvé ton rire, ta façon de te lever et de mettre tes mains sur mes épaules, ta manie de parler toute seule. Tu lis toujours l'Histoire de Michelet. Et puis un tas d'autres choses...

Cet intérêt profond qu'elle porte à mon essence éternelle et son indifférence totale pour tout ce qui peut m'arriver dans la vie — et puis cette drôle de préciosité, pédante et charmante à la fois — et puis cette façon de supprimer dès l'abord toutes les formules mécaniques de politesse, d'amitié, tout ce qui facilite les rapports des hommes entre eux, d'obliger ses interlocuteurs à une invention perpétuelle.

Elle hausse les épaules :

— Mais si, j'ai changé, dit-elle sèchement, j'ai changé du tout au tout. Je ne suis plus la même personne. Je pensais que tu t'en apercevrais du premier coup d'œil. Et tu viens me parler de l'Histoire de Michelet.

Elle vient se planter devant moi :

— Nous allons voir si cet homme est aussi fort qu'il le prétend. Cherche : en quoi suis-je changée?

J'hésite ; elle tape du pied, encore souriante mais sincèrement agacée.

— Il y a quelque chose qui te mettait au supplice, autrefois. Du moins tu le prétendais. Et maintenant c'est fini, disparu. Tu devrais t'en apercevoir. Est-ce que tu ne te sens pas plus à l'aise?

Je n'ose lui répondre que non : je suis, tout comme autrefois, assis du bout des fesses sur ma chaise, soucieux d'éviter des embûches, de conjurer d'inexplicables colères.

Elle s'est rassise.

— Eh bien, dit-elle en hochant la tête avec conviction, si tu ne comprends pas, c'est que tu as oublié bien des choses. Plus encore que je ne pensais. Voyons, tu ne te rappelles plus tes méfaits d'autrefois? Tu venais, tu parlais, tu repartais : tout à contretemps. Imagine que rien n'ait changé : tu serais entré, il y aurait eu des masques et des châles au mur, j'aurais été assise sur le lit et je t'aurais dit (elle rejette la tête en arrière, dilate les narines et parle d'une voix de théâtre, comme pour se moquer d'elle-même) : « Eh bien? Qu'attends-tu? Assieds-toi. » Et naturellement j'aurais soigneusement évité de te dire : « sauf sur le fauteuil près de la fenêtre. »

— Tu me tendais des pièges.

— Ce n'étaient pas des pièges... Alors naturellement, toi, tu serais tout droit allé t'y asseoir.

— Et que me serait-il arrivé? dis-je en me retournant et en considérant le fauteuil avec curiosité.

Il est d'apparence ordinaire, il a l'air paterne et confortable.

— Rien que du mal, répond Anny brièvement.

Je n'insiste pas : Anny s'est toujours entourée d'objets tabous.

— Je crois, lui dis-je tout à coup, que je devine quelque chose. Mais ce serait tellement extraordinaire. Attends, laisse-moi chercher : en effet, cette chambre est toute nue. Tu me rendras cette justice que je l'ai tout de suite remarqué. Bon, je serais entré, j'aurais vu en effet ces masques, aux murs, et les châles et tout cela. L'hôtel s'arrêtait toujours à ta porte. Ta chambre c'était autre chose... Tu ne serais pas venue m'ouvrir. Je t'aurais aperçue tapie dans un coin, peut-être assise par terre sur cette moquette rouge que tu emportais toujours avec toi, me regardant sans indulgence, attendant... A peine aurais-je prononcé un mot, fait un geste, pris ma respiration, que tu te serais mise à froncer les sourcils et je me serais senti profondément coupable sans savoir pourquoi. Puis de minute en minute, j'aurais accumulé les impairs, je me serais enfoncé dans ma faute...

— Combien de fois est-ce arrivé?

— Cent fois.

— Au moins! Es-tu plus habile, plus fin à présent?

— Non!

— J'aime te l'entendre dire. Alors!

— Alors, c'est qu'il n'y a plus...

— Ha! Ha! s'écrie-t-elle d'une voix de théâtre, il ose à peine y croire!

Elle reprend doucement.

— Eh bien, tu peux m'en croire : il n'y en a plus.

— Plus de moments parfaits?

— Non.

Je suis ahuri. J'insiste.

— Enfin tu ne... C'est fini ces... tragédies, ces tragédies

200

instantanées où les masques, les châles, les meubles et moi-même nous avions chacun notre petit rôle — et toi un grand?

Elle sourit.

— L'ingrat! Je lui ai donné quelquefois des rôles plus importants qu'à moi-même : mais il ne s'en est pas douté. Eh bien, oui : c'est fini. Es-tu bien surpris?

— Ah! oui, je suis surpris! Je croyais que cela faisait partie de toi-même, que si on t'avait ôté cela, ç'aurait été comme si on t'avait arraché le cœur.

— Je le croyais aussi, dit-elle d'un air de ne rien regretter.

Elle ajoute avec une espèce d'ironie qui me fait une impression très désagréable :

— Mais, tu vois que je peux vivre sans cela.

Elle a croisé les doigts et retient un de ses genoux dans ses mains. Elle regarde en l'air, avec un vague sourire qui lui rajeunit tout le visage. Elle a l'air d'une grosse petite fille, mystérieuse et satisfaite.

— Oui, je suis contente que tu sois resté le même. Si on t'avait déplacé, repeint, enfoncé sur le bord d'une autre route, je n'aurais plus rien de fixe pour m'orienter. Tu m'es indispensable : moi je change; toi, il est entendu que tu restes immuable et je mesure mes changements par rapport à toi.

Je me sens tout de même un peu vexé.

— Eh bien, c'est très inexact, dis-je avec vivacité. J'ai au contraire tout à fait évolué ces temps-ci, au fond, je...

— Oh! dit-elle avec un mépris écrasant, des changements intellectuels! Moi j'ai changé jusqu'au blanc des yeux.

Jusqu'au blanc des yeux... Qu'est-ce donc qui, dans sa voix, m'a bouleversé? En tout cas, brusquement, j'ai fait un saut! je cesse de rechercher une Anny disparue. C'est cette fille-là, cette fille grasse à l'air ruiné qui me touche et que j'aime.

— J'ai une espèce de certitude... physique. Je sens qu'il n'y a pas de moments parfaits. Je le sens jusque dans mes jambes quand je marche. Je le sens tout le temps, même quand je dors. Je ne peux l'oublier. Jamais il n'y a rien eu qui soit comme une révélation ; je ne peux pas dire : à partir de tel jour, de telle heure, ma vie s'est transformée. Mais à présent, je suis toujours un peu comme si cela m'avait été brusquement révélé la veille. Je suis éblouie, mal à l'aise, je ne m'habitue pas.

Elle dit ces mots d'une voix calme où demeure un soupçon de fierté d'avoir tant changé. Elle se balance sur sa caisse, avec une grâce extraordinaire. Pas une fois depuis que je suis entré, elle n'a si fort ressemblé à l'Anny d'autrefois, de Marseille. Elle m'a repris, j'ai replongé dans son étrange univers, par-delà le ridicule, la préciosité, la subtilité. J'ai même retrouvé cette petite fièvre qui m'agitait toujours en sa présence et ce goût amer au fond de ma bouche.

Anny décroise les mains et lâche son genou. Elle se tait. C'est un silence concerté ; comme lorsque, à l'Opéra, la scène reste vide, pendant sept mesures d'orchestre exactement. Elle boit son thé. Puis elle pose sa tasse et se tient raide en appuyant ses mains fermées sur le rebord de la caisse.

Soudain elle fait paraître sur sa face son superbe visage de Méduse que j'aimais tant, tout gonflé de haine, tout tordu, venimeux. Anny ne change guère d'expression ; elle change de visage ; comme les acteurs antiques changeaient de masque : d'un coup. Et chacun de ces masques est destiné à créer l'atmosphère, à donner le ton de ce qui suivra. Il apparaît et se maintient sans se modifier pendant qu'elle parle. Puis il tombe, il se détache d'elle.

Elle me fixe sans paraître me voir. Elle va parler. J'attends un discours tragique, haussé à la dignité de son masque, un chant funèbre.

Elle ne dit qu'un seul mot :

— Je me survis.

L'accent ne correspond pas du tout au visage. Il n'est

pas tragique, il est... horrible : il exprime un désespoir
sec, sans larmes, sans pitié. Oui, il y a en elle quelque
chose d'irrémédiablement desséché.

Le masque tombe, elle sourit.

— Je ne suis pas triste du tout. Je m'en suis souvent
étonnée, mais j'avais tort : pourquoi serais-je triste?
J'étais capable autrefois d'assez belles passions. J'ai
passionnément haï ma mère. D'ailleurs toi, dit-elle avec
défi, je t'ai passionnément aimé.

Elle attend une réplique. Je ne dis rien.

— Tout ça, c'est fini, bien entendu.

— Comment peux-tu le savoir?

— Je le sais. Je sais que je ne rencontrerai plus jamais
rien ni personne qui m'inspire de la passion. Tu sais, pour
se mettre à aimer quelqu'un, c'est une entreprise. Il faut
avoir une énergie, une curiosité, un aveuglement... Il y
a même un moment, tout au début, où il faut sauter pardessus un précipice : si on réfléchit, on ne le fait pas. Je
sais que je ne sauterai plus jamais.

— Pourquoi?

Elle me jette un regard ironique et ne répond pas.

— A présent, dit-elle, je vis entourée de mes passions
défuntes. J'essaie de retrouver cette belle fureur qui me
précipita du troisième étage, quand j'avais douze ans,
un jour que ma mère m'avait fouettée.

Elle ajoute, sans rapport apparent, d'un air lointain :

— Il n'est pas bon non plus que je fixe trop longtemps
les objets. Je les regarde pour savoir ce que c'est, puis
il faut que je détourne vite les yeux.

— Mais pourquoi?

— Ils me dégoûtent.

Mais est-ce qu'on ne dirait pas?... Il y a sûrement des
ressemblances en tout cas. Une fois déjà, à Londres,
c'est arrivé, nous avons pensé séparément les mêmes choses
sur les mêmes sujets, à peu près au même moment. J'aimerais tant que... Mais la pensée d'Anny fait de nombreux

détours; on n'est jamais certain de l'avoir tout à fait comprise. Il faut que j'en aie le cœur net.

— Écoute, je voudrais te dire : tu sais que je n'ai jamais très bien su ce que c'était, les moments parfaits; tu ne me l'as jamais expliqué.

— Oui, je sais, tu ne faisais aucun effort. Tu faisais le pieu, à côté de moi.

— Hélas! Je sais ce que ça m'a coûté.

— Tu as bien mérité tout ce qui t'est arrivé, tu étais très coupable; tu m'agaçais avec ton air solide. Tu avais l'air de dire : moi, je suis normal; et tu t'appliquais à respirer la santé, tu ruisselais de santé morale.

— Je t'ai tout de même demandé plus de cent fois de m'expliquer ce que c'était qu'un...

— Oui, mais avec quel ton, dit-elle en colère; tu condescendais à t'informer, voilà la vérité. Tu demandais ça avec une amabilité distraite, comme les vieilles dames qui me demandaient à quoi je jouais, quand j'étais petite. Au fond, dit-elle rêveusement, je me demande si ce n'est pas toi que j'ai le plus haï.

Elle fait un effort sur elle-même, se reprend et sourit, les joues encore enflammées. Elle est très belle.

— Je veux bien t'expliquer ce que c'est. A présent je suis assez vieille pour parler sans colère aux vieilles bonnes femmes comme toi, des jeux de mon enfance. Allons, parle, qu'est-ce que tu veux savoir?

— Ce que c'était.

— Je t'ai bien parlé des situations privilégiées?

— Je ne crois pas.

— Si, dit-elle avec assurance. C'était à Aix, sur cette place dont je ne me rappelle plus le nom. Nous étions dans le jardin d'un café, au gros soleil, sous des parasols orange. Tu ne te rappelles pas : nous buvions des citronnades et j'ai trouvé des mouches mortes dans le sucre en poudre.

— Ah! oui, peut-être...

— Eh bien, je t'ai parlé de ça, dans ce café. Je t'en avais parlé à propos de la grande édition de l'Histoire de Michelet, celle que j'avais quand j'étais petite. Elle était beaucoup plus grande que celle-ci et les feuilles avaient une couleur blême, comme l'intérieur d'un champignon, et elles sentaient aussi le champignon. A la mort de mon père, mon oncle Joseph a mis la main dessus et emporté tous les volumes. C'est ce jour-là que je l'ai appelé vieux cochon, que ma mère m'a fouettée et que j'ai sauté par la fenêtre.

— Oui, oui... tu as dû me parler de cette Histoire de France... Tu ne la lisais pas dans un grenier? Tu vois, je me rappelle. Tu vois que tu étais injuste tout à l'heure quand tu m'accusais d'avoir tout oublié.

— Tais-toi. Donc j'emportais, comme tu t'en es très bien souvenu, ces énormes livres au grenier. Ils avaient très peu d'images, peut-être trois ou quatre par volume. Mais chacune occupait une grande page à elle toute seule, une page dont le verso était resté blanc. Cela me faisait d'autant plus d'effet que, sur les autres feuilles, on avait disposé le texte en deux colonnes pour gagner de la place. J'avais pour ces gravures un amour extraordinaire; je les connaissais toutes par cœur, et quand je relisais un livre de Michelet, je les attendais cinquante pages à l'avance; ça me paraissait toujours un miracle de les retrouver. Et puis il y avait un raffinement : la scène qu'elles représentaient ne se rapportait jamais au texte des pages voisines, il fallait aller chercher l'événement des trente pages plus loin.

— Je t'en supplie, parle-moi des moments parfaits.

— Je te parle des situations privilégiées. C'étaient celles qu'on représentait sur les gravures. C'est moi qui les appelais privilégiées, je me disais qu'elles devaient avoir une importance bien considérable pour qu'on eût consenti à en faire le sujet de ces images si rares. On les avait choisies entre toutes, comprends-tu : et pourtant il y avait beaucoup d'épisodes qui avaient une valeur plastique plus grande, d'autres qui avaient plus d'intérêt historique. Par exemple, pour tout le XVIᵉ siècle, il y avait seulement trois images : une pour la mort d'Henri II, une pour l'assassinat du duc de Guise, et une pour l'entrée d'Henri IV à Paris. Alors je me suis imaginé que ces événements étaient d'une nature particulière. D'ailleurs les gravures me confirmaient dans cette idée : le dessin en était fruste, les bras et les jambes n'étaient jamais très bien attachés aux troncs. Mais c'était plein de grandeur. Quand le duc de Guise est assassiné, par exemple, les spectateurs manifestent leur stupeur et leur indignation en tendant tous les paumes en avant et en détournant la tête ; c'est très beau, on dirait un chœur. Et ne crois pas qu'on ait oublié les détails plaisants, ou anecdotiques. On voyait des pages qui tombaient par terre, des petits chiens qui s'enfuyaient, des bouffons assis sur les marches du trône. Mais tous ces détails étaient traités avec tant de grandeur et tant de maladresse qu'ils étaient en harmonie parfaite avec le reste de l'image : je ne crois pas avoir rencontré de tableaux qui aient une unité aussi rigoureuse. Eh bien, c'est venu de là.

— Les situations privilégiées?

— Enfin, l'idée que je m'en faisais. C'étaient des situations qui avaient une qualité tout à fait rare et précieuse, du style, si tu veux. Être roi, par exemple, quand j'avais huit ans, ça me paraissait une situation privilégiée. Ou bien mourir. Tu ris, mais il y avait tant de gens dessinés au moment de leur mort, et il y en a tant qui ont prononcé des paroles sublimes à ce moment-là, que moi, je croyais de bonne foi... enfin je pensais qu'en entrant dans l'agonie on était transporté au-dessus de soi-même. D'ailleurs, il suffisait d'être dans la chambre d'un mort : la mort étant une situation privilégiée quelque chose émanait d'elle et se communiquait à toutes les personnes présentes. Une espèce de grandeur. Quand mon père est mort, on m'a fait monter dans sa chambre pour le voir une dernière fois. En montant l'escalier, j'étais très malheureuse, mais j'étais aussi comme ivre d'une sorte de joie religieuse ; j'entrais enfin dans une situation privilégiée. Je me suis appuyée au mur, j'ai essayé de faire les gestes qu'il fallait. Mais il y avait ma tante et ma mère, agenouillées au bord du lit, qui gâchaient tout par leurs sanglots.

Elle dit ces derniers mots avec humeur, comme si le souvenir en était encore cuisant. Elle s'interrompt ; le regard fixe, les sourcils levés, elle profite de l'occasion pour revivre la scène encore une fois.

— Plus tard, j'ai élargi tout ça ; j'y ai ajouté d'abord une situation nouvelle, l'amour (je veux dire l'acte de faire l'amour). Tiens, si tu n'as jamais compris, pourquoi je me refusais à... à certaines de tes demandes, c'est une occasion de le comprendre : pour moi, il y avait quelque chose à sauver. Et puis alors je me suis dit qu'il devait y avoir beaucoup plus de situations privilégiées que je pourrais compter, finalement j'en ai admis une infinité.

— Oui, mais enfin qu'est-ce que c'était?

— Eh bien, mais je te l'ai dit, dit-elle avec étonnement, voilà un quart d'heure que je te l'explique.

— Enfin est-ce qu'il fallait surtout que les gens soient très passionnés, transportés de haine ou d'amour, par exemple ; ou bien fallait-il que l'aspect extérieur de l'événement soit grand, je veux dire : ce qu'on en peut voir...

— Les deux... ça dépendait, répond-elle de mauvaise grâce.

— Et les moments parfaits? Qu'est-ce qu'ils viennent faire là-dedans?

— Ils viennent après. Il y a d'abord des signes annonciateurs. Puis la situation privilégiée, lentement, majestueusement, entre dans la vie des gens. Alors la question se pose de savoir si on veut en faire un moment parfait.

— Oui, dis-je, j'ai compris. Dans chacune des situations privilégiées, il y a certains actes qu'il faut faire,

La nausée.

des attitudes qu'il faut prendre, des paroles qu'il faut dire — et d'autres attitudes, d'autres paroles sont strictement défendues. Est-ce que c'est cela?

— Si tu veux...

— En somme, la situation c'est de la matière : cela demande à être traité.

— C'est cela, dit-elle : il fallait d'abord être plongé dans quelque chose d'exceptionnel et sentir qu'on y mettait de l'ordre. Si toutes ces conditions avaient été réalisées, le moment aurait été parfait.

— En somme, c'est une sorte d'œuvre d'art.

— Tu m'as déjà dit ça, dit-elle avec agacement. Mais non : c'était... un devoir.. Il *fallait* transformer les situations privilégiées en moments parfaits. C'était une question de morale. Oui, tu peux bien rire : de morale.

Je ne ris pas du tout.

— Écoute, lui dis-je spontanément, moi aussi je vais reconnaître mes torts. Je ne t'ai jamais bien comprise, je n'ai jamais essayé sincèrement de t'aider. Si j'avais su...

— Merci, merci beaucoup, dit-elle ironiquement. J'espère que tu ne t'attends pas à de la reconnaissance pour ces regrets tardifs. D'ailleurs je ne t'en veux pas ; je ne t'ai jamais rien expliqué clairement, j'étais nouée, je ne pouvais en parler à personne, même pas à toi — surtout pas à toi. Il y avait toujours quelque chose qui sonnait faux dans ces moments-là. Alors j'étais comme égarée. J'avais pourtant l'impression de faire tout ce que je pouvais.

— Mais qu'est-ce qu'il fallait faire? Quelles actions?

— Que tu es sot, on ne peut pas donner d'exemple. ça dépend.

— Mais raconte-moi ce que tu essayais de faire.

— Non, je ne tiens pas à en parler. Mais, si tu veux, voilà une histoire qui m'avait beaucoup frappée quand j'allais à l'école. Il y avait un roi qui avait perdu une bataille et qui avait été fait prisonnier. Il était là, dans un coin, dans le camp du vainqueur. Il voit passer son fils et sa fille enchaînés. Il n'a pas pleuré, il n'a rien dit. Ensuite, il voit passer, enchaîné lui aussi, un de ses serviteurs. Alors il s'est mis à gémir et à s'arracher les cheveux. Tu peux inventer toi-même des exemples. Tu vois : il y a des cas où on ne doit pas pleurer — ou bien alors on est immonde. Mais si on se laisse tomber une bûche sur le pied, on peut faire ce qu'on veut, geindre, sangloter, sauter sur l'autre pied. Ce qui serait sot, ce serait d'être tout le temps stoïque : on s'épuiserait pour rien.

Elle sourit :

— D'autres fois il fallait être *plus* que stoïque. Tu ne te rappelles pas, naturellement, la première fois que je t'ai embrassé?

— Si, très bien, dis-je triomphalement, c'était dans les jardins de Kiew, au bord de la Tamise.

— Mais ce que tu n'as jamais su c'est que je m'étais assise sur des orties : ma robe s'était relevée, j'avais les cuisses couvertes de piqûres et, au moindre mouvement, c'étaient de nouvelles piqûres. Eh bien, là, le stoïcisme n'aurait pas suffi. Tu ne me troublais pas du tout, je n'avais pas une envie particulière de tes lèvres, ce baiser que j'allais te donner était d'une bien plus grande importance, c'était un engagement, un pacte. Alors tu comprends, cette douleur était impertinente, il ne m'était pas permis de penser à mes cuisses dans un moment comme celui-là. Il ne suffisait pas de ne pas marquer ma souffrance : il fallait ne pas souffrir.

Elle me regarde fièrement, encore toute surprise de ce qu'elle a fait :

— Pendant plus de vingt minutes, tout le temps que tu insistais pour l'avoir, ce baiser que j'étais bien décidée à te donner, tout le temps que je me faisais prier — parce qu'il fallait te le donner selon les formes — je suis arrivée à m'anesthésier complètement. Dieu sait pourtant que j'ai la peau sensible : je n'ai *rien* senti, jusqu'à ce que nous nous soyons relevés.

C'est ça, c'est bien ça. Il n'y a pas d'aventures — il n'y a pas de moments parfaits... nous avons perdu les mêmes illusions, nous avons suivi les mêmes chemins. Je devine le reste — je peux même prendre la parole à sa place et dire moi-même ce qui lui reste à dire :

— Et alors, tu t'es rendu compte qu'il y avait toujours des bonnes femmes en larmes, ou un type roux, ou n'importe quoi d'autre pour gâcher tes effets?

— Oui, naturellement, dit-elle sans enthousiasme.

— Ce n'est pas cela?

— Oh! tu sais, les maladresses d'un type roux j'aurais peut-être pu m'y résigner à la longue. Après tout j'étais bien bonne de m'intéresser à la façon dont les autres jouaient leur rôle... non, c'est plutôt...

— Qu'il n'y a pas de situations privilégiées?

— Voilà. Je croyais que la haine, l'amour ou la mort descendaient sur nous, comme des langues de feu du Vendredi saint. Je croyais qu'on pouvait rayonner de haine ou de mort. Quelle erreur! Oui, vraiment, je pensais que ça existait « la Haine », que ça venait se poser sur les gens et les élever au-dessus d'eux-mêmes. Naturellement, il n'y a que moi, moi qui hais, moi qui aime. Et alors ça, moi, c'est toujours la même chose, une pâte qui s'allonge, qui s'allonge... ça se ressemble même tellement qu'on se demande comment les gens ont eu l'idée d'inventer des noms, de faire des distinctions.

Elle pense comme moi. Il me semble que je ne l'ai jamais quittée.

— Écoute bien, lui dis-je, depuis un moment je pense à une chose qui me plaît bien plus que le rôle de borne que tu m'as généreusement donné : c'est que nous avons changé ensemble et de la même façon. J'aime mieux ça, tu sais, que de te voir t'éloigner de plus en plus et d'être condamné à marquer éternellement ton point de départ.

210

Tout ce que tu m'as raconté, j'étais venu te le raconter — avec d'autres mots, il est vrai. Nous nous rencontrons à l'arrivée. Je ne peux pas te dire comme ça me fait plaisir.

— Oui? dit-elle doucement mais d'un air entêté, eh bien, j'aurais tout de même mieux aimé que tu ne changes pas ; c'était plus commode. Je ne suis pas comme toi, ça me déplaît plutôt de savoir que quelqu'un a pensé les mêmes choses que moi. D'ailleurs, tu dois te tromper.

Je lui raconte mes aventures, je lui parle de l'existence — peut-être un peu trop longuement. Elle écoute avec application, les yeux grands ouverts, les sourcils levés.

Quand j'ai fini, elle a l'air soulagée.

— Eh bien, mais tu ne penses pas du tout les mêmes choses que moi. Tu te plains parce que les choses ne se disposent pas autour de toi comme un bouquet de fleurs, sans que tu te donnes la peine de rien faire. Mais jamais je n'en ai tant demandé : je voulais agir. Tu sais, quand nous jouions à l'aventurier et à l'aventurière : toi tu étais celui à qui il arrive des aventures moi j'étais celle qui les fait arriver. Je disais : « Je suis un homme d'action. » Tu te rappelles? Eh bien, je dis simplement à présent : on ne peut pas être un homme d'action.

Il faut croire que je n'ai pas l'air convaincu, car elle s'anime et reprend avec plus de force :

— Et puis il y a un tas d'autres choses que je ne t'ai pas dites, parce que ce serait beaucoup trop long à t'expliquer. Par exemple, il aurait fallu que je puisse me dire, au moment même où j'agissais, que ce que je faisais aurait des suites... fatales. Je ne peux pas bien t'expliquer...

— Mais c'est tout à fait inutile, dis-je d'un air assez pédant, ça aussi, je l'ai pensé.

Elle me regarde avec méfiance.

— A t'en croire, tu aurais tout pensé de la même façon que moi : tu m'étonnes bien.

Je ne peux pas la convaincre, je ne ferais que l'irriter. Je me tais. J'ai envie de la prendre dans mes bras.

Tout à coup elle me regarde d'un air anxieux :

— Et alors, si tu as pensé à tout ça, qu'est-ce qu'on peut faire?

Je baisse la tête.

— Je me... je me survis? répète-t-elle lourdement.

Que puis-je lui dire? Est-ce que je connais des raisons de vivre? Je ne suis pas, comme elle, désespéré, parce que je n'attendais pas grand-chose. Je suis plutôt... étonné devant cette vie qui m'est donnée — donnée pour *rien*. Je garde la tête baissée, je ne veux pas voir le visage d'Anny en ce moment.

— Je voyage, poursuit-elle d'une voix morne ; je reviens de Suède. Je me suis arrêtée huit jours à Berlin. Il y a ce type qui m'entretient...

La prendre dans mes bras... A quoi bon? Je ne peux rien pour elle? Elle est seule comme moi.

Elle me dit, d'une voix plus gaie :

— Qu'est-ce que tu grommelles...

Je relève les yeux. Elle me regarde avec tendresse.

— Rien. Je pensais seulement à quelque chose.

— O mystérieux personnage! Eh bien, parle ou tais-toi, mais choisis.

Je lui parle du *Rendez-vous des Cheminots*, du vieux *ragtime* que je me fais jouer au piano, de l'étrange bonheur qu'il me donne.

— Je me demandais si de ce côté-là on ne pouvait pas trouver ou enfin chercher...

Elle ne répond rien, je crois qu'elle ne s'est pas beaucoup intéressée à ce que je lui ai dit.

Elle reprend tout de même, au bout d'un instant — et je ne sais si elle poursuit ses pensées ou si c'est une réponse à ce que je viens de lui dire.

— Les tableaux, les statues, c'est inutilisable : c'est beau *en face* de moi. La musique...

— Mais au théâtre...

212

— Eh bien quoi, au théâtre ? Tu veux énumérer tous les beaux-arts ?

— Tu disais autrefois que tu voulais faire du théâtre parce qu'on devait, sur la scène, réaliser des moments parfaits !

— Oui, je les ai réalisés : pour les autres. J'étais dans la poussière, au courant d'air, sous les lumières crues, entre des portants de carton. En général, j'avais Thorndyke pour partenaire. Je crois que tu l'as vu jouer, à Covent Garden. J'avais toujours peur de lui éclater de rire au nez.

— Mais tu n'étais jamais prise par ton rôle ?

— Un peu, par moments : jamais très fort. L'essentiel, pour nous tous, c'était le trou noir, juste devant nous, au fond duquel il y avait des gens qu'on ne voyait pas ; à ceux-là, évidemment, on présentait un moment parfait. Mais, tu sais, ils ne vivaient pas dedans : il se déroulait devant eux. Et nous, les acteurs, tu penses que nous vivions dedans ? Finalement il n'était nulle part, ni d'un côté ni de l'autre de la rampe, il n'existait pas ; et pourtant tout le monde pensait à lui. Alors tu comprends, mon petit, dit-elle d'un ton traînant et presque canaille, j'ai tout envoyé promener.

— Moi j'avais essayé d'écrire ce livre...

Elle m'interrompt.

— Je vis dans le passé. Je reprends tout ce qui m'est arrivé et je l'arrange. De loin, comme ça, ça ne fait pas mal, on s'y laisserait presque prendre. Toute notre histoire est assez belle. Je lui donne quelques coups de pouce et ça fait une suite de moments parfaits. Alors je ferme les yeux et j'essaie de m'imaginer que je vis encore dedans. J'ai d'autres personnages aussi. Il faut savoir se concentrer. Tu ne sais pas ce que j'ai lu ? Les *Exercices spirituels*, de Loyola. Ça m'a été très utile. Il y a une manière de poser d'abord le décor, puis de faire apparaître les personnages. On arrive à *voir*, ajouta-t-elle d'un air magique.

— Eh bien, ça ne me satisferait pas du tout, dis-je.

— Crois-tu que ça me satisfasse?

Nous restons un moment silencieux. Le soir tombe ; je distingue à peine la tache pâle de son visage. Son vêtement noir se confond avec l'ombre qui a envahi la pièce. Machinalement, je prends ma tasse, où reste encore un peu de thé et je la porte à mes lèvres. Le thé est froid. J'ai envie de fumer, mais je n'ose pas. J'ai l'impression pénible que nous n'avons plus rien à nous dire. Hier encore, j'avais tant de questions à lui poser : où avait-elle été, qu'avait-elle fait, qui avait-elle rencontré? Mais cela ne m'intéressait que dans la mesure où Anny s'était donnée de tout son cœur. A présent, je suis sans curiosité : tous ces pays, toutes ces villes où elle a passé, tous ces hommes qui lui ont fait la cour et que peut-être elle a aimés, tout cela ne tenait pas à elle, tout cela lui était au fond tellement indifférent : de petits éclats de soleil à la surface d'une mer sombre et froide. Anny est en face de moi, nous ne nous sommes pas vus depuis quatre ans, et nous n'avons plus rien à nous dire.

— A présent, dit Anny, tout à coup, il faut que tu partes. J'attends quelqu'un.

— Tu attends...?

— Non, j'attends un Allemand, un peintre.

Elle se met à rire. Ce rire sonne étrangement dans la pièce obscure.

— Tiens, en voilà un qui n'est pas comme nous — pas encore. Il agit, celui-là, il se dépense.

Je me lève à contrecœur.

— Quand te revois-je?

— Je ne sais pas, je pars demain soir pour Londres.

— Par Dieppe?

— Oui et je pense qu'ensuite j'irai en Égypte. Peut-être que je repasserai à Paris l'hiver prochain, je t'écrirai.

— Demain je suis libre toute la journée, lui dis-je timidement.

— Oui, mais moi j'ai beaucoup à faire, répond-elle

d'une voix sèche. Non, je ne peux pas te voir. Je t'écrirai d'Égypte. Tu n'as qu'à me donner ton adresse.

— C'est ça.

Je griffonne mon adresse, dans la pénombre, sur un bout d'enveloppe. Il faudra que je dise à l'hôtel Printania qu'on me fasse suivre mes lettres, quand je quitterai Bouville. Au fond, je sais bien qu'elle n'écrira pas. Peut-être la reverrai-je dans dix ans. Peut-être est-ce la dernière fois que je la vois. Je ne suis pas simplement accablé de la quitter ; j'ai une peur affreuse de retrouver ma solitude.

Elle se lève ; à la porte elle m'embrasse légèrement sur la bouche.

— C'est pour me rappeler tes lèvres, dit-elle en souriant. Il faut que je rajeunisse mes souvenirs, pour mes « Exercices spirituels ».

Je la prends par le bras et je la rapproche de moi. Elle ne résiste pas, mais elle fait non de la tête.

— Non. Ça ne m'intéresse plus. On ne recommence pas... Et puis, d'ailleurs, pour ce qu'on peut faire des gens, le premier venu un peu joli garçon vaut autant que toi.

— Mais alors qu'est-ce que tu vas faire?

— Mais je te l'ai dit, je vais en Angleterre.

— Non, je veux dire...

— Eh bien, rien!

Je n'ai pas lâché ses bras, je lui dis doucement :

— Alors, il faut que je te quitte après t'avoir retrouvée.

A présent je distingue nettement son visage. Tout à coup il devient blême et tiré. Un visage de vieille femme, absolument affreux ; celui-là, je suis bien sûr qu'elle ne l'a pas appelé : il est là, à son insu, ou peut-être malgré elle.

— Non, dit-elle lentement, non. Tu ne m'as pas retrouvée.

Elle dégage ses bras. Elle ouvre la porte. Le couloir est ruisselant de lumière.

Anny se met à rire.

— Le pauvre! Il n'a pas de chance. Pour la première

215

fois qu'il joue bien son rôle, on ne lui en sait aucun gré. Allons, va-t'en.

J'entends la porte se refermer derrière moi.

Dimanche.

Ce matin, j'ai consulté l'Indicateur des Chemins de fer : en supposant qu'elle ne m'ait pas menti, elle partirait par le train de Dieppe à cinq heures trente-huit. Mais peut-être son type l'emmènerait-il en auto ? J'ai erré toute la matinée dans les rues de Ménilmontant et puis, l'après-midi, sur les quais. Quelques pas, quelques murs me séparaient d'elle. A cinq heures trente-huit, notre entretien d'hier deviendrait un souvenir, la femme opulente dont les lèvres avaient effleuré ma bouche rejoindrait dans le passé la petite fille maigre de Meknès, de Londres. Mais rien encore n'était passé, puisqu'elle était encore là, puisqu'il était encore possible de la revoir, de la convaincre, de l'emmener avec moi pour toujours. Je ne me sentais pas encore seul.

Je voulus détourner ma pensée d'Anny, parce que, à force d'imaginer son corps et son visage, j'étais tombé dans un extrême énervement : mes mains tremblaient et j'étais parcouru de frissons glacés. Je me mis à feuilleter les livres, aux étalages des revendeurs, et tout particulièrement les publications obscènes, parce que, malgré tout, ça occupe l'esprit.

Quand cinq heures sonnèrent à l'horloge de la gare d'Orsay, je regardais les gravures d'un ouvrage intitulé *Le Docteur au fouet*. Elles étaient peu variées : dans la plupart d'entre elles, un grand barbu brandissait une cravache au-dessus de monstrueuses croupes nues. Dès que j'eus compris qu'il était cinq heures, je rejetai le livre au milieu des autres et je sautai dans un taxi, qui me conduisit à la gare Saint-Lazare.

Je me suis promené une vingtaine de minutes sur ce quai,

puis je les ai vus. Elle portait un gros manteau de fourrure qui lui donnait l'air d'une dame. Et une voilette. Le type avait un manteau de poils de chameau. Il était bronzé, jeune encore, très grand, très beau. Un étranger, sûrement, mais pas un Anglais ; peut-être un Égyptien. Ils sont montés dans le train sans me voir. Ils ne se parlaient pas. Ensuite le type est redescendu et il a acheté des journaux. Anny a baissé la glace de son compartiment ; elle m'a vu. Elle m'a longuement regardé, sans colère, avec des yeux inexpressifs. Puis le type est remonté dans le wagon et le train est parti. A ce moment-là, j'ai vu nettement le restaurant de Picca-dilly où nous déjeunions autrefois, puis tout a claqué. J'ai marché. Quand je me suis senti fatigué, je suis entré dans ce café et je me suis endormi. Le garçon vient de me réveiller et j'écris ceci dans le demi-sommeil.

Je rentrerai demain à Bouville par le train de midi. Il me suffira d'y rester deux jours : pour faire mes valises et régler mes affaires à la banque. Je pense qu'ils voudront, à l'hôtel Printania, que je leur paie une quinzaine de plus, parce que je ne les ai pas prévenus. Il faudra aussi que je rende à la bibliothèque les livres que j'ai empruntés. De toute façon, je serai de retour à Paris avant la fin de la semaine.

Et qu'est-ce que je gagnerai au change? C'est toujours une ville : celle-ci est fendue par un fleuve, l'autre est bor-dée par la mer, à cela près elles se ressemblent. On choisit une terre pelée, stérile, et on y roule de grandes pierres creu-ses. Dans ces pierres, des odeurs sont captives, des odeurs plus lourdes que l'air. Quelquefois on les jette par la fenêtre dans les rues et elles y restent jusqu'à ce que les vents les aient déchirées. Par temps clair, les bruits entrent par un bout de la ville et sortent par l'autre bout, après avoir traversé tous les murs ; d'autres fois, entre ces pierres que le soleil cuit, que le gel fend, ils tournent en rond.

J'ai peur des villes. Mais il ne faut pas en sortir. Si on s'aventure trop loin, on rencontre le cercle de la Végétation. La Végétation a rampé pendant des kilomètres vers les villes.

Elle attend. Quand la ville sera morte, la Végétation l'enva-
hira, elle grimpera sur les pierres, elle les enserrera, les
fouillera, les fera éclater de ses longues pinces noires ; elle
aveuglera les trous et laissera pendre partout des pattes
vertes. Il faut rester dans les villes, tant qu'elles sont vivantes,
il ne faut pas pénétrer seul sous cette grande chevelure qui
est à leurs portes : il faut la laisser onduler et craquer sans
témoins. Dans les villes, si l'on sait s'arranger, choisir les
heures où les bêtes digèrent ou dorment, dans leurs trous,
derrière des amoncellements de détritus organiques, on
ne rencontre guère que des minéraux, les moins effrayants
des existants.

Je vais rentrer à Bouville. La Végétation n'assiège Bouville que de trois côtés. Sur le quatrième côté, il y a un
grand trou, plein d'eau noire qui remue toute seule. Le
vent siffle entre les maisons. Les odeurs restent moins
longtemps qu'ailleurs : chassées sur la mer par le vent, elles
filent au ras de l'eau noire comme de petits brouillards
follets. Il pleut. On a laissé pousser des plantes entre quatre
grilles. Des plantes châtrées, domestiquées, inoffensives
tant elles sont grasses. Elles ont d'énormes feuilles blanchâtres qui pendent comme des oreilles. A toucher, on dirait
du cartilage. Tout est gras et blanc à Bouville, à cause de
toute cette eau qui tombe du ciel. Je vais rentrer à Bouville.
Quelle horreur !

Je me réveille en sursaut. Il est minuit. Il y a six heures
qu'Anny a quitté Paris. Le bateau a pris la mer. Elle dort
dans une cabine et, sur le pont, le beau type bronzé fume
des cigarettes.

Mardi à Bouville.

Est-ce que c'est ça, la liberté? Au-dessous de moi,
les jardins descendent mollement vers la ville et, dans
chaque jardin, s'élève une maison. Je vois la mer, lourde,
immobile, je vois Bouville. Il fait beau.

Je suis libre : il ne me reste plus aucune raison de vivre, toutes celles que j'ai essayées ont lâché et je ne peux plus en imaginer d'autres. Je suis encore assez jeune, j'ai encore assez de forces pour recommencer. Mais que faut-il recommencer? Combien, au plus fort de mes terreurs, de mes nausées, j'avais compté sur Anny pour me sauver, je le comprends seulement maintenant. Mon passé est mort. M. de Rollebon est mort, Anny n'est revenue que pour m'ôter tout espoir. Je suis seul dans cette rue blanche que bordent les jardins. Seul et libre. Mais cette liberté ressemble un peu à la mort.

Aujourd'hui ma vie prend fin. Demain j'aurai quitté cette ville qui s'étend à mes pieds, où j'ai si longtemps vécu. Elle ne sera plus qu'un nom, trapu, bourgeois, bien français, un nom dans ma mémoire, moins riche que ceux de Florence ou de Bagdad. Il viendra une époque où je me demanderai : « Mais enfin, quand j'étais à Bouville, qu'est-ce que je pouvais donc faire, au long de la journée? » Et de ce soleil, de cet après-midi, il ne] restera rien, pas même un souvenir.

Toute ma vie est derrière moi. Je la vois tout entière, je vois sa forme et les lents mouvements qui m'ont mené jusqu'ici. Il y a peu de choses à en dire : c'est une partie perdue, voilà tout. Voici trois ans que je suis entré à Bouville, solennellement. J'avais perdu la première manche. J'ai voulu jouer la seconde et j'ai perdu aussi : j'ai perdu la partie. Du même coup, j'ai appris qu'on perd toujours. Il n'y a que les salauds qui croient gagner. A présent, je vais faire comme Anny, je vais me survivre. Manger, dormir. Dormir, manger. Exister lentement, doucement, comme ces arbres, comme une flaque d'eau, comme la banquette rouge du tramway.

La Nausée me laisse un court répit. Mais je sais qu'elle reviendra : c'est mon état normal. Seulement, aujourd'hui mon corps est trop épuisé pour la supporter. Les malades aussi ont d'heureuses faiblesses qui leur ôtent, quelques heures, la conscience de leur mal. Je m'ennuie, c'est tout. De temps en temps je bâille si fort que les larmes me roulent sur les joues. C'est un ennui profond, profond, le cœur profond de l'existence, la matière même dont je suis fait. Je ne me néglige pas, bien au contraire : ce matin j'ai pris un bain, je me suis rasé. Seulement, quand je repense à tous ces petits actes soigneux, je ne comprends pas comment j'ai pu les faire : ils sont si vains. Ce sont les habitudes, sans doute, qui les ont faits pour moi. Elles ne sont pas mortes, elles, elles continuent à s'affairer, à tisser tout doucement, insidieusement leurs trames elles me lavent, m'essuient, m'habillent, comme des nourrices. Est-ce que ce sont elles, aussi, qui m'ont conduit sur cette colline? Je ne me rappelle plus comment je suis venu. Par l'escalier Dautry, sans doute : est-ce que j'ai gravi vraiment une à une ses cent dix marches? Ce qui est peut-être encore plus difficile à imaginer, c'est que, tout à l'heure, je vais les redescendre. Pourtant, je le sais : je me retrouverai dans un moment au bas du Coteau Vert, je pourrai, en levant la tête, voir s'éclairer au loin les fenêtres de ces maisons qui sont si proches. Au loin. Au-dessus de ma tête ; et cet instant-ci, dont je ne puis sortir, qui m'enferme et me borne de tout côté, cet instant dont je suis fait ne sera plus qu'un songe brouillé.

Je regarde, à mes pieds, les scintillements gris de Bouville. On dirait, sous le soleil, des monceaux de coquilles d'écailles, d'esquilles d'os, de graviers. Perdu entre ces débris, de minuscules éclats de verre ou de mica jettent par intermittence des feux légers. Les rigoles, les tranchées, les minces sillons qui courent entre les coquilles, dans une heure ce seront des rues, je marcherai dans ces rues, entre des murs. Ces petits bonshommes noirs que je distingue dans la rue Boulibet, dans une heure je serai l'un d'eux.

Comme je me sens loin d'eux, du haut de cette colline. Il me semble que j'appartiens à une autre espèce. Ils sortent des bureaux, après leur journée de travail, ils regardent les maisons et les squares d'un air satisfait, ils pensent que c'est *leur* ville, une « belle cité bourgeoise ». Ils n'ont pas peur, ils se sentent chez eux. Ils n'ont jamais vu que l'eau apprivoisée qui coule des robinets, que la lumière qui jaillit des ampoules quand on appuie sur l'interrupteur, que les arbres métis, bâtards, qu'on soutient avec des fourches. Ils ont la preuve, cent fois par jour, que tout se fait par mécanisme, que le monde obéit à des lois fixes et immuables. Les corps abandonnés dans le vide tombent tous à la même vitesse, le jardin public est fermé tous les jours à seize heures en hiver, à dix-huit heures en été, le plomb fond à 335°, le dernier tramway part de l'Hôtel de Ville à vingt-trois heures cinq. Ils sont paisibles, un peu moroses, ils pensent à Demain, c'est-à-dire, simplement, à un nouvel aujourd'hui ; les villes ne disposent que d'une seule journée qui revient toute pareille à chaque matin. A peine la pomponne-t-on un peu, les dimanches. Les imbéciles. Ça me répugne, de penser que je vais revoir leurs faces épaisses et rassurées. Ils légifèrent, ils écrivent des romans populistes, ils se marient, ils ont l'extrême sottise de faire des enfants. Cependant, la grande nature vague s'est glissée dans leur ville, elle s'est infiltrée, partout, dans leur maison, dans leurs bureaux, en eux-mêmes. Elle ne bouge pas, elle se tient tranquille et eux, ils sont en plein dedans, ils la respirent et ils ne la voient pas, ils s'imaginent qu'elle est dehors, à vingt lieues de la ville. Je la *vois*, moi, cette nature, je la *vois*... Je sais que sa soumission est paresse, je sais qu'elle n'a pas de lois : ce qu'ils prennent pour sa constance... Elle n'a que des habitudes et elle peut en changer demain.

S'il arrivait quelque chose? Si tout d'un coup elle se mettait à palpiter? Alors ils s'apercevraient qu'elle est là et il leur semblerait que leur cœur va craquer. Alors de quoi leur serviraient leurs digues et leurs remparts et leurs centrales électriques et leurs hauts fourneaux et leurs marteaux-pilons? Cela peut arriver n'importe quand, tout de suite peut-être : les présages sont là. Par exemple, un père de famille en promenade verra venir à lui, à travers la rue, un chiffon rouge comme poussé par le vent. Et quand le chiffon sera tout près de lui, il verra que c'est un quartier de viande pourrie, maculé de poussière, qui se traîne en rampant, en sautillant, un bout de chair torturée qui se roule dans les ruisseaux en projetant par spasmes des jets de sang. Ou bien une mère regardera la joue de son enfant et lui demandera : « Qu'est-ce que tu as là, c'est un bouton? » et elle verra la chair se bouffir, un peu, se crevasser, s'entrouvrir et, au fond de la crevasse, un troisième œil, un œil rieur apparaîtra. Ou bien ils sentiront de doux frôlements sur tout leur corps, comme les caresses que les joncs, dans les rivières, font aux nageurs. Et ils sauront que leurs vêtements sont devenus des choses vivantes. Et un autre trouvera qu'il y a quelque chose qui le gratte dans la bouche. Et il s'approchera d'une glace, ouvrira la bouche : et sa langue sera devenue un énorme mille-pattes tout vif, qui tricotera des pattes et lui raclera le palais. Il voudra le cracher, mais le mille-pattes, ce sera une partie de lui-même et il faudra qu'il l'arrache avec ses mains. Et des foules de choses apparaîtront pour lesquelles il faudra trouver des noms nouveaux, l'œil de pierre, le grand bras tricorne, l'orteil-béquille, l'araignée-mâchoire. Et celui qui se sera endormi dans son bon lit, dans sa douce chambre chaude se réveillera tout nu sur un sol bleuâtre, dans une forêt de verges bruissantes, dressées rouges et blanches vers le ciel comme les cheminées de Jouxtebouville, avec de grosses couilles à demi sorties de terre, velues et bulbeuses, comme des oignons. Et des oiseaux voletteront autour de ces verges et les picoreront de leurs becs et les feront saigner. Du sperme coulera lentement, doucement, de ces blessures, du sperme mêlé de sang, vitreux et tiède avec de petites bulles. Ou alors rien de tout cela n'arrivera, il ne se produira aucun

222

changement appréciable, mais les gens, un matin, en ouvrant leurs persiennes, seront surpris par une espèce de sens affreux, lourdement posé sur les choses et qui aura l'air d'attendre. Rien que cela : mais pour peu que cela dure quelque temps, il y aura des suicides par centaines. Eh bien; oui! Que cela change un peu, pour voir, je ne demande pas mieux. On en verra d'autres, alors, plongés brusquement dans la solitude. Des hommes tout seuls, entièrement seuls avec d'horribles monstruosités, courront par les rues, passeront lourdement devant moi, les yeux fixes, fuyant leurs maux et les emportant avec soi, la bouche ouverte, avec leur langue-insecte qui battra des ailes. Alors j'éclaterai de rire, même si mon corps est couvert de sales croûtes louches qui s'épanouissent en fleurs de chair, en violettes, en renoncules. Je m'adosserai à un mur et je leur crierai au passage : « Qu'avez-vous fait de votre science? Qu'avez-vous fait de votre humanisme? Où est votre dignité de roseau pensant? » Je n'aurai pas peur — ou du moins pas plus qu'en ce moment. Est-ce que ce ne sera pas toujours de l'existence, des variations sur l'existence? Tous ces yeux qui mangeront lentement un visage, ils seront de trop, sans doute, mais pas plus que les deux premiers. C'est de l'existence que j'ai peur.

Le soir tombe, les premières lampes s'allument dans la ville. Mon Dieu! Comme la ville a l'air *naturelle*, malgré toutes ses géométries, comme elle a l'air écrasée par le soir. C'est tellement... évident, d'ici ; se peut-il que je sois le seul à le voir? N'y a-t-il nulle part d'autre Cassandre, au sommet d'une colline, regardant à ses pieds une ville engloutie au fond de la nature? D'ailleurs que m'importe? Que pourrais-je lui dire?

Mon corps, tout doucement, se tourne vers l'Est, oscille un peu et se met en marche.

J'ai parcouru la ville entière pour retrouver l'Auto-didacte. Sûrement, il n'est pas rentré chez lui. Il doit marcher au hasard, accablé de honte et d'horreur, ce pauvre humaniste dont les hommes ne veulent plus. A vrai dire, je n'ai guère été surpris quand la chose est arrivée : depuis longtemps, je sentais que sa tête douce et craintive appelait sur elle le scandale. Il était si peu coupable : c'est à peine de la sensualité, son humble amour contemplatif pour les jeunes garçons — une forme d'humanisme, plutôt. Mais il fallait bien qu'un jour il se retrouve seul. Comme M. Achille, comme moi : il est de ma race, il a de la bonne volonté. A présent, il est entré dans la solitude — et pour toujours. Tout s'est écroulé d'un coup, ses rêves de culture, ses rêves d'entente avec les hommes. D'abord il y aura la peur, l'horreur et les nuits sans sommeil, et puis, après ça, la longue suite de jours d'exil. Il reviendra errer, le soir, dans la cour des Hypothèques ; il regardera de loin les fenêtres étincelantes de la bibliothèque et le cœur lui manquera quand il se rappellera les longues rangées de livres, leurs reliures de cuir, l'odeur de leurs pages. Je regrette de ne pas l'avoir accompagné, mais il ne l'a pas voulu ; c'est lui qui m'a supplié de le laisser seul : il commençait l'apprentissage de la solitude. J'écris ceci au café Mably. J'y suis entré cérémonieusement, je voulais contempler le gérant, la caissière et sentir avec force que je les voyais pour la dernière fois. Mais je ne peux détourner ma pensée de l'Autodidacte, j'ai toujours devant les yeux son visage défait, plein de reproche et son haut col sanglant. Alors j'ai demandé du papier et je vais raconter ce qui lui est arrivé.

Je me suis amené à la bibliothèque vers deux heures de l'après-midi. Je pensais : « La bibliothèque. J'entre ici pour la dernière fois. »

La salle était presque déserte. J'avais peine à la reconnaître parce que je savais que je n'y reviendrai jamais. Elle était légère comme une vapeur, presque irréelle, toute rousse ; le soleil couchant teintait de roux la table réservée aux lectrices, la porte, le dos des livres. Une seconde, j'eus l'impression charmante de pénétrer dans un sous-bois plein de feuilles dorées ; je souris. Je pensai : « Comme il y a longtemps que je n'ai souri. » Le Corse regardait par la fenêtre, les mains derrière le dos. Que voyait-il ? Le crâne d'Impétraz ? « Moi je ne verrai plus le crâne d'Impétraz, ni son haut-de-forme ni sa redingote. Dans six heures, j'aurai quitté Bouville. » Je posai sur le bureau du sous-bibliothécaire les deux volumes que j'avais empruntés le mois dernier. Il déchira une fiche verte et m'en tendit les morceaux :

— Voilà, monsieur Roquentin.

— Merci.

Je pensai : « A présent, je ne leur dois plus rien. Je ne dois plus rien à personne d'ici. J'irai faire tout à l'heure mes adieux à la patronne du *Rendez-vous des Cheminots*. Je suis libre. » J'hésitai quelques instants : emploierais-je ces derniers moments à faire une longue promenade dans Bouville, à revoir le boulevard Victor-Hugo, l'avenue Galvani, la rue Tournebride ? Mais ce sous-bois était si calme, si pur : il me semblait qu'il existait à peine et que la Nausée l'avait épargné. J'allai m'asseoir près du poêle. Le *Journal de Bouville* traînait sur la table. J'allongeai la main, je le pris.

« Sauvé par son chien.

« M. Dubosc, propriétaire à Remiredon, rentrait hier soir à bicyclette de la foire de Naugis... »

Une grosse dame vint s'asseoir à ma droite. Elle posa son chapeau de feutre à côté d'elle. Son nez était planté dans son visage comme un couteau dans une pomme. Sous le nez, un petit trou obscène se fronçait dédaigneusement. Elle tira de son sac un livre relié, s'accouda à la table en appuyant sa tête sur ses mains grasses. En face de moi, un vieux monsieur dormait. Je le connaissais: il était à la bibliothèque le soir où j'avais eu si peur. Il avait eu peur aussi, je crois. Je pensai : « Comme c'est loin, tout ça. »

A quatre heures et demie, l'Autodidacte entra. J'aurais aimé lui serrer la main et lui faire mes adieux. Mais il faut croire que notre dernière entrevue lui avait laissé un mauvais souvenir : il me fit un salut distant et alla déposer assez loin de moi un petit paquet blanc qui devait contenir, comme d'habitude, une tranche de pain et une tablette de chocolat. Au bout d'un moment, il revint avec un livre illustré qu'il posa près de son paquet. Je pensai : « Je le vois pour la dernière fois. » Demain soir, après-demain soir, tous les soirs qui suivraient, il reviendrait lire à cette table en mangeant son pain et son chocolat, il poursuivrait avec patience ses grignotements de rat, il lirait les ouvrages de Nabaud, Naudeau, Nodier, Nys, en s'interrompant de temps à autre pour noter une maxime sur son petit carnet. Et moi, je marcherais dans Paris, dans les rues de Paris, je verrais des figures nouvelles. Qu'est-ce qui m'arriverait, pendant qu'il serait ici, que la lampe éclairerait son gros visage réfléchi? Je sentis juste à temps que j'allais me laisser reprendre au mirage de l'aventure. Je haussai les épaules et repris ma lecture.

« Bouville et ses environs.

« *Monistiers.*

« Activité de la brigade de gendarmerie pendant l'année 1932. Le maréchal des logis chef Gaspard, commandant la brigade des Monistiers et ses quatre gendarmes, MM. Lagoutte, Nizan, Pierpont et Ghil, n'ont guère chômé pendant l'année 1932. En effet nos gendarmes ont eu à constater 7 crimes, 82 délits, 159 contraventions, 6 suicides et 15 accidents d'automobiles dont 3 mortels. »

« *Jouxtebouville.*

« Groupe amical des Trompettes de Jouxtebouville.

« Aujourd'hui répétition générale, remise des cartes pour le concert annuel. »

« *Compostel.*

« Remise de la Légion d'honneur au Maire. »

« *Le touriste bouvillois* (Fondation Scout bouvillois 1924) :

« Ce soir, à 20 h 45, réunion mensuelle au siège social 10, rue Ferdinand-Byron, salle A. Ordre du jour : lecture du dernier procès-verbal. Correspondance ; banquet annuel, cotisation 1932, programme des sorties en mars ; questions diverses ; adhésions. »

« Protection des animaux (Société bouvilloise) :

« Jeudi prochain, de 15 heures à 17 heures, salle C, 10, rue Ferdinand-Byron, Bouville, permanence publique. Adresser la correspondance au président, au siège ou 154, avenue Galvani. »

« Club bouvillois du chien de défense... Association bouvilloise des malades de guerre... Chambre syndicale des patrons de taxis... Comité bouvillois des Amis des Écoles normales... »

Deux jeunes garçons entrèrent, avec des serviettes. Des élèves du lycée. Le Corse aime bien les élèves du lycée, parce qu'il peut exercer sur eux une surveillance paternelle. Il les laisse souvent, par plaisir, s'agiter sur leurs chaises et bavarder, puis, tout à coup, il va, à pas de loup, se placer derrière eux et les gronde : « Est-ce que c'est une tenue, pour de grands jeunes gens? Si vous ne voulez pas changer, M. le bibliothécaire est décidé à se plaindre à M. le proviseur. » Et s'ils protestent, il les regarde de ses yeux terribles : « Donnez-moi vos noms. » Il dirige aussi leurs lectures : à la bibliothèque, certains volumes sont marqués d'une croix rouge ; c'est l'Enfer : des œuvres de Gide, de Diderot, de Baudelaire, des traités médicaux. Quand un lycéen demande à consulter un de ces livres, le Corse lui fait un signe, l'attire dans un coin et l'interroge. Au bout d'un moment, il éclate et sa voix emplit la salle de lecture : « Il y a pourtant des livres plus intéressants, quand on a votre âge. Des livres instructifs. D'abord avez-vous fini vos devoirs ? En quelle classe êtes-vous ? En seconde ? Et vous n'avez rien à faire après quatre heures ? Votre professeur vient souvent ici et je lui parlerai de vous. »

Les deux jeunes garçons restaient plantés près du poêle. Le plus jeune avait de beaux cheveux bruns, la peau presque trop fine et une toute petite bouche, méchante et fière. Son copain, un gros râblé avec une ombre de moustache, lui toucha le coude et murmura quelques mots. Le petit brun ne répondit pas, mais il eut un imperceptible sourire, plein de morgue et de suffisance. Puis tous deux, nonchalamment, choisirent un dictionnaire sur un des rayons et s'approchèrent de l'Autodidacte qui fixait sur eux un regard fatigué. Ils avaient l'air d'ignorer son existence, mais ils s'assirent tout contre lui, le petit brun à sa gauche et le gros râblé à la gauche du petit brun. Ils commencèrent aussitôt à feuilleter leur dictionnaire. L'Autodidacte laissa errer son regard à travers la salle, puis il revint à sa lecture. Jamais une salle de bibliothèque n'a offert de spectacle plus rassurant : je n'entendais pas un bruit, sauf le souffle court de la grosse dame, je ne voyais que des têtes penchées sur des in-octavo. Pourtant, dès ce moment, j'eus l'impression qu'un événement désagréable allait se produire. Tous ces gens qui baissaient les yeux d'un air appliqué semblaient jouer la comédie : j'avais senti, quelques instants plus tôt, passer sur nous comme un souffle de cruauté.

J'avais fini ma lecture, mais je ne me décidais pas à m'en aller : j'attendais, en feignant de lire mon journal. Ce qui augmentait ma curiosité et ma gêne, c'est que les autres attendaient aussi. Il me semblait que ma voisine tournait plus rapidement les pages de son livre. Quelques minutes passèrent, puis j'entendis des chuchotements. Je levai prudemment la tête. Les deux gamins avaient fermé leur dictionnaire. Le petit brun ne parlait pas, il tournait vers la droite un visage empreint de déférence et d'intérêt. A demi caché derrière son épaule, le blond tendait l'oreille et rigolait silencieusement. « Mais qui parle? » pensai-je.

C'était l'Autodidacte. Il était penché sur son jeune voisin, les yeux dans les yeux, il lui souriait ; je voyais remuer ses lèvres et, de temps en temps, ses longs cils palpitaient. Je ne lui connaissais pas cet air de jeunesse, il était presque charmant. Mais, par instants, il s'interrompait et jetait derrière lui un regard inquiet. Le jeune garçon semblait boire ses paroles. Cette petite scène n'avait rien d'extraordinaire et j'allais revenir à ma lecture quand je vis le jeune garçon glisser lentement sa main derrière son dos sur le bord de la table. Ainsi masquée aux yeux de l'Autodidacte, elle chemina un instant et se mit à tâtonner autour d'elle, puis, ayant rencontré le bras du gros blond, elle le pinça violemment. L'autre, trop absorbé à jouir silencieusement des paroles de l'Autodidacte, ne l'avait pas vue venir. Il sauta en l'air et sa bouche s'ouvrit démesurément sous l'effet de la surprise et de l'admiration. Le petit brun avait conservé sa mine d'intérêt respectueux. On aurait pu douter si cette main espiègle lui appartenait. « Qu'est-ce qu'ils vont lui faire? » pensai-je. Je comprenais bien que quelque chose d'ignoble allait se produire, je voyais bien aussi qu'il était encore temps d'empêcher que cela ne se produisît. Mais je n'arrivais pas à deviner ce qu'il fallait empêcher. Une seconde, j'eus l'idée de me lever, d'aller frapper sur l'épaule de l'Autodidacte et d'engager une conversation avec lui. Mais, au même moment, il surprit mon regard. Il cessa tout net de parler et pinça les lèvres d'un air irrité. Découragé, je détournai rapidement les yeux et repris mon journal, par contenance. Cependant la grosse dame avait repoussé son livre et levé la tête. Elle semblait fascinée. Je sentis clairement que la dame allait éclater : ils *voulaient* tous qu'il éclatât. Que pouvais-je faire? Je jetai un coup d'œil vers le Corse : il ne regardait plus par la fenêtre, il s'était à demi tourné vers nous.

Un quart d'heure passa. L'Autodidacte avait repris ses

229

chuchotements. Je n'osais plus le regarder, mais j'imaginais si bien son air jeune et tendre et ces lourds regards qui pesaient sur lui sans qu'il le sût. A un moment j'entendis son rire, un petit rire flûté et gamin. Ça me serra le cœur : il me semblait que des sales mômes allaient noyer un chat. Puis, tout à coup, les chuchotements cessèrent. Ce silence me parut tragique : c'était la fin, la mise à mort. Je baissais la tête sur mon journal et je feignais de lire ; mais je ne lisais pas : je haussais les sourcils et je levais les yeux aussi haut que je pouvais, pour tâcher de surprendre ce qui se passait dans ce silence en face de moi. En tournant légèrement la tête, je parvins à attraper du coin de l'œil quelque chose : c'était une main, la petite main blanche qui s'était tout à l'heure glissée le long de la table. A présent elle reposait sur le dos, détendue, douce et sensuelle, elle avait l'indolente nudité d'une baigneuse qui se chauffe au soleil. Un objet brun et velu s'en approcha, hésitant. C'était un gros doigt jauni par le tabac ; il avait, près de cette main, toute la disgrâce d'un sexe mâle. Il s'arrêta un instant, rigide, pointant vers la paume fragile, puis, tout d'un coup, timidement, il se mit à la caresser. Je n'étais pas étonné, j'étais surtout furieux contre l'Autodidacte : il ne pouvait donc pas se retenir, l'imbécile ; il ne comprenait donc pas le danger qu'il courait ? Il lui restait une chance, une petite chance : s'il posait ses deux mains sur la table, de chaque côté de son livre, s'il se tenait absolument coi, peut-être échapperait-il pour cette fois à son destin. Mais je *savais* qu'il allait manquer sa chance : le doigt passait doucement, humblement, sur la chair inerte, l'effleurait à peine sans oser s'appesantir : on eût dit qu'il était conscient de sa laideur. Je levai brusquement la tête, je ne pouvais plus supporter ce petit va-et-vient obstiné : je cherchais les yeux de l'Autodidacte et je toussai fortement, pour l'avertir. Mais il avait clos ses paupières, il souriait. Son autre main avait disparu sous la table. Les jeunes garçons ne riaient plus, ils étaient devenus très pâles. Le petit brun pinçait les lèvres, il avait

230

peur, on aurait dit qu'il se sentait dépassé par les événements. Pourtant il ne retirait pas sa main, il la laissait sur la table, immobile, à peine un peu crispée. Son camarade ouvrait la bouche, d'un air stupide et horrifié.

C'est alors que le Corse se mit à hurler. Il était venu, sans qu'on l'entende, se placer derrière la chaise de l'Autodidacte. Il était cramoisi et il avait l'air de rire, mais ses yeux étincelaient. Je sautai sur ma chaise, mais je me sentis presque soulagé : l'attente était trop pénible. Je voulais que ça finisse le plus tôt possible, qu'on le mette dehors, si on voulait, mais que ça finisse. Les deux garçons, blancs comme des linges, saisirent leurs serviettes en un clin d'œil et disparurent.

— Je vous ai vu, criait le Corse ivre de fureur, je vous ai vu cette fois, vous n'irez pas dire que ça n'est pas vrai. Vous irez le dire, hein, ce coup-ci, que ce n'est pas vrai? Vous croyez que je ne voyais pas votre manège? Je n'ai pas les yeux dans ma poche, mon bonhomme. Patience, que je me disais, patience! et quand je le prendrai ça lui coûtera cher. Oh! oui, ça vous coûtera cher. Je connais votre nom, je connais votre adresse, je me suis renseigné vous comprenez. Je connais aussi votre patron, M. Chuillier. C'est lui qui sera surpris, demain matin, quand il recevra une lettre de M. le bibliothécaire. Hein? taisez-vous, lui dit-il en roulant les yeux. D'abord faut pas vous imaginer que ça va s'arrêter là. Il y a des tribunaux, en France, pour les gens de votre espèce. Monsieur s'instruisait! Monsieur complétait sa culture! Monsieur me dérangeait tout le temps, pour des renseignements ou pour des livres. Vous ne m'en avez jamais fait accroire, vous savez.

L'Autodidacte n'avait pas l'air surpris. Il devait y avoir des années qu'il s'attendait à ce dénouement. Cent fois il avait dû imaginer ce qui se passerait, le jour où le Corse se glisserait à pas de loup derrière lui et qu'une voix furieuse retentirait tout d'un coup à ses oreilles. Et cependant il revenait tous les soirs, il poursuivait fiévreusement ses lectures et puis, de temps à autre, comme un voleur, il caressait la main blanche ou peut-être la jambe d'un petit garçon. Ce que je lisais sur son visage, c'était plutôt de la résignation.

— Je ne sais pas ce que vous voulez dire, balbutia-t-il, je viens ici depuis des années...

Il feignait l'indignation, la surprise, mais sans conviction. Il savait bien que l'événement était là, et que rien ne pourrait plus l'arrêter, qu'il fallait en vivre les minutes une par une.

— Ne l'écoutez pas, je l'ai vu, dit ma voisine. — Elle s'était levée lourdement. — Ah! non. Ça n'est pas la première fois que je le vois; lundi dernier, pas plus tard que ça, je l'ai vu et je n'ai rien voulu dire, parce que je n'en croyais pas mes yeux et je n'aurais pas cru que dans une bibliothèque, un endroit sérieux où les gens viennent pour s'instruire, il se passerait des choses à faire rougir. Moi je n'ai pas d'enfants, mais je plains les mères qui envoient les leurs travailler ici et qui croient qu'ils sont bien tranquilles, à l'abri, pendant qu'il y a des monstres qui ne respectent rien et qui les empêchent de faire leurs devoirs.

Le Corse s'approcha de l'Autodidacte :

— Vous entendez ce que dit madame? lui cria-t-il dans la figure, vous n'avez pas besoin de jouer la comédie. On vous a vu, sale bonhomme!

— Monsieur, je vous intime l'ordre d'être poli, dit l'Autodidacte avec dignité.

C'était dans son rôle. Peut-être aurait-il voulu avouer, s'enfuir, mais il fallait qu'il joue son rôle jusqu'au bout. Il ne regardait pas le Corse, il avait les yeux presque clos. Ses bras pendaient; il était horriblement pâle. Et puis, tout à coup, un flot de sang lui monta au visage.

Le Corse étouffait de fureur.

— Poli? Saleté! Vous croyez peut-être que je ne vous ai pas vu. Je vous guettais, que je vous dis. Il y a des mois que je vous guettais.

L'Autodidacte haussa les épaules et feignit de se re-
plonger dans sa lecture. Écarlate, les yeux remplis de larmes,
il avait pris un air d'extrême intérêt et regardait avec attention une reproduction de mosaïque byzantine.

— Il continue à lire, il a du toupet, dit la dame en regardant le Corse.

Celui-ci restait indécis. En même temps, le sous-bibliothécaire, un jeune homme timide et bien pensant, que le
Corse terrorise, s'était lentement soulevé au-dessus de son
bureau et criait : « Paoli, qu'est-ce que c'est? » Il y eut
une seconde de flottement et je pus espérer que l'affaire en
demeurerait là. Mais le Corse dut faire un retour sur lui-
même et se sentir ridicule. Énervé, ne sachant plus que dire
à cette victime muette, il se dressa de toute sa taille et lança
un grand coup de poing dans le vide. L'Autodidacte se
retourna effaré. Il regardait le Corse, la bouche ouverte ;
il y avait une peur horrible dans ses yeux.

— Si vous me frappez, je me plaindrai, dit-il péniblement,
je veux m'en aller de mon plein gré.

Je m'étais levé à mon tour, mais il était trop tard : le
Corse émit un petit gémissement voluptueux et soudain il
écrasa son poing sur le nez de l'Autodidacte. Une seconde
je ne vis plus que les yeux de celui-ci, ses magnifiques yeux
béants de douleur et de honte au-dessus d'une manche et
d'un poing brun. Quand le Corse retira son poing, le nez
de l'Autodidacte commençait à pisser le sang. Il voulut
porter les mains à son visage, mais le Corse le frappa encore
au coin des lèvres. L'Autodidacte s'affaissa sur sa chaise et
regarda devant lui avec des yeux timides et doux. Le sang
coulait de son nez sur ses vêtements. Il tâtonna de la main
droite pour trouver son paquet pendant que sa main gauche,
obstinément, tentait d'essuyer ses narines ruisselantes.

— Je m'en vais, dit-il comme à lui-même.

La femme à côté de moi était pâle et ses yeux brillaient.

— Sale type, dit-elle, c'est bien fait.

Je tremblais de colère. Je fis le tour de la table, je saisis

le petit Corse par le cou et je le soulevai, tout gigotant :
je l'aurais bien cassé sur la table. Il était devenu bleu
et se débattait, cherchait à me griffer; mais ses bras
courts n'atteignaient pas mon visage. Je ne disais mot,
mais je voulais lui taper sur le nez et le défigurer. Il le
comprit, il leva le coude pour protéger sa face : j'étais
content parce que je voyais qu'il avait peur. Il se mit
à râler soudain :

— Lâchez-moi, espèce de brute. Est-ce que vous êtes
une tante, vous aussi?

Je me demande encore pourquoi je l'ai lâché. Ai-je
eu peur des complications? Est-ce que ces années pares-
seuses à Bouville m'ont rouillé? Autrefois je ne l'aurais
pas laissé sans lui avoir brisé les dents. Je me tournai
vers l'Autodidacte, qui s'était enfin levé. Mais il fuyait
mon regard; il alla, la tête baissée, décrocher son manteau.
Il passait constamment sa main gauche sous son nez,
comme pour arrêter le saignement. Mais le sang giclait
toujours, et j'avais peur qu'il ne se trouvât mal. Il mar-
motta, sans regarder personne :

— Voilà des années que je viens ici...

Mais à peine sur ses pieds, le petit homme était redevenu
maître de la situation...

— Foutez-moi le camp, dit-il à l'Autodidacte, et ne
remettez plus les pieds ici ou bien c'est par la police que
je vous fais sortir.

Je rattrapai l'Autodidacte au bas de l'escalier. J'étais
gêné, honteux de sa honte, je ne savais que lui dire. Il
n'eut pas l'air de s'apercevoir de ma présence. Il avait
enfin sorti son mouchoir et il crachotait quelque chose.
Son nez saignait un peu moins.

— Venez avec moi chez le pharmacien, lui dis-je gau-
chement.

Il ne répondit pas. Une forte rumeur s'échappait de
la salle de lecture. Tout ce monde devait y parler à la
fois. La femme poussa un éclat de rire aigu.

— Je ne pourrai plus jamais revenir ici, dit l'Autodidacte.

Il se retourna et regarda d'un air perplexe l'escalier, l'entrée de la salle de lecture. Ce mouvement fit couler du sang entre son faux col et son cou. Il avait la bouche et les joues barbouillées de sang.

— Venez, lui dis-je en le prenant par le bras.

Il frissonna et se dégagea violemment.

— Laissez-moi!

— Mais vous ne pouvez pas rester seul. Il faut qu'on vous lave la figure, qu'on vous soigne.

Il répétait :

— Laissez-moi, je vous en prie, monsieur, laissez-moi.

Il était au bord de la crise de nerfs : je le laissai s'éloigner. Le soleil couchant éclaira un moment son dos courbé, puis il disparut. Sur le seuil de la porte, il y avait une tache de sang, en étoile.

Une heure plus tard.

Il fait gris, le soleil se couche; dans deux heures le train part. J'ai traversé pour la première fois le jardin public et je me promène dans la rue Boulibet. Je *sais* que c'est la rue Boulibet, mais je ne la reconnais pas. D'ordinaire, quand je m'y engageais, il me semblait traverser une profonde épaisseur de bon sens : pataude et carrée, la rue Boulibet ressemblait, avec son sérieux plein de disgrâce, sa chaussée bombée et goudronnée, aux routes nationales, lorsqu'elles traversent les bourgs riches et qu'elles se flanquent, sur plus d'un kilomètre, de grosses maisons à deux étages; je l'appelais une rue de paysans et elle m'enchantait parce qu'elle était si déplacée, si paradoxale dans un port de commerce. Aujourd'hui les maisons sont là, mais elles ont perdu leur aspect rural : ce sont des immeubles et voilà tout. Au jardin public, j'ai eu, tout à l'heure, une impression du même genre :

les plantes, les pelouses, la fontaine d'Olivier Masqueret avaient l'air obstinées à force d'être inexpressives. Je comprends : la ville m'abandonne la première. Je n'ai pas quitté Bouville et déjà je n'y suis plus. Bouville se tait. Je trouve étrange qu'il me faille demeurer deux heures encore dans cette ville qui sans plus se soucier de moi range ses meubles et les met sous des housses pour pouvoir les découvrir dans toute leur fraîcheur, ce soir, demain, à de nouveaux arrivants. Je me sens plus oublié que jamais.

Je fais quelques pas et je m'arrête. Je savoure cet oubli total où je suis tombé. Je suis entre deux villes, l'une m'ignore, l'autre ne me connaît plus. Qui se souvient de moi? Peut-être une lourde jeune femme, à Londres... Et encore, est-ce bien à *moi* qu'elle pense? D'ailleurs il y a ce type, cet Égyptien. Il vient peut-être d'entrer dans sa chambre, il l'a peut-être prise dans ses bras. Je ne suis pas jaloux; je sais bien qu'elle se survit. Même si elle l'aimait de tout son cœur, ça serait tout de même un amour de morte. Moi, j'ai eu son dernier amour vivant. Mais tout de même, il y a ça qu'il peut lui donner : le plaisir. Et si elle est en train de défaillir et de sombrer dans le trouble, alors il n'y a plus rien en elle qui la rattache à moi. Elle jouit et je ne suis pas plus pour elle que si je ne l'avais jamais rencontrée; elle s'est vidée de moi d'un coup et toutes les autres consciences du monde sont, elles aussi, vides de moi. Ça me fait drôle. Pourtant je sais bien que j'existe, que *je* suis ici.

A présent, quand je dis « je », ça me semble creux. Je n'arrive plus très bien à me sentir, tellement je suis oublié. Tout ce qui reste de réel, en moi, c'est de l'existence qui se sent exister. Je bâille doucement, longuement. Personne. Pour personne, Antoine Roquentin n'existe. Ça m'amuse. Et qu'est-ce que c'est que ça, Antoine Roquentin? C'est de l'abstrait. Un pâle souvenir de moi vacille dans ma conscience. Antoine Roquentin... Et soudain le Je pâlit, pâlit et c'en est fait, il s'éteint.

236

Lucide, immobile, déserte, la conscience est posée entre les murs ; elle se perpétue. Personne ne l'habite plus. Tout à l'heure encore quelqu'un disait *moi*, disait *ma* conscience. Qui? Au-dehors il y avait des rues parlantes, avec des couleurs et des odeurs connues. Il reste des murs anonymes, une conscience anonyme. Voici ce qu'il y a : des murs, et entre les murs, une petite transparence vivante et impersonnelle. La conscience existe comme un arbre, comme un brin d'herbe. Elle somnole, elle s'ennuie. De petites existences fugitives la peuplent comme des oiseaux dans les branches. La peuplent et disparaissent. Conscience oubliée, délaissée entre ces murs, sous le ciel gris. Et voici le sens de son existence : c'est qu'elle est conscience d'être de trop. Elle se dilue, elle s'éparpille, elle cherche à se perdre sur le mur brun, le long du réverbère ou là-bas dans la fumée du soir. Mais elle ne s'oublie *jamais* ; elle est conscience d'être une conscience qui s'oublie. C'est son lot. Il y a une voix étouffée qui dit : « Le train part dans deux heures » et il y a conscience de cette voix. Il y a aussi conscience d'un visage. Il passe lentement, plein de sang, barbouillé et ses gros yeux larmoient. Il n'est pas entre les murs, il n'est nulle part. Il s'évanouit, un corps voûté le remplace avec une tête sanglante, s'éloigne à pas lents, à chaque pas semble s'arrêter, ne s'arrête jamais. Il y a conscience de ce corps qui marche lentement dans une rue sombre. Il marche, mais il ne s'éloigne pas. La rue sombre ne s'achève pas, elle se perd dans le néant. Elle n'est pas entre les murs, elle n'est nulle part. Et il y a conscience d'une voix étouffée qui dit : « L'Autodidacte erre dans la ville. »

Pas dans la même ville, pas! entre ces murs atones l'Autodidacte marche dans une ville féroce, qui ne l'oublie pas. Il y a des gens qui pensent à lui, le Corse, la grosse dame ; peut-être tout le monde, dans la ville. Il n'a pas encore perdu, il ne peut pas perdre son moi, ce moi supplicié, saignant qu'ils n'ont pas voulu achever. Ses lèvres, ses narines lui font mal; il pense : « J'ai mal. » Il marche, il faut qu'il marche. S'il s'arrêtait un seul instant, les hauts murs de la bibliothèque se dresseraient brusquement autour de lui, l'enfermeraient; le Corse surgirait à son côté et la scène recommencerait, toute pareille, dans tous ses détails, et la femme ricanerait : « Ça devrait être au bagne, ces saloperies-là. » Il marche, il ne veut pas rentrer chez lui : le Corse l'attend dans sa chambre et la femme et les deux jeunes gens : « Ce n'est pas la peine de nier, je vous ai vu. » Et la scène recommencerait. Il pense : « Mon Dieu, si je n'avais pas fait ça, si je pouvais n'avoir pas fait ça, si ça pouvait n'être pas vrai! »

Le visage inquiet passe et repasse devant la conscience : « Peut-être qu'il va se tuer. » Mais non : cette âme douce et traquée ne peut songer à la mort.

Il y a connaissance de la conscience. Elle se voit de part en part, paisible et vide entre les murs, libérée de l'homme qui l'habitait, monstrueuse parce qu'elle n'est personne. La voix dit : « Les malles sont enregistrées. Le train part dans deux heures. » Les murs glissent à droite et à gauche. Il y a conscience du macadam, conscience du magasin de ferronnerie, des meurtrières de la caserne et la voix dit : « Pour la dernière fois. »

Conscience d'Anny, d'Anny la grasse, de la vieille Anny, dans sa chambre d'hôtel, il y a conscience de la souffrance, la souffrance est consciente entre les longs murs qui s'en vont et qui ne reviendront jamais : « On n'en finira donc pas ? » la voix chante entre les murs un air de jazz, « Some of these days »; ça ne finira donc pas ? et l'air revient doucement, par-derrière, insidieusement, reprendre la voix, et la voix chante sans pouvoir s'arrêter et le corps marche et il y a conscience de tout ça et conscience, hélas! de la conscience. Mais personne n'est là pour souffrir et se tordre les mains et se prendre soi-même en pitié. Personne. C'est une pure souffrance des carrefours, une souffrance oubliée — qui ne peut pas s'oublier. Et la voix

238

dit : « Voilà le *Rendez-vous des Cheminots* et le Moi jaillit dans la conscience c'est *moi*, Antoine Roquentin, je pars pour Paris tout à l'heure ; je viens faire mes adieux à la patronne.

— Je viens vous faire mes adieux.

— Vous partez, monsieur Antoine?

— Je vais m'installer à Paris, pour changer.

— Le veinard!

Comment ai-je pu presser mes lèvres sur ce large visage? Son corps ne m'appartient plus. Hier encore j'aurais su le deviner sous la robe de laine noire. Aujourd'hui la robe est impénétrable. Ce corps blanc, avec les veines à fleur de peau, était-ce un rêve?

— On vous regrettera, dit la patronne. Vous ne voulez pas prendre quelque chose? C'est moi qui l'offre.

On s'installe, on trinque. Elle baisse un peu la voix.

— Je m'étais bien habituée à vous, dit-elle avec un regret poli, on s'entendait bien.

— Je reviendrai vous voir.

— C'est ça, monsieur Antoine. Quand vous passerez par Bouville, vous viendrez nous dire un petit bonjour. Vous vous direz : « Je vais aller dire bonjour à Mme Jeanne, ça lui fera plaisir. » C'est vrai, on aime bien savoir ce que les gens deviennent. D'ailleurs, ici, les gens nous reviennent toujours. Nous avons des marins, pas vrai? des employés de la Transat : des fois je reste deux ans sans les revoir, un coup qu'ils sont au Brésil ou à New York ou bien quand ils font du service à Bordeaux sur un bateau des messageries. Et puis un beau jour, je les revois. « Bonjour, madame Jeanne. » On prend un verre ensemble. Vous me croirez si vous voulez, je me rappelle ce qu'ils ont l'habitude de prendre. A deux ans de distance! Je dis à Madeleine : « Vous servirez un vermouth sec à M. Pierre, un Noilly Cinzano à M. Léon. » Ils me disent : « Comment que vous vous rappelez ça, la patronne? » « C'est mon métier », que je leur dis.

Au fond de la salle, il y a un gros homme qui couche avec elle depuis peu. Il l'appelle :

— La petite patronne!

Elle se lève :

— Excusez, monsieur Antoine.

La bonne s'approche de moi :

— Alors, comme ça, vous nous quittez?

— Je vais à Paris.

— J'y ai habité à Paris, dit-elle fièrement. Deux ans. Je travaillais chez Siméon. Mais je m'ennuyais d'ici.

Elle hésite une seconde puis s'aperçoit qu'elle n'a plus rien à me dire :

— Eh bien, au revoir, monsieur Antoine.

Elle s'essuie la main à son tablier et me la tend :

— Au revoir, Madeleine.

Elle s'en va. J'attire à moi le *Journal de Bouville* et puis je le repousse : tout à l'heure, à la bibiothèque je l'ai lu, de la première ligne à la dernière.

La patronne ne revient pas : elle abandonne à son ami ses mains grassouillettes, qu'il pétrit avec passion.

Le train part dans trois quarts d'heure.

Je fais mes comptes, pour me distraire.

Douze cents francs par mois, ça n'est pas gras. Pourtant si je me restreins un peu ça devrait suffire. Une chambre à trois cents francs, quinze francs par jour pour la nourriture : il restera quatre cent cinquante francs pour le blanchissage, les menus frais et le cinéma. De linge, des vêtements, je n'aurai pas besoin avant longtemps. Mes deux costumes sont propres, bien qu'un peu luisants aux coudes : ils me feront encore trois ou quatre ans si j'en prends soin.

Bon Dieu! c'est moi qui vais mener cette existence de champignon? Qu'est-ce que je ferai de mes journées? Je me promènerai. J'irai m'asseoir aux Tuileries sur une chaise de fer — ou plutôt sur un banc, par économie. J'irai lire dans les bibliothèques. Et puis? Une fois par

240

semaine le cinéma. Et puis? Est-ce que je m'offrirai un Voltigeur, le dimanche? Est-ce que j'irai jouer au croquet avec les retraités du Luxembourg? A trente ans! J'ai pitié de moi. Il y a des moments où je me demande si je ne ferais pas mieux de dépenser en un an les trois cent mille francs qui me restent — et après... Mais qu'est-ce que ça me donnerait? Des costumes neufs? Des femmes? Des voyages? J'ai eu tout ça et, à présent, c'est fini, ça ne me fait plus envie : pour ce qui en resterait! Je me retrouverais dans un an, aussi vide qu'aujourd'hui, sans même un souvenir et lâche devant la mort.

Trente ans! Et 14 400 francs de rente. Des coupons à toucher tous les mois. Je ne suis pourtant pas un vieillard! Qu'on me donne quelque chose à faire, n'importe quoi... Il vaudrait mieux que je pense à autre chose, parce que, en ce moment, je suis en train de me jouer la comédie. Je sais très bien que je ne veux rien faire : faire quelque chose, c'est créer de l'existence — et il y a bien assez d'existence comme ça.

La vérité, c'est que je ne peux pas lâcher ma plume : je crois que je vais avoir la Nausée et j'ai l'impression de la retarder en écrivant. Alors j'écris ce qui me passe par la tête.

Madeleine, qui veut me faire plaisir, me crie de loin en me montrant un disque :

— Votre disque, monsieur Antoine, celui que vous aimez, voulez-vous l'entendre, pour la dernière fois?

— S'il vous plaît.

J'ai dit ça par politesse, mais je ne me sens pas en très bonnes dispositions pour entendre un air de jazz. Tout de même je vais faire attention, parce que comme dit Madeleine, j'entends ce disque pour la dernière fois : il est très vieux ; trop vieux, même pour la province ; en vain le chercherai-je à Paris. Madeleine va le déposer sur le plateau du phonographe, il va tourner ; dans les rainures l'aiguille d'acier va se mettre à sauter et à grincer et puis, quand elles l'auront guidée en spirale jusqu'au centre du disque, ce sera fini, la voix rauque qui chante « Some of these days » se taira pour toujours.

Ça commence.

Dire qu'il y a des imbéciles pour puiser des consolations dans les beaux-arts. Comme ma tante Bigeois : « Les *Préludes* de Chopin m'ont été d'un tel secours à la mort de ton pauvre oncle. » Et les salles de concert regorgent d'humiliés, d'offensés qui, les yeux clos, cherchent à transformer leurs pâles visages en antennes réceptrices. Ils se figurent que les sons captés coulent en eux, doux et nourrissants et que leurs souffrances deviennent musique, comme celles du jeune Werther ; ils croient que la beauté leur est compatissante. Les cons.

Je voudrais qu'ils me disent s'ils la trouvent compatissante, cette musique-ci. Tout à l'heure, j'étais certainement très loin de nager dans la béatitude. A la surface je faisais mes comptes, mécaniquement. Au-dessous stagnaient toutes ces pensées désagréables qui ont pris la forme d'interrogations informulées, d'étonnements muets et qui ne me quittent plus ni jour ni nuit. Des pensées sur Anny, sur ma vie gâchée. Et puis, encore au-dessous, la Nausée, timide comme une aurore. Mais à ce moment-là, il n'y avait pas de musique, j'étais morose et tranquille. Tous les objets qui m'entouraient étaient faits de la même matière que moi, d'une espèce de souffrance moche. Le monde était si laid, hors de moi, si laids ces verres sales sur les tables, et les taches brunes sur la glace et le tablier de Madeleine et l'air aimable du gros amoureux de la patronne, si laide l'existence même du monde, que je me sentais à l'aise, en famille.

A présent, il y a ce chant de saxophone. Et j'ai honte. Une glorieuse petite souffrance vient de naître, une souffrance-modèle. Quatre notes de saxophone. Elles vont et viennent, elles ont l'air de dire : « Il faut faire comme nous, souffrir *en mesure*. » Eh bien, oui ! Naturellement, je voudrais bien souffrir de cette façon-là, en mesure, sans complaisance, sans pitié pour moi-même, avec une aride pureté. Mais est-ce que c'est ma faute si la bière est tiède au fond de mon verre, s'il y a des taches brunes sur la glace, si je suis de trop, si la plus sincère de mes souffrances, la plus sèche se traîne et s'appesantit, avec trop de chair et la peau trop large à la fois, comme l'éléphant de mer, avec de gros yeux humides et touchants mais si vilains? Non, on ne peut certainement pas dire qu'elle soit compatissante, cette petite douceur de diamant, qui tourne en rond au-dessus du disque et m'éblouit. Même pas ironique : elle tourne allégrement, tout occupée d'elle-même ; elle a tranché comme une faux la fade intimité du monde et maintenant elle tourne et nous tous, Madeleine, le gros homme, la glace tachée, les verres, nous tous qui nous abandonnions à l'existence, parce que nous étions entre nous, rien qu'entre nous, elle nous a surpris dans le débraillé, dans le laisser-aller quotidien : j'ai honte pour moi-même et pour ce qui existe *devant* elle.

Elle n'existe pas. C'en est même agaçant ; si je me levais, si j'arrachais ce disque du plateau qui le supporte et si je le cassais en deux, je ne l'atteindrais pas, *elle*. Elle est au-delà — toujours au-delà de quelque chose, d'une voix, d'une note de violon. A travers des épaisseurs et des épaisseurs d'existence, elle se dévoile, mince et ferme et, quand on veut la saisir, on ne rencontre que des existants, on bute sur des existants dépourvus de sens. Elle est derrière eux : je ne l'entends même pas, j'entends des sons, des vibrations de l'air qui la dévoilent. Elle n'existe pas, puisqu'elle n'a rien de trop : c'est tout le reste qui est trop par rapport à elle. Elle *est*.

Et moi aussi j'ai voulu *être*. Je n'ai même voulu que cela ; voilà le fin mot de ma vie : au fond de toutes ces tentatives qui semblaient sans liens, je retrouve le même désir : chasser l'existence hors de moi, vider les instants de leur graisse, les tordre, les assécher, me purifier, me durcir, pour rendre

243

enfin le son net et précis d'une note de saxophone. Ça pourrait même faire un apologue: il y avait un pauvre type qui s'était trompé de monde. Il existait, comme les autres gens, dans le monde des jardins publics, des bistrots, des villes commerçantes et il voulait se persuader qu'il vivait ailleurs, derrière la toile des tableaux, avec les doges du Tintoret, avec les braves Florentins de Gozzoli, derrière les pages des livres, avec Fabrice del Dongo et Julien Sorel, derrière les disques de phono, avec les longues plaintes sèches des jazz. Et puis, après avoir bien fait l'imbécile, il a compris, il a ouvert les yeux, il a vu qu'il y avait maldonne : il était dans un bistrot, justement, devant un verre de bière tiède. Il est resté accablé sur la banquette ; il a pensé : je suis un imbécile. Et à ce moment précis, de l'autre côté de l'existence, dans cet autre monde qu'on peut voir de loin, mais sans jamais l'approcher, une petite mélodie s'est mise à danser, à chanter : « C'est comme moi qu'il faut être ; il faut souffrir en mesure. »

La voix chante :

> *Some of these days*
> *You'll miss me honey.*

On a dû rayer le disque à cet endroit-là, parce que ça fait un drôle de bruit. Et il y a quelque chose qui serre le cœur : c'est que la mélodie n'est absolument pas touchée par ce petit toussotement de l'aiguille sur le disque. Elle est si loin — si loin derrière. Ça aussi, je le comprends : le disque se raye et s'use, la chanteuse est peut-être morte ; moi, je vais m'en aller, je vais prendre mon train. Mais derrière l'existant qui tombe d'un présent à l'autre, sans passé, sans avenir, derrière ces sons qui, de jour en jour, se décomposent, s'écaillent et glissent vers la mort, la mélodie reste la même, jeune et ferme, comme un témoin sans pitié.

La voix s'est tue. Le disque racle un peu puis s'arrête. Délivré d'un songe importun le café rumine, remâche le plaisir d'exister. La patronne a le sang au visage, elle donne des gifles sur les grosses joues blanches de son nouvel ami, mais sans parvenir à les colorer. Des joues de mort. Moi, je croupis, je m'endors à moitié. Dans un quart d'heure je serai dans le train, mais je n'y pense pas. Je pense à un Américain rasé, aux épais sourcils noirs, qui étouffe de chaleur, au vingtième étage d'un immeuble de New York. Au-dessus de New York le ciel brûle, le bleu du ciel s'est enflammé, d'énormes flammes jaunes viennent lécher les toits; les gamins de Brooklyn vont se mettre, en caleçons de bain, sous les lances d'arrosage. La chambre obscure, au vingtième étage, cuit à gros feu. L'Américain aux sourcils noirs soupire, halète et la sueur roule sur ses joues. Il est assis, en bras de chemise, devant son piano; il a un goût de fumée dans la bouche et, vaguement, un fantôme d'air dans la tête. « Some of these days. » Tom va venir dans une heure avec sa gourde plate sur la fesse; alors ils s'affaleront tous deux dans les fauteuils de cuir et ils boiront de grandes rasades d'alcool et le feu du ciel viendra flamber leurs gorges, ils sentiront le poids d'un immense sommeil torride. Mais d'abord il faut noter cet air. « Some of these days. » La main moite saisit le crayon sur le piano. « Some of these days, you'll miss me honey. »

Ça s'est passé comme ça. Comme ça ou autrement, mais peu importe. C'est comme ça qu'elle est née. C'est le corps usé de ce juif aux sourcils de charbon qu'elle a choisi pour naître. Il tenait mollement son crayon, et des gouttes de sueur tombaient de ses doigts bagués sur le papier. Et pourquoi pas moi? Pourquoi fallait-il précisément ce gros veau plein de sale bière et d'alcool pour que ce miracle s'accomplît?

— Madeleine, est-ce que vous voulez remettre le disque? Juste une fois, avant que je ne parte.

Madeleine se met à rire. Elle tourne la manivelle et voilà que ça recommence. Mais je ne pense plus à moi.

245

Je pense à ce type de là-bas qui a composé cet air, un jour de juillet, dans la chaleur noire de sa chambre. J'essaie de penser à lui *à travers* la mélodie, à travers les sons blancs et acidulés du saxophone. Il a fait ça. Il avait des ennuis, tout n'allait pas pour lui comme il aurait fallu : des notes à payer — et puis il devait bien y avoir quelque part une femme qui ne pensait pas à lui de la façon qu'il aurait souhaitée — et puis il y avait cette terrible vague de chaleur qui transformait les hommes en mares de graisse fondante. Tout ça n'a rien de bien joli ni de bien glorieux. Mais quand j'entends la chanson et que je pense que c'est ce type-là qui l'a faite, je trouve sa souffrance et sa transpiration... émouvantes. Il a eu de la veine. Il n'a pas dû s'en rendre compte d'ailleurs. Il a dû penser : avec un peu de veine, ce truc-là me rapportera bien cinquante dollars! Eh bien, c'est la première fois depuis des années qu'un homme me paraît émouvant. Je voudrais savoir quelque chose sur ce type. Ça m'intéresserait d'apprendre le genre d'ennuis qu'il avait, s'il avait une femme ou s'il vivait seul. Pas du tout par humanisme : au contraire. Mais parce qu'il a fait ça. Je n'ai pas envie de le connaître — d'ailleurs il est peut-être mort. Juste d'obtenir quelques renseignements sur lui et de pouvoir penser à lui, de temps en temps, en écoutant ce disque. Voilà, je suppose que ça ne lui ferait ni chaud ni froid, à ce type, si on lui disait qu'il y a, dans la septième ville de France, aux abords de la gare, quelqu'un qui pense à lui. Mais moi je serais heureux, si j'étais à sa place; je l'envie. Il faut que je parte. Je me lève, mais je reste un instant hésitant, je voudrais entendre chanter la Négresse. Pour la dernière fois.

Elle chante. En voilà deux qui sont sauvés : le juif et la Négresse. Sauvés. Ils se sont peut-être crus perdus jusqu'au bout, noyés dans l'existence. Et pourtant, personne ne pourrait penser à moi comme je pense à eux, avec cette douceur. Personne, pas même Anny. Ils sont un peu pour moi comme des morts, un peu comme des héros

246

de roman; ils se sont lavés du péché d'exister. Pas complètement, bien sûr — mais tout autant qu'un homme peut faire. Cette idée me bouleverse tout d'un coup, parce que je n'espérais même plus ça. Je sens quelque chose qui me frôle timidement et je n'ose pas bouger parce que j'ai peur que ça ne s'en aille. Quelque chose que je ne connaissais plus : une espèce de joie.

La Négresse chante. Alors on peut justifier son existence? Un tout petit peu? Je me sens extraordinairement intimidé. Ça n'est pas que j'aie beaucoup d'espoir. Mais je suis comme un type complètement gelé après un voyage dans la neige et qui entrerait tout d'un coup dans une chambre tiède. Je pense qu'il resterait immobile près de la porte, encore froid, et que de lents frissons parcourraient tout son corps.

Some of these days.
You'll miss me honey.

Est-ce que je pourrais pas essayer... Naturellement, il ne s'agirait pas d'un air de musique... mais est-ce que je ne pourrais pas, dans un autre genre?... Il faudrait que ce soit un livre : je ne sais rien faire d'autre. Mais pas un livre d'histoire, ça parle de ce qui a existé — jamais un existant ne peut justifier l'existence d'un autre existant. Mon erreur, c'était de vouloir ressusciter M. de Rollebon. Une autre espèce de livre. Je ne sais pas très bien laquelle — mais il faudrait qu'on devine, derrière les mots imprimés, derrière les pages, quelque chose qui n'existerait pas, qui serait au-dessus de l'existence. Une histoire, par exemple, comme il ne peut en arriver, une aventure. Il faudrait qu'elle soit belle et dure comme de l'acier et qu'elle fasse honte aux gens de leur existence.

Je m'en vais, je me sens vague. Je n'ose pas prendre de décision. Si j'étais sûr d'avoir du talent... Mais jamais — jamais je n'ai rien écrit de ce genre; des articles historiques, oui, — et encore. Un livre. Un roman. Et il y aurait des gens qui liraient ce roman et qui diraient : « C'est Antoine Roquentin qui l'a écrit, c'était un type roux qui traînait dans les cafés », et ils penseraient à ma vie comme je pense à celle de cette Négresse : comme à quelque chose de précieux et d'à moitié légendaire. Un livre. Naturellement, ça ne serait d'abord qu'un travail ennuyeux et fatigant, ça ne m'empêcherait pas d'exister ni de sentir que j'existe. Mais il viendrait bien un moment où le livre serait écrit, serait derrière moi et je pense qu'un peu de clarté tomberait sur mon passé. Alors peut-être que je pourrais, à travers lui, me rappeler ma vie sans répugnance. Peut-être qu'un jour, en pensant précisément à cette heure-ci, à cette heure morne où j'attends, le dos rond, qu'il soit temps de monter dans le train, peut-être que je sentirais mon cœur battre plus vite et que je me dirais : « C'est ce jour-là, à cette heure-là que tout a commencé. » Et j'arriverais — au passé, rien qu'au passé — à m'accepter.

La nuit tombe. Au premier étage de l'hôtel Printania deux fenêtres viennent de s'éclairer. Le chantier de la Nouvelle Gare sent fortement le bois humide : demain il pleuvra sur Bouville.

DU MÊME AUTEUR

Romans :

LA NAUSÉE.
LES CHEMINS DE LA LIBERTÉ :
I. L'AGE DE RAISON. II. LE SURSIS. III. LA MORT DANS
L'AME.

Nouvelles :

LE MUR *(Le Mur. La Chambre. Érostrate. Intimité.*
L'Enfance d'un chef).

Théâtre :

LES MAINS SALES.
LE DIABLE ET LE BON DIEU.
THÉATRE, I : *Les Mouches. Huis clos. Morts sans*
sépulture. La Putain respectueuse.
KEAN *(d'après Alexandre Dumas).*
NEKRASSOV.
LES SÉQUESTRÉS D'ALTONA.

Littérature :

SITUATIONS, I, II, III, IV, V, VI, VII, VIII, IX, X.
SAINT GENET, COMÉDIEN ET MARTYR *(tome premier*
des Œuvres complètes de Jean Genet).
BAUDELAIRE.
LES MOTS.
QU'EST-CE QUE LA LITTÉRATURE ?
L'IDIOT DE LA FAMILLE, I, II ET III *(Gustave Flaubert).*
PLAIDOYER POUR LES INTELLECTUELS.
UN THÉATRE DE SITUATIONS.

*Cet ouvrage
a été achevé d'imprimer
sur les presses de l'Imprimerie Bussière
à Saint-Amand (Cher), le 24 octobre 1979.
Dépôt légal : 4e trimestre 1979.
No d'édition : 25841.
Imprimé en France.
(2052)*

25841